刘小玲 著

一个人的长跑

北方文艺出版社

哈尔滨

图书在版编目（CIP）数据

一个人的长跑 / 刘小玲著. --哈尔滨 : 北方文艺
出版社，2023.8
ISBN 978-7-5317-5878-5

Ⅰ.①—…　Ⅱ.①刘…　Ⅲ.①散文集－中国－当代
Ⅳ.①I267

中国版本图书馆CIP数据核字（2023）第059464号

一个人的长跑
YI GE REN DE CHANGPAO

作　　者 / 刘小玲
责任编辑 / 金　宇　　　　　　　　封面设计 / 辉汉文化

出版发行 / 北方文艺出版社　　　　邮　　编 / 150008
发行电话 /（0451）86825533　　　经　　销 / 新华书店
地　　址 / 哈尔滨市南岗区宣庆小区 1 号楼　网　　址 / www.bfwy.com

印　　刷 / 成都勤德印务有限公司　开　　本 / 880mm×1230mm　1/ 32
字　　数 / 250 千　　　　　　　　印　　张 / 10.5
版　　次 / 2023 年 8 月第 1 版　　　印　　次 / 2023 年 8 月第 1 次印刷

书　　号 / ISBN 978-7-5317-5878-5　定　　价 / 68.00 元

内容简介

　　《一个人的长跑》书中所有篇章可以反映作者近十年来的生活面貌和生活状态。全书由《人生就是一场长跑》与《律动生活》《如歌岁月》《思想之城》《亲情至上》《悠悠乡愁》组成。《律动生活》是一组与马拉松有关的纪实散文，有写人的，也有叙事的；《如歌岁月》是一组生活散文，有低沉小调，也有昂扬旋律；《思想之城》反映的是作家的内心世界，是思想与观点的散文组合；《亲情至上》是一组浓缩亲情情感的散文，涉及的对象全是作者的至亲至爱；《悠悠乡愁》是写家乡的散文组合，大多是作者陪母亲在家乡居住时创作的，是睹物抒怀、情景交融的内心独白与自然流露。文笔优美、语言灵动、语句精炼、情感真挚，是本部作品的四个亮点。

刘小玲既是作家，又是马拉松选手，同时还是长跑社团的负责人，以独特的视角、哲人的思考、清晰的理念、不俗的语言、温馨的故事，告诉人们：人生就是一场长跑，起步跑得太快，容易后劲不足；全程跑得太慢，就会落后众人；中途退出，就会前功尽弃；不参加，就等于放弃机会；只有勇于参加，根据自己的实力，掌握节奏，由慢而快，循序渐进，持之以恒，坚持到底，才能赢得冲刺终点的机会，才能博得众多观众的喝彩，才能获得华丽转身的时机。

/ 自序 /
人生就是一场长跑

一段时期，我特别痴迷跑马拉松，具体时间应该是从2013年至2016年。

那段时间，儿子在西安上大学，我盘掉还在盈利的超市，搁置将要动笔的长篇小说，然后一身轻装，开始了我的马拉松征程。在那四年里，每年估计有三分之一的时间，我把自己放逐在马拉松赛道上，还有三分之一的时间，我往返于各个马拉松赛场，剩余的三分之一的时间，我要么把自己关在书房里写文案，要么就是在榆林的各个操场、公园里组织形式各样，规模不等的跑步活动。

那段时间，我精力充沛，神采飞扬，才思敏捷，身材苗条，感觉自己快活得像神仙。我如此好的精神状态，完全是因为我爱上了长跑这种有氧运动。其实，我从小体弱，每年至少感冒两三次，每次感冒均要打针输液才能好。可现在呢？感冒见我拔腿逃，小病不见了。

我不是妄言，好多人受益于跑步。古希腊名言讲："如果你想强壮，跑步吧！如果你想健美，跑步吧！如果你想聪明，跑步吧！"你信了吧！

长跑就是长距离奔跑，5公里以上的距离才能叫长距离。

长跑不同于短跑。短跑需要爆发力，长跑不仅需要耐力、毅力、意志、恒心、信仰，还需要拥有享受孤独、寂寞，以及不断自我挑战的心境，八要素缺一不可。"一群人的狂欢叫孤独，一个人的孤独叫狂欢"，说的正是这个道理。

我的长跑教练是我的丈夫。他是业余马拉松选手，他当初纯粹是为了减肥，自己网上找的马拉松训练教材，用了一年时间，体重降了20公斤，他自己也成为一名不错的马拉松选手。我是跟着丈夫去"打酱油"——陪丈夫参加马拉松赛，目睹了几次，尤其目睹了2012年的北京马拉松赛现场的热烈气氛后，我便大受刺激，暗暗发誓自己也要参加北京马拉松赛，也要在嘹亮的国歌声中，从天安门广场跑过！我的丈夫知道后，高兴地跳了起来，抱着我在酒店的房间里转圈圈。回家后，丈夫便每天训练我跑步。

我是那种身体协调能力极差的人，但凡有难度的体育运动，我都做不来，比如游泳、跳绳、跳舞、瑜伽，以及各种球，我看见就头大、头晕，唯独这长跑，不但喜欢看，而且一跑就上瘾。我是一边训练一边参赛的选手，我的赛事是从5公里起步，然后10公里、21.0975公里、42.195公里。我是2013年2月13日开始接受训练，零距离练跑。2014年1月2日就站上了厦门国际马拉松的赛场，撞过终点线的那一刻，那种激动真是无法形容。要知道，我训练还不到一年的时间啊！第一次跑那么长的距离，中途感觉自己好像要死掉了，但是撞过终点的瞬间又感觉自己重生了。

丈夫把我带上跑步这条道，还不到半年时间，我就产生了一个大胆的想法，我要创建一个长跑社团，我要带领更多的人跑起来，我要让我身边的人的健康指数大大提升。

我为自己的想法感到骄傲，但是几番联系协调下来，我才知道社团不是想成立就可以成立的，有很多硬性条件，其中一条是会员必须达到 50 人以上，我就实现不了，但我不妥协。

为了达成我的意愿，丈夫制作了一面旗帜，手举着旗帜每天早晨去榆林最繁华、人最多的中心广场的田径场跑步，绕着 400 米的跑道，一圈、两圈、三圈……那可真叫一个人的长跑啊！而我，则要负责解释、解说，做动员工作。但很多人不理解，用一种好奇的眼神看着我，说什么的都有，有人竟然问我有没有工资可赚。

当时，我所在的城市——榆林，它是一座能源城市，地下宝藏富有，经济发达。很多人认为有钱就不怕生病。他们当然知道锻炼的好处，但就是不愿意锻炼，放任自己吃喝，放任自己肥胖，这是观念问题。搁到现在，会有很多人替我解释。丈夫的跑友（热爱跑步的朋友），曾经向全国跑友征稿，出版了一本《用脚步创作的特殊作者·108 位跑者的跑步经历》（其中的一名跑者就是我的丈夫，而写丈夫的那篇文稿正是出自我手）。

功夫不负有心人。两个月下来，我终于招募到 59 人。

于是，榆林市长跑运动协会便在榆林的冬季成立了。隔两日，一场规模达万人的健步跑活动，便在榆林市长跑运动协会的策划与组织下，准时开跑了。后来，"2016 榆林马拉松赛""2018 榆林国际马拉松赛""2019 榆林国际马拉松赛"相继圆满开赛。2020 年，由于新冠疫情，榆林国际马拉松赛被迫叫停。

一个弱女子，迷上了长跑，就变成了全民健身的推广大使。

一个弱女子，爱上了长跑，想把一城人影响成马拉松选手。

我没有夸大其词，跑起来的感觉真好！可是近几年呢？由于疫情，迫使全国的线下马拉松赛叫停……但我没有因此消沉，我在祈祷疾病早点儿过去的同时坦然接受生活的安排。

我的马拉松经历，让我的身体健康了，让我的思想成长了，让我的阅历丰富了，让我的思维活跃了，让我做人更厚道了，让我的意识清醒了，让我的文章更厚重了。

《一个人的长跑》书中所有篇章可以反映我近十年来的生活面貌和生活状态。全书由《人生就是一场长跑》与《律动生活》《如歌岁月》《思想之城》《亲情至上》《悠悠乡愁》组成。《律动生活》是一组与马拉松有关的纪实散文，有写人的，也有叙事的；《如歌岁月》是一组生活散文，有低沉小调，也有昂扬旋律；《思想之城》反映的是我的内心世界，是思想与观点的散文组合；《亲情至上》是一组浓缩亲情情感的散文，涉及的对象全是我的至亲至爱；《悠悠乡愁》是写家乡的散文组合，大多是我陪母亲在家乡居住时创作的，是睹物抒怀、情景交融的内心独白与自然流露。

我的长跑经历，让我对人生有了更为深刻的认识，更为清晰的顿悟，我在这里想告诉我的读者：其实，人生就是一场长跑，起步跑得太快，容易后劲不足；全程跑得太慢，就会落后众人；中途退出，就会前功尽弃；不参加，就等于放弃机会；只有勇于参加，根据自己的实力，掌握节奏，由慢而快，循序渐进，持之以恒，坚持到底，才能赢得冲刺终点的机会，才能博得众多观众的喝彩，才能获得华丽转身的时机。所以，人啊，必须要学会放下过去，珍惜现在，淡看名利。走过了，就不后悔；看淡了，就不苦恼。怀有良好的心态，厚积薄发，才能拥有沉淀后的宁静，才能更多地包容生命的缺憾，理解人生的得失。

写到这里，突然想起我在跑马拉松之初，曾经套用海子的诗《面朝大海，春暖花开》，也创作了一首诗——《做一个简单的人》，表达我的思想与意愿，当时为了起到警示自己的作用，还用硬笔书法誊写，贴在电脑的主机箱上。现在，请允许我分享在此，作为本文的结尾。

从今天起，做一个简单的人/跑步，喝茶，周游世界/从今天起，关心身体和家人/我有一个心愿，脚踩大地，跑步不止/从今天起，和每一个亲人交流/告诉他们我很快乐/那快乐的感觉传递我的/我将传递每一个人/我要用一双脚，绕地球跑一圈/给每一条路每一座城都留一个温暖的故事/擦肩而过的人，也会成为我故事里的主人公/愿你有一个灿烂的前程/愿你有情人终成眷属/愿你儿女成双，父母健康，家庭美满/愿你在尘世间永远幸福/我只愿脚踩大地，跑步不止/在循环的生命中突破极限/让生命永远在前行的路上歌唱。

2022 年 10 月 19 日　西安和基居

/ 目 录 /

▼

第一卷　律动生活

| 002 | 自我采访

| 007 | 我把自己跑崩了
　　　　——记"2014 厦门国际马拉松赛"

| 011 | 辣味十足的马拉松
　　　　——记"2015 年重庆国际马拉松赛"

| 015 | 有个配速相当的异性陪跑真心好
　　　　——记"2015 杨凌农科城马拉松赛"

| 023 | 丝路悠远，西马情深
　　　　——记"2017 西安国际马拉松赛"

| 029 | 雨中杭马，别有一番滋味在心头
　　　　——记"2015 杭州国际马拉松赛"

| 032 | 塞上秋来桃花开，朵朵惹人爱
　　　　——记"2019 榆林国际马拉松赛"

| 037 | 青马与青马之外
　　　　——记"2018 青岛海上马拉松赛"

| 054 | 榆林业余马拉松第一人

| 060 | 一个人的马拉松，沿途拾捡家乡的记忆（一）

| 069 | 一个人的马拉松，沿途拾捡家乡的记忆（二）

| 078 | 让我们一起晨跑

| 084 | 追着帅哥跑

| 087 | 在阳光下过日子

| 090 | 一个人的城马

| 098 | "2019-2020"跨年跑

第二卷　如歌岁月

| 102 | 畅谈泡汤

| 106 | 趣话登山

| 114 | 怡情红叶

| 118 | 雨中漫步

| 121 | 新派过年

| 130 | 成都之行

| 142 | 走三边

| 148 | 在安康

| 151 | 情暖刘家塄

| 155 | 大理河

| 165 | 雨中游翠华山

| 170 | 庚子春游牡丹苑

| 173 | 搬家十四次

第三卷　思想之城

| 184 | 白杨树、白杨林
　　　　　——周家硷中学记忆
| 189 | 我是一个幸福的小女人
| 192 | 我的理想
| 196 | 蛙
| 198 | 十字绣
| 202 | 饺子宴
| 205 | 火车上
| 207 | 人的潜力是可挖的

第四卷　亲情至上

| 212 | 母亲为我包粽子
| 216 | 母亲八十一
| 222 | 母亲老了
| 223 | 陪母亲逛公园
| 227 | 为母亲洗澡
| 235 | 奶奶的手
| 239 | 外婆的"三寸金莲"
| 243 | 清明节前写给两个爸爸
| 246 | 父亲节的思念

第五卷　悠悠乡愁

| 250 |　陕北黄土

| 253 |　洋芋花开

| 256 |　挖苦菜

| 259 |　一棵刺槐

| 262 |　站在杏花林里想桃花

| 265 |　大秧歌舞出陕北风

| 268 |　思过中秋

| 272 |　再唱童年的歌谣（上）
　　　　　　　——挖苦菜、偷青杏、溜洼洼

| 277 |　再唱童年的歌谣（下）
　　　　　　　——过板桥、推磨、摘酸枣、拉驴

| 282 |　故里六题

| 295 |　忆年味

| 303 |　吃八碗

| 306 |　闹元宵

| 314 |　老刘家粉条

第一卷

律动生活

自我采访

如果时间和经济允许，跑马拉松和写作，这二者我都会坚持下去，直到终老。

我认为，这两项极具挑战的爱好，同样都能提升人内在素质与修养，也能陶冶情操。

我最崇拜的人——村上春树。

理由：偶像不分国界，文学不分国界，爱跑马拉松不分国界。

我崇拜他不是因为文学。我没有读过他的任何一本书，只读过他的一些关于跑马拉松的文章。之所以崇拜他，其最主要的理由因他是一位爱跑马拉松的著名作家，并且我也是一名作家（非著名），近两年也喜欢上了跑马拉松。我不知道国内的著名作家还有谁也爱跑马拉松（也许有，关键是没有村上春树的名气大而已）。也许之前我的偶像不是他，是别人（只是一个模糊的概念，确定不到某个具体的人的名字），但自从我开始跑马拉松，村上春树便成了我的偶像。即便直到终老，我也写不出名堂、写不出名气，但这绝不会影响我去崇拜偶像。

我最想交的朋友——歌手（不出名的专业歌手也行，不分男女）。

理由：我五音不全，唱不了歌，而我内心有乐感，主要目的是想让那些歌手心甘情愿地唱我写的歌。偶尔灵感来了，我会写写歌词，生活感悟性的、生活哲理性的，情歌、励志歌，最主要的是近期我迷恋上了写关于马拉松的歌曲。关于歌词，我曾经写过一首荣获"中国童歌大赛"二等奖的歌曲，歌名叫《妈妈的小棉袄》，有好几个小朋友的家长都让他们的女儿唱了此歌并做了音乐视频。

我近期最想完成的一件事情——拍一部时长在 20 分钟左右的音乐电影《让我们跑起来》。

该剧是呼吁全民不要做有害空气、有害物质、有害习惯的俘虏，赶快投入到慢跑健身的运动中来，该剧是我跑马拉松以来的感悟之作。全剧由两首歌曲贯穿完成，第一首歌曲的内容为该剧的主要故事内容，讲的是两个年轻人相识、相知、相恋、相爱到互相支持的全部过程，该剧没有语言对白，两位主人公之间是纯粹的眼神对白，动作对白。第二首歌曲是呼吁全民慢跑成功后城市居民对待慢跑这项健身运动的认识态度和支持态度。该剧的编剧是我，参演的部分演员是榆林市长跑运动协会会员。

我认为最拉风的活动——与丈夫一起徒步去拉萨。

理由：一、丈夫与我有相同的爱好——跑马拉松、摄影、吟诗；二、丈夫了解我的脾气秉性，在丈夫面前我可以无拘无束、撒娇、耍懒，对着旷野唱跑调的歌。但这个活动无法兑现，因为时间和经济都不允许，所以想想而已。

我为何会去跑马拉松——享受跑马拉松的过程。

这不是高调的话，是我在陪丈夫参加了十几场马拉松赛后，尤其是 2012 年的北京马拉松赛后的真实感受。我可以说是一个体育盲，对任何体育运动都不感兴趣。有力的证据是，上学时最惧怕的人是体育老师，上学时逃课最多的科目是体育课，上学时经常不及格的科目也是体育。上学时的我纯粹是个病秧子，典型的林黛玉式的人物，所以体育老师对我网开一面，任我逃课、不考试。也可以说体育老师把我这个学生当作有名无实的。记得学校有一次组织全校师生越野赛，是 5 公里的，每人都得参加，所以我也参加了，结果我是倒数第一名，可以说我是全程走完的。等儿子考上大学后，我的超市也在我任性的主张下不开了，我有了充足的时间在家里安心写作并且贪吃零食，结果不到半年，缺少生活锻炼和体育锻炼的我一下子被那些零食喂胖了。我的个头不高，体形也不优美，胖起来的我脸蛋虽然红润好看，多了几分中年少妇的姿色，但体形我自己实在不敢恭维，那一个个难堪的场面时常让我纠结与不安。后来在丈夫跑步减肥成功后，我下定决心也要跑步减肥，于是我才开始慢慢跑起来，每天 1 公里循序渐进地往上加量，10 个月下来我可以一次性独立跑完 21 公里，配速以每公里 7 分钟为准。跑步也可以上瘾，也就是说跑步可以成为一种习惯，成为生活中不可缺少的一部分内容，三天不跑，六神无主。当跑步成为一种习惯之后，爱上跑步的我就想把跑步的距离慢慢拉长，拉长到 42.195 公里，这是所谓的马拉松长度，我希望与丈夫一同站在起跑线上。但是我在自己生活的城市——榆林，在 2018 年以前是完全不可能给我一个跑完 42.195 公里的盛大赛事。所以，当时的我只能去外地跑了。我想说的是，每一个踏上马拉松赛道的人，都不会认为跑马拉松是一项无意义的事情，是一项枯燥乏味的运动。每一位跑者，第一次踏上马拉松赛道都是为了挑战自己的极限，之后便不存在挑战极限了，而是挑战自我，完善自我，提升自我，陶醉自我，享受自我的一个完整过程。再说，马拉松赛事组织者给每一位跑步者的周到服务——整个赛事过程中的"交通管制"，赛道每 2.5 公里设置的医疗站、水和饮料能量补给站、移动厕所，以及热情市民的各种方式的加油互动、官方组织的啦啦队、精准的计时服务和起终点的隆重盛大的场面，这些都是让我不惜花费钞票、不怕旅途颠簸去异地跑马拉松的强大动力。而每个城市的马拉松赛道的风景都会不同，每个城市的风俗习惯也会不同，所以每次马拉松赛后的感悟也会不同，收获自然也就不同，对于作家身份的我来说，这是再好不过的创作素材的积累了。

我所参加的线下马拉松——

光说名称——厦门国际马拉松赛，北京国际马拉松赛，重庆国际马拉松赛，杭州国际马拉松赛，杨凌农科城马拉松赛，西安国际马拉松赛，榆林国际马拉松赛，六盘水国际马拉松赛，青岛海上马拉松赛，敦煌国际马拉松赛，兰州国际马拉松赛，宁夏黄河金岸（吴忠）国际马拉松赛，太原国际马拉松赛，兰州国际马拉松赛，鄂尔多斯国际马拉松赛。

我为什么要去那么多的地方跑马拉松——

我认为，不同的城市会有不同的赛道，不同的风景、不同的风俗，会带给我不同的心情、不同的状态、不同的风采、不同的感悟、不同的收获、不同的文字、不同的历练。

我的马拉松心得——

每场马拉松跑下来，我会对自己的体能、耐力有了基本清晰的认识。

在跑马拉松的过程中，我大致会经历如下的心路历程——跑到 25 公里时，我还是信心满满，认为自己会跑出比上一次好的成绩，但跑过 30 公里，我的体能就明显不行了，小腿开始酸痛，脚步开始滞缓，这时需要立即补充能量了。要是补充不够及时，等跑到 35 公里时，我的体能就会消耗殆尽。这时，我会对外界各种干扰都大为光火，甚至对丈夫打来的问候电话都会生出无端的闷气。然后，我就一直表情麻木，神经麻痹，心情糟糕地跑余下的路程。但是等到了 42 公里时，我立马就忘记先前经历的悲摧，又还原到起跑时的热情。这时，我大多会一鼓作气，向终点冲刺。冲过终点之后，我会异常激动、异常兴奋、异常喜悦地和丈夫拍照留念。而后，在乘坐火车返回家的旅途中，我会和丈夫热情高涨地策划赶往下一场举办马拉松赛的城市。

我的马拉松语录——

在追求理想的道路上，我要用持久的毅力与恒心来追赶超越，即使被关在理想的大门外，也不会自暴自弃，毕竟一路跑来，赢得了许多观众的呐喊助威、加油鼓励，必须坚持到底，绝不愧对观众。

社会越进步越需要保持长跑的姿态。一个人，只要时时刻刻都抱着长跑的心态，那么社会再怎么发展，他也能紧跟时代的步伐。

首稿于 2016 年夏，增补于 2022 年夏　西安和基居

我把自己跑崩了

——记"2014厦门国际马拉松赛"

　　厦门是现代化国际性港口风景旅游城市，拥有第一批国家AAAAA级旅游景区——鼓浪屿。美国前总统尼克松曾赞美厦门为"东方夏威夷"。由于这些因素的吸引，可以说去厦门旅游是我由来已久的梦想，刚好借着参加马拉松赛顺便了却了我的心愿。

　　2014年1月2日的厦门国际马拉松赛是我的首个全程马拉松。为了备战这次马拉松，我之前参加过2013年兰州国际马拉松赛的10公里小马拉松项目，2013年吴忠国际马拉松赛的10公里小马拉松项目，2013年北京国际马拉松赛的半程（21.0975公里）项目，还在自己居住的城市榆林开发区公园里跑过3次30公里。可以说我是有备而来的。

　　然而到了厦门之后，我面临的第一件难办的事情却是找不到合口味的饭馆。我和丈夫找遍几条街道也找不到合口味的饭菜，所以厦门国际马拉松开赛的前一天原本要好好补充的营养是没办法补充了。无奈，我们只好凑合着吃了。尽管这样，我还是激动加兴奋，以至于晚上失眠了。凌晨2时我还毫无睡意，凌晨5时就得起床吃早餐，6时就要坐上大巴车赶去赛场。哎哟！赶鸭子上架，也是自己把自己赶上去的，无怨！

　　厦门国际马拉松的赛道是平展的，没有海拔高低的差异，赛道基本上是沿着海岸线设置的，不过也有极少路段，由于要穿过高架桥，才有了一定的坡度。

厦门国际马拉松参赛人数 7 万多，在国内是最多的，2014年创造厦门参赛人数的历史最高。

由于是我的首个全程马拉松，跑马经验不足的我对自己实在是没信心，我的跑马师父——我的丈夫，他不放心我，便放弃自己的成绩，全程陪着我跑。由于参赛人数太多，所以前 2公里基本在走，5 公里之内因为迈不开步子只能小步跑，5 公里后步子可以放开了，视线也就放开了。

厦门国际马拉松的赛道两边的风景太美了，但我顾不得领略。丈夫生怕我有遗憾，看见好的景色，就拉着我，要给我拍照，但我极其不配合。我的跑马激情远远超过赏景。我生怕自己跑跑停停，到了后半程跑不起来。我了解自己，一个从没有见过大海的人，初次看到大海，那种狂喜，那种惊奇，自不必说，但我更是个目的明确的人。此行，我是来完成我的全程马拉松的。我的心气不高，本次参赛，不求成绩，但求完赛。

马拉松赛场上的气氛太热烈了，即便像只乌龟，也不允许自己停下来、慢下来。结果，我的配速生生地被提高了 1 分 20秒。这下坏了，25 公里刚过，我就把自己跑崩了。我的体能消耗殆尽，我的极点提前到来。极点到来之后，我完全顾不上观看沿途的景色了，也顾不上和沿途的观众互动了。我就像一台老掉牙的电动机器，慢腾腾地机械性地向前移动。我的表情疲惫，神经麻痹，但我克制着自己，我不让自己坐下来休息，硬撑龟速前进。

在跑马拉松的途中坐下来休息是大忌。

一个选手，如果在跑马拉松的途中一旦坐下来休息，就等于宣告放弃完赛了。

厦门的 1 月与榆林的 6 月温度差不多。这一天，虽说有微风吹着，但大大的太阳从上午 9 时开始就高高地挂在天空，太阳不留情面地拥抱着在赛道上努力奔跑的选手们，也拥抱着我。我脸上、脖颈的汗水在酷热的阳光下不需要擦拭就挥发成咸涩的白色盐粒。

丈夫还是准备不充分，他没有给我准备一条毛巾，否则，我会用矿泉水浇湿毛巾然后擦拭脸上和脖颈上的盐粒。有盐粒就有盐粒吧，这样比大汗淋漓，让汗水进入眼睛要舒服些。

丈夫在耳边不停地给我加油，遇到水、饮料补给站就给我跑过去拿，他要我尽量把体能用在路上，他还在自己的腰包里为我装着士力架、能量胶，在我最需要补充养料的情况下及时地让我边走边吃。

35 公里后，我的脚板开始酸痛，不跑光走都感到艰难，看到很多选手都和我一样，也在慢慢行走。我想，他们也都到了极点，也已经无法继续跑下去了，所以我也就加入他们的行列，开始了走马拉松。沿途的观众依然热情，成群结队地向落后的马拉松选手挥手加油。听到观众热情的加油声，我内心升腾起一种力量，我让丈夫拉着我的手又跑了起来，可是跑不到 2 公里，我就又不行了，又拽住丈夫，让他拉着我跑。就这样，跑跑走走，直到看见终点的拱门，我才放开丈夫的手，咬着牙，强迫自己独自跑起来，冲过终点线。

5 时 6 分 29 秒。临到终点线，看到计时牌的刹那，喜悦便取代了所有痛苦。

冲过终点线，我的全身便放松下来，我的身体有种要瘫倒的感觉。但丈夫不让我停下来，他扶着我继续向前走，他扶着我领取了完赛包，打印了成绩证书，然后才让我坐下来休息。

不休息不要紧，休息了一会儿，我的脚板更加酸痛了，我连站立都非常艰难了，脱下鞋袜看脚板。天啊！我的两只脚板就像涂了一层"红漆"。

这是我跑步以来的第一个全程马拉松赛，虽然整个过程由丈夫陪跑，虽然跑步过程中痛苦不堪，但冲过终点线后我还是非常激动、非常喜悦。

我认为能感觉到痛苦就不算痛苦，而且痛苦之后的喜悦更让我激动万分。

厦门国际马拉松赛的全部过程，前 2 公里是走，2 公里至 5 公里是小步跑，5 公里至 25 公里是超配速跑，25 公里至 35 公里用耐力跑，35 公里后用毅力跑。

结论：厦门国际马拉松赛之所以跑得那么累，那么崩溃，一是因为开跑前一天没有吃好，没能给体内储存足够的营养；二是开跑前一晚没有休息好，睡眠不足影响跑步质量；三是前 25 公里超配速奔跑。这三个因素导致体能提前透支，以至于极点提前到来。

2014 年 1 月 5 日　榆林静雅斋

辣味十足的马拉松

——记"2015 重庆国际马拉松赛"

重庆是一座山城。名不虚传。

与丈夫坐火车到了重庆北站南广场几经打问人后，才知道到达市区的公交车必须先坐大巴到重庆北站北广场方可乘坐。可是到了北广场，又找不到去会展中心的直达公交车，因为重庆的公交车站牌显示的公交车站点少之又少。找了半天，遇到两位从山东过来的跑者，一起商量后决定先坐公交车然后打车一起到会展中心。去了才知道会展中心压根就不通公交车，而我们明天起跑点也不通公交车。这样一来，我们必须要在比赛起点附近寻找住宿了。在会展中心领到了参赛包后，连中午饭都来不及吃，便开始寻找住宿。

重庆的酒店很人性化，起点附近的酒店、宾馆、旅社都用醒目的大字标明客满无空房。这让我们少跑许多冤枉路，打算转转弯弯岔岔、拐拐巷巷的那些没有明显标牌的小旅社、小宾馆打问。但让我崩溃的是重庆的小旅社、小宾馆少得可怜。我们穿过整整两条街道，也没有找到，所瞩目的店面均是麻辣烫。就在我要绝望的时候，丈夫看到一个会所的牌子。沿着高高的楼梯，一直上到三楼，问了之后，老板临时决定让我们住一晚。

谢天谢地，我们终于找到容身之处了。登记入住后，时间已经是下午两点了。放下行李，赶紧下楼找饭馆吃饭。饭馆比住宿好找，但大多是麻辣烫。放眼望去，红艳艳的辣椒挂满了街道。

　　到重庆不吃火锅等于没来重庆。为此，我和丈夫有了分歧。丈夫不吃辣，见不得辣，看见辣子就咳嗽，泪眼婆娑。平时在家里大事小事丈夫都让着我，但这次他不让我了，拽着我满街找卖陕西菜的饭馆。还好，半个小时后，在距离我们住宿约3公里处找到一家卖大众菜的饭馆，恰好有卖丈夫喜欢吃的面条。

　　我总以为名不虚传的山城重庆，马拉松赛道也是非常陡的。然而，跑过之后，我才知道，重庆的赛道比厦门的赛道还要平坦，是沿着长江线一路平缓设置的，全程只有两个小坡。

　　2015年3月22日早上8点30分，"2015重庆国际马拉松赛"鸣枪开跑。

　　重庆国际马拉松赛的赛道属于折返跑，起终点设在一个地方。

　　老天真是厚爱来重庆参加马拉松的4万名跑者，天气意想不到地变成了阴天，太阳有点儿娇羞，始终躲在云层里，默默地为选手们加油。

　　重庆马拉松的起点设在大路上，赛道极其宽阔，起跑特别顺畅，加之沿着长江和嘉陵江的道路极其平缓，全程都有微风吹凉，美景可赏，于是在不知不觉间竟然就完成了赛事。

　　重庆国际马拉松赛是我独立完成的第一个全程马拉松，也是我的第二场全程马拉松，距离第一场全程马拉松已隔一年之久，所以中途没有出现像厦门国际马拉松赛停下来拍照的现象，没有出现令我崩溃的感觉，没有出现脚板酸痛的感觉，没有出现走跑结合的现象，跑完全程感觉良好。

　　跑重庆马拉松的时候，我的左右一直有人在跑，均不认识，所以不存在语言交流，整个赛程，我就像一个上足发条的时钟，不紧不慢地奔跑着，超过我的人我不去注意，被我超过的人我也不去注意，我在专心致志地奔跑。

因为没有丈夫陪跑，所以这一路必须我自己掌握节奏，自己照顾自己。跑到 10 公里处，我上了趟厕所，小便了一次。从 15 公里开始，每一个水、饮料补给点，我都会放慢速度接过志愿者递过来的水或饮料进行补充水分。25 公里前，我基本是一路脚步流畅地跑，25 公里后，我的脚步开始滞缓，当时产生了一丝要走一走的念头，但听见一个声音"不能走，继续跑，哪怕慢点儿，也要跑，否则后面就跑不起来了"。我以为是对我讲话，结果是一个男子对另一个女子讲话。这时，我又看见路边几个小男孩吹着小喇叭，小男孩的身后是几位年轻的妈妈在挥舞着手起劲地喊着"加油"，我得到了巨大的鼓舞，当即振作精神又仰头摆臂加快了节奏。30 公里处，我跑到水补给点，要了两杯半杯水，并在一个杯子里，然后给自己进行了第一次食品补给，大概是 1 分钟的时间。我边走边用水冲着吃了自己带的一个士力架。

为何用水冲着吃？因为近半年来我一直牙疼，士力架我实在没办法咀嚼，所以就用门牙咬下一块后，用水直接冲下去。35 公里处，我又用水冲着吃了一个士力架，之后接了丈夫打来的一个电话。他询问我的情况。我声音高昂地回答他我当时所处的位置和自己的状态。41 公里处，丈夫又打来一个电话。我声音洪亮地报告了我的位置，并且还要他做好为我在终点冲刺时拍照的准备。后 15 公里，我基本上没掉速，一直匀速往前跑。临到终点 100 米处，我加速进行了终点冲刺。冲过终点线的刹那，当我看到计时牌上的时间显示 5 小时 5 分 58 秒（枪声成绩，净计时成绩是 5 小时 5 分 1 秒）时，我长长舒了一口气，我挑战自己成功，虽然比厦门的比赛只是提前了 1 分 28 秒，但这足以让我兴奋得手舞足蹈了，足以让我在丈夫面前扬眉吐气了。当即我就郑重地向丈夫宣告：4 月份的杨马（杨凌农科城马拉松赛），我会比这跑得更好！

跑过终点，各种满足、各种喜悦、各种兴奋、各种激动，一齐涌向我、拥抱我。

我独立完成了一场全程马拉松，而且感觉颇好，这无异于让我信心大增，成就感满满。可以说，正是那一刻，我才真正意义上爱上了跑马拉松。

返程的路上，我给丈夫提议，明年我们再来跑重马。丈夫说："受不了，受不了，满街辣椒味，呛死个人。"我说："辣味十足，跑起来刺激。"丈夫的头摇得像拨浪鼓。

结论：马拉松必须按自己的配速跑，才能跑出舒服、流畅的感觉来。

2015 年 3 月 25 日　榆林静雅斋

有个配速相当的异性陪跑真心好

——记"2015 杨凌农科城马拉松赛"

"2015 杨凌农科城马拉松赛"于 4 月 26 日上午在杨凌开跑。本次赛事是陕西省首个 A 类马拉松赛事，其成绩是被国际和全国认可的赛事，同时也是全国首个以"农业"为主题的马拉松赛事。比赛全程为 42.195 公里，来自全国各省的近万名参赛者经过激烈角逐，最终男、女冠军分别被来自山东的选手李伟和肖慧敏获得，成绩为 2 小时 24 分 21 秒和 2 小时 47 分 23 秒。

总以为我有了厦门和重庆的经验，家门口的赛事我一定会跑得顺风顺水，结果杨凌农科城马拉松赛跑下来把我晒成黑婆娘，也就是说杨凌农科城马拉松赛，我才真正体会到了跑马拉松的真实感觉。

早晨 7 点 30 分，杨凌农科城的天气已经开始闷热，穿着短袖短裤的我站在人群里已经有了一种燥热的感觉。起跑线上，听到有人说："今天的马拉松不好跑，气温 31 摄氏度，而且坡多，悠着点儿，不行就让收容车（在马拉松赛道上，为那些身体出现状况弃赛或到关门时间还没跑完的跑者准备的车辆）收容吧！"

当时我还想，还没开跑就说放弃话，这人也真没魄力。但人家这话不是对我讲，我也就是想想而已。我暗暗给自己鼓劲儿，一定要跑出比重庆还要好的成绩。

8 点整，鸣枪开跑。

　　我是极容易出汗的人，起跑前，我就在腰包上别了一条擦汗毛巾。这果真派上了用场，还没跑 1 公里，我已经大汗淋漓了。我一边跑，一边用毛巾擦着额前的汗水。我害怕汗水会流进眼睛里，那种酸涩酸痛的感觉之前练跑时就有过。

　　跑到大概有 2 公里的时候，跑友王哥从后面追了上来。我俩就并排跑着。

　　王哥是甘肃平凉人，是已经转业的老兵，业余爱好是跑步与摄影，是我在 2013 年吴忠跑 10 公里小马拉松时认识的跑友。

　　说来也巧，吴忠那次王哥也跑 10 公里，我俩的速度似乎相当，他前我几分钟跑到终点。吴忠马拉松赛的组委会对待所有跑友一视同仁。10 公里的终点，站着很多志愿者，为每一位跑到终点的选手披上御寒的白色浴巾。我当时自我感觉良好，觉得有必要在终点拍个照，留个纪念，所以就用我的手机让王哥为我拍了一照片。当时我就看那照片拍得极好。照片上的我披着白色的浴巾，我的身后是一群转身看着我、同样披着浴巾的男子。照片中的我好像就是夺了金牌的女运动员，而那些男子都用一种羡慕的眼神望着我。我的目光里满含着自豪与光荣。后来丈夫说，我那张照片应该出自专业摄影师之手。可我当时连他姓甚名谁都不知道。后来我就把我的那张具有纪念意义的照片放在 QQ 空间里，这才引出了我的网友——"中国力量"的点评：女中豪杰！这照片可是我为你拍的啊！于是，我才知道他姓王，比我年长 12 岁。

　　后来，我和王哥便成了真正意义的跑友了。

　　太阳就像火球一样悬挂在杨凌农科城的侧方，而且以难以置信的速度向上攀升。到西安待了两个月了（陪老妈居住），那天我第一次感受到了西安太阳的灼热。

　　在大太阳下跑，是我早就预料到的，我的精力尚且充沛，一边跑一边擦汗，偶尔还和身旁的王哥交流两句。有个配速相当的异性跑友一起跑真好！我始终按着我的速度在跑，而王哥就一直与我并排跑着，不知不觉我们就跑到 10 公里处了。

杨凌农科城马拉松的赛道设置得极好，弯道多，道路宽，跑起来没有视觉疲劳的感觉，可惜的是赛道两边没有参天大树，只是一些不怎么茂盛的小树。太阳此时应该快到中天了，小树的阴凉已经快缩到树根了。王哥把有树影的跑道让给我，他则暴晒在太阳下向前跑。每遇到一个用水点，王哥都会上前取两块浸泡着凉水的海绵，我一块，他一块，用凉水海绵擦拭着脸、脖颈、胳膊，降温；每遇到一个补水点，王哥都会上前取两杯水，我一杯，他一杯；每遇到一个饮料点，王哥就会上前取两杯饮料，我一杯，他一杯。与王哥一起跑，是我没有预料到的事情，跑步途中得到王哥无微不至的照顾更是预料之外的。

16 公里的时候，王哥说他的鞋带有点儿紧，他要蹲下松松鞋带，让我继续向前跑。

18 公里的时候，王哥追了上来。我们继续并排跑着。

太阳应该在头顶了吧！赛道两边小树的阴凉完全缩到树冠下了。我们裸露在灼热而难闻的水泥路面上，头顶似乎顶着火炉，火辣辣的。我竟然感觉不到脸上有汗水了。汗水应该来不及流下来就被太阳蒸发了。用手摸摸脸，竟然有盐粒，用舌头舔舔嘴唇，是咸咸的味道，像儿时吃的那种从熬盐锅里煮出来的土豆。

杨凌农科城马拉松的赛道最不好的一点是水泥路面太多。要是柏油路的话，太阳下跑起来脚感会好点儿。而水泥路面，太阳再怎么晒，它也是硬邦邦的，脚感特别不好，而且容易伤脚。

我体内的能量大概还有很多，所以我才想到儿时吃的煮盐土豆了，想到脚下踩的路面会伤脚了，此时我的思维竟然活跃起来，想着回到家要好好写一篇跑马拉松的日志。

20公里处，要穿过一个校园，是西北农林科技大学，是从学校东门跑进去。刚进校园，迎面看见一群女孩为选手跳舞加油，赛道两边则是排列整齐的、高喊着"加油"的学生，也有一些学生在敲锣打鼓地给选手助威。此时的我还感觉不到丝毫的疲惫，当进入校园后，见到如此震撼人心的啦啦队、助威团，我的精力瞬间倍增了，仿佛我就是校园里的一名学生，接受众多同学为我加油。当我从众多同学的眼前跑过时，立即产生了一种特别荣耀的感觉，霎时间，脚下的步伐也就不由得加快了。

从农大的西门出来就到博士路了，跑至杨凌大道和博士路的十字路口又转向杨凌大道。

22公里处看到前面有一道长长的坡，坡下有一个移动厕所。我让王哥在前面跑，我进去方便一下。结果，由于浑身是汗，让我衣物粘身如厕困难，等我穿戴整齐，放开脚步去追王哥时，让我遗憾的是，直至我跑回终点，也没有追上王哥。王哥先我两分钟到达终点。

后半程没有王哥一块跑，那个漫长，那个枯燥，真没法形容。

那道4公里长的上坡路很难跑。路两边没有住户，看不到一个观众。路两边没有一棵树，一眼望去是黑乎乎的柏油路，有一段路上看不到石子，柏油被太阳晒得软乎乎的。我绕开那块软乎乎的路面，慢腾腾的，就像蜗牛一般向坡顶移动着跑了将近半个小时。半坡上立着一个大大的25公里的标志牌，没有设置饮水站，也没有志愿者。跑至终点，我才知道这是杨凌农科城马拉松赛程里最艰难的一段路。坡上，跑步的人看起来零零星星，走路的倒是三五成群，也有个别选手干脆坐在干晒干晒的路边等着收容车接他们回去。

上了长坡，便是一马平川，赛道两边绿树如茵、良田两川、观众如潮，加油声、锣鼓声、喇叭声此起彼伏，食品补给站、饮料补给站、饮水补给站、用水站、医疗救护站一溜排开，挺立在大树下。

那道 4 公里的长坡用了我好多能量，长坡上来便是 26 公里的指示牌。从 26 公里开始，赛道变成了折返跑。28 公里处，我看见对面的标志牌上写着 30 公里。我刚刚跑过 28 公里的标志牌，迎面看见了我没能追上的王哥，王哥从金属隔离带上面给我递过来一个用手焐热了的西红柿。

我如厕了一次，就和王哥错开了 2 公里的距离，此时，我产生了一个念头，想要追上王哥的念头。为了追上王哥，我提速了，但是跑到 30 公里处，感到自己力不从心。我的小腿开始酸困，脚步开始滞缓，甚至有种举步维艰的感觉，我便放弃了追上王哥。30 公里处，我放慢了速度，开始给自己进行食品补给。我见食品就吃，见饮料就喝，边跑边吃边喝。黄瓜、香蕉，以及我腰包里带的两个士力架，统统吃光。

及时的补给还是管用的。补给后，虽然速度没能及时提起来，但我一直坚持跑着，没让自己停下来。大脑里开始一片空白，余下的 12 公里会是怎样的跑法？我没精力去想象。

我前面跑着一个比我身体胖一点儿的大姐，她很吃力地跑着，我追上她和她并排跑着，听到她在自言自语："一根筋抽错了，花钱来这里买罪受，这鬼天，太阳咋这么毒，回去脸上得脱一层皮。"听了她的话，我对她笑了笑，然后努力向前跑去，我害怕和她并排跑，她的坏情绪会感染我。

是啊！这是拷问人灵魂的过程！如果能坚持跑完这 42.195 公里，就战胜了自己，如果能在原有的基础上突破一点点，哪怕是一分一秒，也是值得自豪的超越了。

33公里开始，腰包里的手机响个不停。第一个电话是协会里一同来参赛的女会员打来的，她问我状态如何？女会员是跑半程的，这个时候已经跑完了，于是来关心我。我即使一百个不情愿在此时接听这样的电话，但我还要非常礼貌、非常客气、非常字正腔圆、声音洪亮地回答她。这个电话刚挂不到3分钟，手机又响了。听着手机铃声，我就有了一种莫名的烦躁，待我接通之后，知道还是协会里一同来参赛的会员后，当即便语气温和地回答了他的问题。这个电话是一个跑半程的男会员打来的，他是询问我结束之后，协会有没有拍合影照的安排。过了一会儿，手机第三次响起，接通之后，听到二姐的声音，问我忙不忙？在干什么？我当即就有点儿不耐烦了，简短干脆地让二姐挂断电话，说我在跑马拉松，有事之后再说。第四次手机响起，我干脆不接了，我实在不想接听电话了，我认为跑着说话是很费力气的事情，但是电话一直响，响至出现忙音，连续响了4次。终于我接起了，是已经跑到终点的丈夫打来的。我一听是丈夫的声音，便火冒三丈起来，撂下一句："不要打电话，不知道我跑得很吃力吗？"然后就把电话挂了。挂电话的瞬间，还听到丈夫问我跑到多少公里了，我没来得及回答他。挂了丈夫的电话后，我担心手机会再度响起，干脆直接关机。后来，跑至终点才知道，丈夫是担心我一直不接听电话，是不是被收容车收容了。

34公里处，一个身材魁梧的男子在用手机通话，听到他对电话那头的人讲，他脚板疼得特别厉害，现在根本跑不动了，估计走回去最少得一个半小时，如果关门时间走不回去，说不准就被收容车收容了。

是啊！这样的气温，这样的路面，跑步姿势不对，跑步时间不够长，脚板疼是在所难免的。我跑厦门马拉松赛时就是如此，感同身受啊！还好，我今天还没有感觉到脚板疼。

35 公里处，有一个用水站。我跑上前，拿了一块凉水海绵，在脸、脖子、胳膊上擦了个遍，最后还把海绵塞进后领口降温。

36 公里处，医疗组在为一个女子施救，听说中暑晕倒了。

37 公里处，我脖子上挂的珍珠项链不知怎么断了，珠子一颗一颗地从脖颈滑落下去，然后从 T 恤衫里掉了出去，落在地上。我想停下来捡起那些珠子，但等我反应过来已经跑出好远。算了，掉了就掉了。此时，我的情绪低落到极点，我的表情僵硬，不顾左右，只顾直视前方，昂首向前跑。

还好，从 37 公里开始是下坡路。这时，我补给的能量起了作用，借着下坡，我提速了。这段 4 公里长的下坡路，我是一路冲锋，一路狂飙。很多已经没有力气继续跑步，等待被收容的选手会给我竖起大拇指，一些和我一般年龄的男子、女子被我超过之后，会听到他们夸我，"这女人厉害"。

临到 41 公里处，也就是下坡路跑完之后，有一小段上坡路，坡上去，便是 41 公里的路牌了。跑过 41 公里的路牌，过了一个直转弯，继续跑，再过了一个直转弯，便看见终点的彩门了。

看见终点的彩门，我就兴奋起来。我终于跑到目的地了。我压住脚步跑着，我想在离终点 100 米处开始加速冲刺，好让在终点处等待我的丈夫为我抓拍一张跑姿优美的照片。

看到彩门上的计时牌了，但当看到计时牌显示 5 小时 12 分 48 秒时，我的心情骤然低落下来，不过这不影响我在脚踩感应带的瞬间摆出优美的跑姿和昂扬的神态来感谢终点所有的服务人员和热情的观众，以及在那里等候已久为我拍照的丈夫。

冲过终点，我非常激动，从没有过的激动。

　　我竟然当着好多人的面给丈夫一个深深的拥抱!

　　结论:杨凌农科城马拉松赛组委会后勤尽责,每2.5公里便有一个补水站、饮料站,水饮料充足,医疗站药品充足,能量补给站食品充足,移动厕所摆放位置明显。市民啦啦队热情多样化,有秧歌、舞蹈、锣鼓,集体啦啦队阵容好,服装整洁。赛道设置好,弯道多,视觉不疲劳。有点儿小遗憾的是:水泥路面太多,硬,不好跑,沿途的树木太小,气温太高(高温达31摄氏度,创4月份气温新高)。

2015年5月2日　西安和基居

丝路悠远，西马情深

——记"2017 西安国际马拉松赛"

对于一个热衷于文学创作的业余马拉松选手，用跑步来庆祝每一个节日，用文字来纪念每一次过节，这是惯常之举，所以在西马（西安国际马拉松赛）结束后，感悟也必须成文。

西马是成功的。

提前半个月我的手机便接到开赛温馨提醒的信息。开跑日地铁提前 40 分钟运行，地铁卡免费乘坐一天，完赛后有摆渡车。组委会提供了萨洛蒙（salomon）的装备、一次性雨衣、共享汽车免费卡。选手可凭手环免费游景点，并为选手准备了体检卡、健身卡，赛场有精准的人脸识别系统，超轻便芯片。有 4 万警力维护现场，医护人员阵容庞大且医疗用品供应充足。沿途有各种节目助威加油，观众从始至终热情高涨。精美的完赛奖牌，文化韵味浓厚的漂亮大毛巾，充足且种类多样的补给。起跑点高大健壮的古装士兵，沿途有魅力无限的文化景点，充足的移动厕所，漂亮妹妹手举醒目的赛道指示牌，终点还有特色小吃，凉皮、肉夹馍、臊子面。完赛展厅区还有纪念品、温情绵绵的完赛包以及中国邮政发行的西马邮票，等等，足以说明"2017 西安国际马拉松赛"是成功的，堪称完美。

西马是迄今为止我所参加过的马拉松赛道最完美的城市。

西马的赛道设计极具文化魅力。主要看点是世界级的文化古迹及西安市内各大高校等，基本上跑几步就会出现高校大门和古建筑，把千年古都西安的悠久历史与现代文化风貌全部都展现出来了。

西马的起点是西安市南门广场，全程马拉松终点是西安市大明宫遗址公园御道广场，半程马拉松终点是西安市曲江池遗址公园广场，迷你马拉松终点是西安市西北大学北门。全程途经永宁门、钟楼、西南城角、西北大学、西安博物院、小雁塔、西安体育学院、西安音乐学院、长安大学、小寨商圈、西安交通大学（雁塔校区）、西安邮电大学、西北政法大学、西安外国语大学、陕西师范大学、大雁塔、大唐不夜城、西安音乐厅、西安美术馆、陕西大剧院、唐城墙遗址公园、大唐芙蓉园、曲江池遗址公园、曲江寒窑、西安建筑科技大学、西安科技大学、李家村商圈、和平门，东南城角、长乐门、中山门、大明宫丹凤门遗址。

虽说我在西安有一席之地，但大部分时间还在榆林居住，目前的我属于榆林人在西安，所以对西安的城市设施与街道走向我是极其陌生的，很多景点都不曾亲临，很多大学都不曾注意，所以对于参加西马，我是心怀敬畏与浓浓激情的。西马组委会厚道，给予全程选手和半程选手一样的待遇。这样一来，我这个半程选手在完赛后，也能与全程选手一样，像王者一样归来，接受组委会安排的所有待遇。这一点让我很是感动。

有跑友说，跑完西安马拉松，爱上了西安城。我想说，跑了西安马拉松，就了解了西安历史。

西安，有 3100 多年的建城史，已融入国际；西安，有 1100

多年的建都史，又健步起航。丝路悠远，西安情深。2017 年 10 月 28 日早晨，26 个国家的马拉松爱好者云集西安南门广场。7 时 30 分，首届西安国际马拉松赛鸣枪开跑，2 万多名运动健儿如潮水般奔向永宁门，以饱满的热情，激动的心情，踏上十三朝古都西安的街道，触目十三朝古都西安的辉煌，畅想十三朝古都西安的历史，见证十三朝古都西安的魅力。

西马是迄今为止我所参加过的马拉松赛的补给与服务最暖心的城市。

我之前在其他城市跑马拉松，如我这种龟速的"菜鸟"选手，从 5 公里开始，水、饮料是很难遇到的，后期的食品补给也就别指望了。而西安呢，我基本上以每公里 7 分钟的配速行进，从 5 公里开始的每一个补给点，我都能喝到甘甜的饮料和爽口的矿泉水，后期的食品补给也是满足供用了，譬如葡萄干、西红柿、红枣、香蕉、黄瓜段，只是我养成了跑半程途中不进食的习惯。我远远看见那些漂亮的志愿者妹妹和帅气的志愿者小伙儿面带微笑地为大家服务时，心里便蓄满了力量，即使双腿灌铅般沉重也坚持让自己跑起来。

完赛包里的补给更是暖心，"苹安完赛"精美纸盒包装的甜脆苹果，"祝您完赛"精美纸盒包装的酸奶、面包、蛋糕、花生和湿巾纸，还有补充体能的饮料和矿泉水。而且那些漂亮妹妹看见我走过去，早已微笑着双手把完赛包递过来了。这时，即使浑身无力也不觉得疲惫，愉悦的感觉便从身体的每一根毛细血管里升腾起来。

我在跑进途中身体遇到各种不适，譬如小腿沉重、膝盖酸困、大腿发麻以及跑到终点四肢无力等。这些都是我预料到的，因我接到候补成功的信息到西马开赛只剩一个月零八天。然而这段时间因西安天气总是阴雨连绵的原因，因母亲住院需要看护的原因，因赶着时间校稿子的原因，因国庆假期亲人聚餐的原因，这诸多因素使我无法挤出更多的时间备战西马，结果我在这一个月零八天内只跑步五次，两次 5 公里、三次 10 公里，就仓促上阵了。

让我想不到的是，我几次在医疗点停靠，总是有医护人员主动积极地为我排忧解难。与此同时，我看到每一个医疗点上的医护人员都在积极帮助那些如我一样准备不充分的选手，譬如喷洒云南白药止疼药水、按摩等等。而我的儿子由于准备更不充分，当我跑到 14 公里的时候，却看见他在我前面一拐一拐地走着。

我的儿子，1.85 米的个子，90 公斤的体重，无论身高与体重都不适合长跑，但是因为受我与丈夫的影响，他也想检验一下自己的体质。儿子平日只是在下班后去健身房锻炼，偶尔跑步机上跑几公里。他没有参赛经验，第一次参加马拉松赛，身体不适，出现各种状况，在所难免，我也没必要在这里赘述。然而，让我始料不及的是儿子脚板起了几个水泡，并且一只膝盖一直疼痛，他需要在每一个医疗点找医生喷洒药水止疼，才能坚持到安全完赛。

西马是迄今为止我所参加过的马拉松赛的观众最热心、最热情的城市。

从永宁门开始，赛道两边的观众始终激情高昂地呼喊着"加油"。各学校门口，观众的呼喊声是有组织的，喊声整齐而洪亮。

我在跑进途中，听到一群小学生更是卖力地齐声高喊着"加油"，我心有不忍，真担心这群孩子晚上回家会嗓子疼。

最让我惊奇的是观众中有一群黑皮肤的外国人卖力地向跑过的中国选手用标准的普通话齐声高喊着"加油"。那一刻，我在赛道上有种想要飞起来的感觉。

能参加首届西马真是幸运之神降临在我头上了。

当中国的马拉松赛成为一种最时尚的全民健身运动之时，我的跑马（跑马拉松）激情似乎进入了瓶颈期。诸多原因，导致我好不容易培养起来的跑马热情就像初春的冰雪渐渐消融了下去，好在我并没有完全停止跑步。

西马开始报名，我正埋头于长篇小说《守土》的修改中。丈夫看着手机问我要不要报名。我想也没想就说"报！怎能不报呢？西马是家门口的赛事呀！"可是过了一个月，我却没有中签。原因是中国田径协会马拉松官网上查不到我半年内的参赛纪录，我被直接筛选掉了。

无缘西马，心里总觉得怪怪的，有种被跑马圈抛弃的失落感。但夜深人静，细想起自己自从2016年10月参加完敦煌马拉松赛之后，基本上没有长距离跑步，心里又少点儿难过，觉着没中签兴许是好事，是天意，是上天的特意安排，然而夜深人静，心里又为自己参加不成西马难免纠结。纠结的时候，又给自己宽心：舍得，舍得，有舍才有得，人的精力有限，哪能事事顺心，自然已经钟情于文学，就不要放不下长跑，再说自己又不是长跑达人。这样想的时候，我便不再纠结无缘西马的事情了，于是我便安下心来修改我的长篇小说。

我确实有点自虐狂的倾向，连我的兄弟姐妹都没想到，之前连1公里都不能顺利跑完的我，从2013年春节开始练习跑步，不到10个月时间，我就把自己训练成一个可以跑完全程（42.195公里）的业余马拉松选手。

其实，之所以那样对待自己，除了要减肥之外，更主要的原因是安逸的生活，让我丧失了创作的激情与动力，创作进入了瓶颈，我甚至恐惧坐在电脑桌前，我几乎连一篇短文都懒得写。我想要换一种新的生活方式，让自己彻底走出迷茫与困惑。万万没有想到，参加几次马拉松赛后，创作的激情又起死回生了。我顿悟汗水不但可以带走体内多余的脂肪，还可以浇灌文学的土壤，鲜花盛开。

不承想，又过了一段时间，老公却说西马有了候补名额，我当然要争取了。

半个月后，西马组委会发来信息。候补成功，我心里的窃喜，简直无以言表。当晚，又得知儿子也候补西马成功。一家三口，可以同时参加首届西马，这又是一件令我高兴的事情。

我敢说西安是强大的，虽说西马刚刚起步，但以首马的成功与完美去联想，用不了几年，西马一定会成为一颗耀眼的明珠，与世界顶级城市的马拉松赛媲美。

我信心满满，愿与西马共成长！

2017 年 10 月 30 日　西安和基居

雨中杭马，别有一番滋味在心头

——记"2015 杭州国际马拉松赛"

跑步上瘾了，一有赛事，我就按捺不住想参加，得到儿子的支持，便和丈夫乘坐飞机，结伴去杭州参加"2015 杭州国际马拉松赛"。

上有天堂，下有苏杭。到了杭州，必游西湖。

又听人说，西湖的景，晴不及雨，雨不及雪，所以到了杭州，我便盼望能突降一场雪。

然而，气候的缘故，雪花注定不会飘飘洒洒，便不得不放弃这多情的念头，却心有不甘，又祈盼一场雨的到来。雨天，划一艘小船畅游西湖，一定会别有一番滋味在心头。

杭马（杭州国际马拉松赛）开赛前一天，杭州无雨，西湖无雨，时间又匆匆，断桥残雪之绝境注定不能领略，雷峰夕照也来不及观看，急忙乘坐公交车赶往和平会展广场去领参赛装备。

杭州的车真多，大车、小车都拥挤在一起，仿佛蜗牛一般，令人憋屈、郁闷，我真想叫停公交车，下车跑步去，却因路况不熟，害怕找不到，只能忍气吞声，任凭汽车慢悠悠前行了。

天气预报报道次日有雨，将从凌晨 1 时持续降到下午 3 时。我不相信。入夜，却真下起了雨，淅淅沥沥，淅淅沥沥。

次日凌晨 5 时起床，丈夫说雨打着窗，搅扰得他心烦，一夜无眠。我却仿佛猪一般，睡得死沉沉，倘若我独自来参赛，若没有手机闹钟叫醒我，说不准真误事呢。

雨一直在下，不停更好，倘若真能在雨中跑完 42.195 公里，也算弥补我无缘雨中游西湖的遗憾。雨中跑步，虽具挑战，却也有很大的好处，避免大太阳晒黑我白白的脸蛋。

赛事主裁判不允许参赛选手穿雨披上赛道，开跑前 15 分钟，播音员在广播里大声宣讲，三令五申要求脱下雨披奔跑，第一为了保持赛道清洁，第二为了预防赛场发生意外。

于是在鸣枪开跑的瞬间，我脱下雨披，别进腰包带子里，随着人潮，跑了起来。

西湖被雨雾弥漫着，朦朦胧胧，宛如白娘子口中吐出的白气，带着神秘的色彩在保俶路一圈圈散放开来，沿着解放路迅速延伸到钱江路，继而又上了复兴大桥。大桥下，钱塘江水，隐藏在谜一样的雨雾中，看不到江面，看不到天际，水天一色。

19 公里后，赛道开始上坡，时而陡，时而缓。

雨一直下，我身不热，口不渴，状态极佳，一路向前。

闻涛路上，很多选手停止跑步，俯瞰桥下钱塘江水的浩瀚。

雨瓢泼而下，雨声巨大，雨雾浓重，隐没了钱塘江的涛声，隐没了钱塘江的浩瀚。

钱塘江大桥被一道陡坡托起，宛如一道彩虹，人踏在彩虹上狂奔，劲舞，肆意吼喊，丝毫不松懈。计时牌显示 30 公里，路程早已过半。

到了虎跑路，路漫漫，一道慢坡两公里。倘若不下雨，倘若有大太阳，此时一定到达极点了。然而，天公作美，状态依然良好，上坡竟然还能快步奔跑。

过了虎跑路，想侧耳倾听南屏晚钟的声响，却被雨声干扰，未能如愿。

路上有许多积水，脚步踏上去，啪啪声，不绝于耳。一路跑过来，到此可以顺路到达花港观鱼，这里鱼儿跳跃，助我精神倍增，一口气上了杨公堤，便可远眺雷峰塔。

雷峰塔笼罩在浓浓的雨雾中，更显神秘，更显庄严。

到达龙井路，远远看到 39 公里的路牌，精力大增，快步依次抢上灵隐路，玉古路，求是路。

玉古路与求是路的转折处立着 41 公里的路牌，目标就在前方。

求是路上，赛道转为辅道，跑者与正道上的汽车开始赛跑。

赛道两边的志愿者，铿锵有力的加油声，声声入耳，倍感有力。加油！坚持！

最后 1 公里了，提神运气，加速前进。

又一个转折点，我上了黄龙路，终点彩门亮闪闪，胜利在望。

冲过终点线，霎时间，热泪盈眶。计时牌上，红红的数字——4：51：21，令人激动万分。

又一次突破了自己，又一次打破了自己的记录。一枚印着"平湖秋月"景观的翠绿纪念奖牌挂在我的胸前。

不，这不只是一枚完赛奖牌，这是见证我 PB（个人最好成绩）的、亮光闪闪的、战胜自己的"冠军"奖牌。

我的手机里传来组委会发来的信息——刘小玲恭喜您以 4：49：49 的净计时成绩完赛杭州马拉松（42.195 公里）。

感谢这一场雨！你让我领略西湖雨景的同时还跑出了比以往更好的成绩。

感谢这一场雨！雨中的杭州马拉松，别有一番滋味在心头。

2015 年 11 月 15 日　西安和基居

塞上秋来桃花开，朵朵惹人爱

——记"2019 榆林国际马拉松赛"

　　当马拉松与粉红色相遇，跑步就变得尤为诗意，尤为浪漫。

　　粉红色的桃花，粉红色的 T 恤衫，粉红色的雨披，粉红色的浴巾，让人不由得联想到粉红色的回忆、粉红色的偶遇、粉红色的盛宴。

　　在 2019 年 9 月 8 日，晴朗、明亮，风中尚有一丝丝清凉气息的早晨，榆林迎来了一场粉红色的跑步盛宴——"2019 榆林国际马拉松赛"拉开了帷幕。

　　一声枪响，穿粉色衣服的跑者，宛如一只只粉色的蝴蝶，飞出了彩色拱门，飞向长城北路，飞向骑街六楼，飞向南塔北台，飞向开发区宽阔的大道……

　　各种形式的文化加油站，扭秧歌、吹唢呐、打锣鼓、跳广场舞，把最看家的本领，以其最独特的方式，最精美的舞姿，全都展示了出来，为一位位大汗淋漓的跑者加油。瞬间，欢呼声、喝彩声、鼓励声，便在榆林这座能源城市里荡漾开来，沸腾起来。

　　我踏着干净的街道，望着熟悉的街景，听着欢快的鼓声，穿梭其间，慢慢奔跑，快意想象。这应该是史上最具创意，最为温馨，最为炫目的一场马拉松赛了。我想到了红粉佳人与桃花运。谁说不是呢？满大街清一色的粉，晃眼。若定力不好，眼睛绝对睁不开，以为自己成了唐僧，遇到了无数的"桃花仙子"。跑着，跑着，气温升起，我便真切地体会到了所谓的"秋晒如刀剐"。

榆林的秋日，原本凉爽，很少有这样的高温。大太阳真毒辣，我开始冒汗，继而大汗淋漓。这场暑热未消的奔跑之旅，也着实考验人，但我不怯。我心里有数，就是多流点儿汗水，汗水流过，心情会更舒畅，精神更会饱满。

跑到 20 公里的时候，接到了姐姐打来的电话，她说赛后请我吃饭，还说她和姐夫正在终点等着我。这让我颇为感动，以至于疲累当即消除，一口气跑完剩余的 1 公里。这次我跑的是半程赛。感谢今年榆马（榆林国际马拉松赛）的赛道做了小小的调整，我的 PB 较去年有所刷新，成绩居然提升了 8 分钟。

从 2016 年至 2019 年，我一律跑半程赛，全程马拉松已经成为我的历史。我有过五次跑全马的经历，厦门、重庆、杨凌、北京、杭州，后四场全是 2015 年跑的。最好的成绩是在杭州，全程雨中奔跑，那种舒爽，无法形容，成绩也最好，4 小时 49 分 49 秒。

我之所以从 2016 年开始跑半程，是因为我把全部精力都用在推动榆林马拉松这项伟大的事业上了。对于榆林马拉松，我是情有独钟，感情深厚，无人能及的。

也许你不知道，榆林市长跑运动协会在 2013 年 12 月 20 日成立。当时，我在成立大会上宣言："我要在 5 年之内，把国际马拉松赛在榆林推起来。"

这是我的"5 年计划"，我认为是宏伟的"5 年计划"。要知道我是一个无背景、无实力的自由撰稿人，仅仅是因为我受益于跑步这项体育运动，仅仅是因为我当了社团的负责人，仅仅是凭借我对马拉松运动的执着，仅仅是凭借我对马拉松运动的认识。我把关于《榆林举办马拉松运动的可行性分析报告》写出厚厚一大本，从 2015 年开始，经过我的不懈努力，终于在 2017 年，在榆林举办了国际马拉松赛，被市政府纳入工作计划。于是，2018 年 9 月 16 日清晨 7 时 30 分，首届榆林国际马拉松赛，准时鸣枪开跑。

作为一个社团的负责人，"5 年计划"圆满实现，我是感到非常自豪、高兴、欣慰、激动的。

其实，早在 2013 年榆林市长跑运动协会成立之初，榆林的跑步氛围还是很差的。当时，有点儿想法、有点儿时间、有点儿精力的榆林人，更看重经济效益。我和丈夫每天在小区里跑步，好多人都惊奇，用异样的眼神看着我，有人甚至指指戳戳，小声嘀咕："吃饱了撑的。"有人干脆当面问我："你每天跑步累成那样，图个啥?""加入你们长跑协会，每天跑步给钱吗?"我就说给，结果真有人跑步活动结束向我要钱。

显然，那时榆林人的自主锻炼意识还是比较差的。

榆林是能源城市，有地下宝藏支撑，经济相对发达是肯定的。很多人会认为有钱就不怕生病，他们也知道锻炼能使身体健康，但就是做不到，所以就忽略了健康的身体是无价的财富。搁到现在，这样的问题，根本无须我回答，会有很多人替我抢答，并且能把跑步带来的好处说得头头是道，能把马拉松赛中收获的快乐心情、感悟体会、奇趣妙闻，整理出版成书籍《用脚步创作的特殊作者·108 位跑者的跑步经历》，便是有力的例证。

2018 年跑完榆马，我远比今年感动、激动、兴奋，全因 2018 年是首届举办，也因我为首届榆马的如期举办，也尽了不少力，流了不少汗。

2018 年榆马的赛道基本上采用了榆林市长跑运动协会秘书长陆军最初给出的设计，将步行街、滨河公园、镇北台、红石峡、榆林学院、市政府、市委、榆林第一医院、榆林中学、科技馆、榆林职业技术学院、朝阳桥、长城路串联起来。

我当时就想，榆林国际马拉松的赛道，必须突出榆林特色，要有榆林名胜、榆林古迹，也必须将老榆林与新榆林结合起来。众所周知，榆林作为明代九边重镇之一，榆林自古就是重兵要地，边疆贸易的中心和汉族与西北少数民族的交会之处，明长城穿城而过，南塔北台中古城，六楼骑街天下名，以及现代榆林高大，全都要展现出来。

去年的赛道，到达镇北台，要经过一道慢坡。那道慢坡，对于跑步高手，也许没什么，但对于如我一样，仅凭耐力与毅力的跑步菜鸟来说，是极具挑战性的。

结果那道坡上去，我已经力不从心了。

今年赛事组委会想得周到，把那条慢坡去掉了，改道别处。赛前，我利用 3 个早晨，沿着 42.195 公里的赛道跑了一整圈，发现今年的赛道，对于跑半程的选手显然比去年容易些，但对于跑全程的选手，却比去年难度大了。后半程富康路折返跑那段坡度，虽然不足 1 公里，但对于已经疲累的全程选手来说，也真是极大的挑战。

"2019 榆林国际马拉松赛"，以"从沙漠跑向绿洲"为主题，以粉红色为基调，以明亮、鲜艳、夺目、炫丽、温馨、暖心为特色。

在榆林国际马拉松赛中，我既属于东道主，又属于参赛者，以我独特的身份来看，今年的赛事比去年的赛事办得更为成功，更为圆满。

在此，我祝愿榆林国际马拉松赛越办越好，越办越有新意，越办越具特色与魅力。

赛事结束的当天，有感写了一首七言绝句，浓缩了我的参赛感悟，就用它作为本文的结尾吧。

　　秋日驼城颜色好，八方跑友竞妖娆。惊天粉竞袭榆叶，满地飞花闹夜宵。

2019 年 9 月 10 日　榆林静雅斋

青马与青马之外

——记"2018青岛海上马拉松赛"

一、走，我们去胶州湾跨海大桥

我这人的家国情怀比较浓重。时下里多是漂洋过海，跨出国门，去国外看风景的人，我却试图用一双脚把祖国的山川大地踏遍。

前些日子跟丈夫去了趟成都，陪他参加了一回"2018成都国际马拉松赛"。仅隔10天，我们一家三口举家到了青岛，又参加了一场马拉松赛——"2018青岛海上马拉松赛"，开赛日期就在所谓的"光棍节"——11月11日。

全家总动员参加马拉松赛，这算是第二次了。第一次是2017年西安国际马拉松赛。那次儿子是第一次参赛，他仗着自己年轻气盛，身高腿长，爆发力好，把我远远地甩在后面，结果14公里处，我追上了他，超过了他，最终先他20分钟完赛。原因是他后7公里是一直走下来的，而我却匀速跑到终点。后来，我以此来教导儿子——在马拉松赛场上，不怕慢，就怕站。所谓真正的跑者，不是用跑多快来衡量，而是用跑多久来评定。然而，那次跑马拉松，儿子却付出了惨痛的代价。正是由于他缺少经验，开跑时步频调得太快，加之跑姿又不正确，导致跑到14公里时，一条腿便疼得实在跑不动了，只能趔趄着坚持走到终点。赛后，他的那条腿疼了近1个月。医生说是膝盖部位的软组织严重损伤，要卧床休息到腿彻底不疼，才能慢慢行动。他哪能在家待住，只请了 7 天假，便借来 82 岁老娘的手杖，拄着一步一步挪去单位上班。结果他的腿好了后，把好不容易培养起来的跑步兴趣给生生地丢掉了。后来，他干脆不跑了，改练拳击。随他去吧。年轻人，爱干吗干吗。只要锻炼身体，练啥我都支持。再说平日里我在榆林，他在西安，我又关照不上他。而这次去青岛参加马拉松赛，纯粹是我挑起的。

往前推些日子，2018 年 9 月 16 日的"2018 榆林国际马拉松赛"结束后，我在跑友圈看到有人转发青岛海上马拉松赛的报名链接，便想着 10 月 20 日的"2018 西安国际马拉松赛"结束后，可以再去青岛跑一跑，顺便转一转。于是就跟已经去西安看婆婆的丈夫发视频商量这件事。不承想儿子正好在丈夫身旁坐着，他听说后居然也要去，要陪我们跑。丈夫当然欣喜，举家跑马、举家旅行，他盼望的事情。我却万般担心。儿子能跑下来吗？他去年跑了一次，把好好的腿折腾得疼了好长时间，今年再跑，搞不好腿再疼起来，请假误工不说，人还受罪，最关键的是，他后来就停了跑步，跑马拉松可不是闹着玩的。我说出去玩玩可以，万不可报名。丈夫却极力支持，还说儿子的大长腿，走起来一步顶俩，一步不跑，光靠走也能完赛。儿子却说他参加马拉松是假，在胶州湾跨海大桥上看风景才是真。

瞧瞧现在的年轻人的思想多么不可思议而又令人惊讶啊。

我说 21 公里呢，走也累。儿子信心满满，他志在参加，说他一定能安全完赛。我不能打击年轻人的热情，只能默默地祈求他顺利完赛了。

青岛海上马拉松赛不是国际赛，报名特别宽松，既不要求选手平时的参赛成绩，也不看医院开的健康报告，儿子顺顺当当便报上了名。

丈夫跑的是全程（42.195公里）。我和儿子跑的是半程（21.0975公里）。全程和半程不在同一起跑区。当日青岛马拉松有2.5万人参赛，丈夫在B区，我和儿子在F区，中间隔着C、D、E三个区。赛前一日，丈夫免不了万千担心，私下里对我千叮咛万嘱咐，要我不要在意自己的跑步成绩，务必陪同儿子跑步，尽量带着儿子安全完赛。我嘴里答应着，心里想着，倘若儿子体力不支，我宁可陪他弃赛被收容车收容，也不要他硬撑着完赛。所以前10公里，我与儿子紧紧相跟，顶多前后错开1米距离。儿子起先也完全按照我的配速奔跑，但儿子跑不到两公里，就跑不动了，变跑为走。我在儿子走的时候，捺着性子，慢跑着等他。好在他身高腿长，走路步幅大，才不至于太扯我后腿。8公里处，我和儿子追上两个半程赛的"关门兔"（指配速员，如果选手跑得比他们慢，一般是没有成绩的），是两个漂亮的长腿妹妹。

两个"关门兔"的速度太快了，把关门时段完赛的选手拉崩了。我追上去时，听见一男选手建议两个"关门兔"放慢速度跑，否则后半程真要变跑为走了。两个"关门兔"居然把速度降了下来。

儿子还是走一阵，跑一阵。我觉着压抑，便不管对丈夫的承诺，灵机一动，便建议儿子紧跟两个"关门兔"，不至于完不了赛，也不至于跑崩。儿子点头，还说我原本就是多虑，他成年人了，还不懂得哪多哪少。我便自顾自向前狂飙而去。之所以丢下儿子，是因为我还是比较放心儿子的。儿子从上幼儿园开始，我便培养他独自去学校，独自回家的习惯，直到他大学毕业，他也没有给我闯下乱子。他早养成了非常自立的生活习惯，从西安到青岛的路上，还是他照顾着我和丈夫呢。

完全想不到的是，儿子竟然超过了"关门兔"，在半程赛关门前 11 分钟，以跑走结合的方式安全抵达终点，仅仅比我落后 18 分钟。

难以想象啊，一个从来不练跑步的年轻人，竟然在胶州湾跨海大桥上完成了他人生之中的第二个半程马拉松赛，完全靠的是毅力，而且完赛后的状态良好，可喜、可贺、可骄傲、可炫耀。

现在说说我对青岛海上马拉松赛的整体感觉。

总的来说，一个非国际性的官办国内赛事，能达到 2.5 万人的规模，青岛海上马拉松赛还是有其独特的魅力的。胶州湾跨海大桥上的美丽风光、赛道上那些热情的服务志愿者、可爱的摄影师，都给我留下了美好的印象。

自从 2013 年开始参加马拉松以来，我还不曾见过有哪家赛事组委会安排了摄影团队给半程选手拍照，但青岛海上马拉松组委会却在半程赛道上设了好多的摄影点，而那些摄影师也很负责，只要有跑者提出要求，他们会不厌其烦地给选手拍照。只要有选手特意摆出造型，他们一定会抓拍到美丽的镜头。

这一结论的得来，是跑进的过程中我亲眼所见，更是赛后一日，我收到了青岛海上马拉松组委会发来的温馨提示，凭参赛号码和姓名即可免费领取相片。这是多么人性化，多么暖人心啊！而之前遇到的好多赛事，那些摄影师对半程选手总不屑一顾，就算给全程选手拍摄的照片，也是需要花钱购买的。这次青岛海上马拉松赛的摄影师给我抓拍到一组我非常满意的照片。

有跑友看了我的那组照片，说太喜欢其中的一张了，说那照片酷似高尔基笔下的海燕展翅飞翔在海面上的情形。

嘻嘻！不是臭美，我觉得也像。即便形象不太像，而我当时的心境完全是，我那时就是感觉自己翱翔在海面上，尤其是离开儿子，跑一段下坡路时，那种拉风、那种快意、那种舒爽，真有飞起来的感觉。仿佛当时真有一只海燕飞在海面上，我想不光是我，所有跑在胶州湾跨海大桥上的选手应该都有与海燕比翼齐飞的感觉。那是一种要冲向蓝天，穿透云层，飞入太空的美妙感觉，绝无仅有的。用一个字形容——爽，三个字形容——超级爽。

赛后，有人在朋友圈吐槽——"2018青岛海上马拉松赛"简直办得混乱极了。人们本来想好好跑跑，组委会却在临近终点处设了大量的海产品补给点，蛤蜊、海螺、扇贝、鱿鱼、墨鱼、章鱼、毛蚶、蛏子、牡蛎、贻贝、海肠、笔管鱼、虾虎鱼、海星、海虾应有尽有，并且还摆上了青岛啤酒。天呀！好歹也要摆在撞过终点线的位置才对，摆在半程赛18公里处和全程赛40公里处，还让不让选手要成绩了？

当然，上述这段话是我加工处理了的，大意就是如此，而赛道上的真实情景也是如此。我跑到18公里处，果然看见好多人驻足大快朵颐，真有种面临海鲜狂欢宴的感觉。幸亏我对海鲜不大感兴趣，否则我也会加入进去，成为马拉松赛道上的吃货一族。

我在《成都之行》一文中说过，无论去哪个城市参加马拉松赛，也只是一个由头，而赛前赛后的游玩——看山看水才是正传，那么现在进入正传。

我们一家三口，同宿同飞，举家旅行，自从儿子大学毕业后，这算第一次，是值得我用温情绵绵的文字来记录的真正意义上的旅行。

儿子曾有个梦想，去青岛上大学，读一所青岛的海军学校，亲自操持一下他在电视里经常看到的那些军舰、轮船、航母。陕北长大的男孩子嘛，小时候的玩具都是轮船、军舰、汽艇、大炮，长大了想实地摸摸，这样的想法完全可以理解，却无缘实现，他只是在家门口西安上了一所普通的大学，大学毕业后直接上班，便忙了起来，也就没了机会。这次可算逮着机会了，为了实现这次旅行，他竟然把年假都提前用掉了。

二、夜游栈桥

我们是 11 月 9 日早晨 7 点的飞机从西安咸阳机场起飞，两个半小时后到了青岛流亭机场。打车先入住酒店，再吃饭，然后到纺织谷领取参赛装备，眨眼时间便到了下午 4 点多，三人合计，都同意利用下午的时光，去栈桥上看看风光。花了 40 多元钱，打车到栈桥不远处下车，穿过一条地下通道，再通过栈桥地下小吃城，刚走到栈桥桥头，却发现路灯已经全亮起来了，天已经黑了。

栈桥上行人如织，密密麻麻，有男、女，老、少，有单身、佳偶，有的健步快走，有的慢走摆拍。我想，这必是一个好逛处了，遂加入其中，信步前往。

桥面很宽，估量不来有几米。桥有多长，一直能走到海对岸吗？全不知道。走着看。

海上风大，走在桥上，海风直往衣服里钻。

刚到酒店那会儿，大太阳晒着，感觉有点儿热，以为下午不会冷起来，三人竟全把秋衣秋裤脱了，只穿一身精干的外衣出来，没想到太阳一落，夜幕一降，海风一吹，人站在桥上便冷得哆嗦。冷也要逛，此时回去岂不浪费了打车钱，再说回去又浪费了大好时光。于是，三人继续沿着桥往桥那头走。

天空没有月亮，远处高大建筑物上的灯光和近处桥上间隔一段的灯把海面照得苍茫幽亮，鬼魅一般，而栈桥距离水面的高度不足 30 厘米，放眼向桥面远处看去，仿佛行人都踩在水面上行走，给人一种飘飘荡荡，美轮曼妙的感觉。

桥上风光真美。一边走，一边赏，一边拍，兴致上来便忘记了冷。

我们仨兴致昂扬，有一种桥通到天尽头，也要走到桥尽头的气势。正走着，看见好多垂钓者，有人像是钓上来鱼了。那人拉起长长的鱼竿。我凑上去看。原来不是钓鱼，是捞鱼。鱼竿尽头拴着一根渔线，渔线尽头又拴着一个渔网。渔网为漏斗形，尖角处是网，上面敞口处有三根线，分别挽在渔线上。网兜里有约一指长的一条小鱼。那人大概嫌鱼太小，竟又把鱼抛入海里。

继续前行，又行不远，便照见不远处有一建筑物横挡在桥面上。本以为绕过建筑物，还可以继续通行，不承想绕过建筑物，已经到了桥尽头。

建筑物叫回澜阁，形状为双层飞檐八角亭阁，阁顶覆以黄色琉璃瓦，转圈间隔有根圆形亭柱。阁内进不去，四周的门全锁着。围着回澜阁看了一圈，又向四面拍了些桥与海的夜景照片，便意犹未尽地返回酒店。

回到酒店，免不了又看手机里拍下的照片，免不了查阅栈桥资料。

这是我的惯常做法，每次出门游逛，要么逛之前查资料，要么逛之后查资料。这叫逛得心里有数，不能瞎逛，不能白逛，为的是逛后成文。也是一种怪癖个性，每次游逛回家后，坐在电脑前雷打不动，整理照片、整理心情、整理心得、整理感悟，等整理出一篇洋洋洒洒的文字，游逛才算结束。否则食不甘味，夜不能寐。

网络上写道："青岛栈桥位于游人如织的中山路南端，桥身从海岸探入弯月般的青岛湾深处。"果然和我的感觉一样——游人如织。网络上还写"栈桥有着一百多年的历史。1891年清政府下诏书在青岛（时称胶澳）建置。1892年清政府派登州总兵章高元带四营官兵驻扎青岛，为便于部队军需物资的运输，建了两座码头，其中一座就是现今的栈桥，后经过数次重修和改建。栈桥原称谓很多，有海军栈桥、前海栈桥、南海栈桥、大码头等。栈桥是青岛历史的见证，是青岛的象征，游人漫步于栈桥海滨，可见青岛外形如弯月，栈桥似长虹卧波，回澜阁熠熠生辉。所谓'长虹远引''飞阁回澜'即由此景而来"。

三、晨逛海滨湾

11月10日清晨，酒店早餐后，好说歹说把儿子从被窝里催起来，便向海滨湾出发。

儿子在手机里查找去海滨湾的路线，先坐一趟公交车，再坐一趟地铁。五四广场站下车出站，先逛五四广场，然后穿行到海滨音乐广场、海滨风景区、天林花园、太平角公园、万丽海景房等，全都沿着海岸次第排开。

海岸不是直的，凹进去一个大弯，凸出来一个大肚，怪不得叫海滨湾，也叫青岛湾。站在凸出来的大肚上向远处观望，便望见昨夜逛的栈桥。

儿子不爱逛，也不爱上镜，只为我和丈夫拍照。一会儿为我拍，一会儿为他爸爸拍，一会儿又为我们两个人拍合影。但年轻人没耐心，拍一会儿，便懒得拍，只管信步走。走一会儿，大概意识到自己腿长，走得太快，怕把我们甩太远，便又站定，回头等着我们走他跟前了，才又继续走。跟着走的时候，儿子便把手搭在我的肩膀上，一边走，一边给我介绍海岸边的建筑物。我便奇怪他怎么知道那些的，而我竟像在听天书。我看见好景色了，溜出他的臂弯去拍风景照。待我拍完照，追上父子俩，就看见儿子的手又搭在他爸爸的肩膀上。儿子长得高大魁梧，丈夫却瘦小单薄，儿子高出丈夫半个脑袋。父子俩在前面有说有笑，亲亲密密地走在一起。我看着看着，就产生了一种错觉，仿佛他俩掉了个儿，儿子成了丈夫的"爸爸"，丈夫成了儿子的"儿子"。霎时间，我意识到儿子真的长大了，而我们却逐渐……

我不想用那两个字眼，我82岁的母亲还健在，我感觉自己还很年轻，很有活力，很有朝气，还能跑很多年的马拉松。这时，我的感觉是美好的、幸福的，史无前例的那种幸福感。儿子明明搂着他爸爸在有说有笑，我却感觉儿子是搂着我在有说有笑。我有点泪眼蒙蒙，赶紧用手机抓拍了几张父子俩亲密走路的背影。

实际情况是，过了一会儿，儿子又丢开他爸爸，又跟我走在一起。我便要求丈夫站住，等我和儿子走几步，要丈夫给我和儿子拍背影照。然而，无论我怎么示范，怎么解释，儿子总也摆不好，丈夫总也拍不好，我总感觉做作、不自然。儿子又不耐烦了。丈夫便让儿子搂住我的肩，站在栏杆处看海，他从后面给我和儿子拍看海的背影。勉强通过。

继续逛，迎面上来一个男人，高声叫我的名字。我一时呆愣。眼前的人我并不认识，怎么就知道我的名字呢？那人看着我笑道："真偶遇了。"

我突然想到昨天下午，我在朋友圈发了几张领取马拉松参赛装备的照片，意思是我已经到青岛了。当时有个跑友，也是文友，更是群友——"108马拉松跑者作者群"的，来自山东烟台的隋伟给我留了言："后天偶偶刘老师。"全没想到，提前一天偶遇到了。我看着隋伟笑道："想起了，想起了。"我心里慨叹：隋伟好眼力，好记性啊！我们虽有三重的关系，之前却并没有见过，只是我这人爱在朋友圈晒照片，他大概记住我的长相了。

我给隋伟介绍了丈夫和儿子。他们分别握手认识。我想，大概是隋伟见我们一家子一块逛了，不便和我细说，只是和我们寒暄了几句，便匆匆离开了。我并没有看见有人与隋伟同行，我就想他是一个人逛了。他向我们相反的方向走了。他走后，我心里感觉怪怪的，总感觉缺少个步骤。猛然间想到，我们应该合个影才对，最起码要他和我们一家三口合个影才对，怎么说偶遇也是一种难得的缘分啊！可是待我转过身，却早不见他的身影了。我便想到一个词——擦肩而过。是啊！人世间有太多的人，只能拥有擦肩而过的缘。

四、午转八大关

八大关是丈夫感兴趣的去处，上午逛海滨湾的时候，他就在我耳边吹风——20世纪初，德国占领青岛后，就在八大关这片居住。八大关的一部分建筑物也由德国人建造。

我在中午吃饭时，在手机百度搜索软件里查阅有关八大关的资料，才知道八大关背山面海，树木茂密，在德国占领时期为狩猎区。此地区是以8条关隘命名的路而得来的，即韶关路、嘉峪关路、函谷关路、正阳关路、临淮关路、宁武关路、紫荆关路、居庸关路（现已增为10条路，另两条为武胜关路、山海关路），各条道路纵横交错，形成一个方圆数里的风景区，一个高消费的疗养区。其建筑物集中了俄、英、法、德、美、丹麦等20多个国家的各式建筑风格，建筑造型独特，有"万国建筑博览馆"的美誉。每条道路上的树木都不相同，韶关路春天盛开着碧桃，正阳关路夏天怒放着紫薇，居庸关路秋天望眼金黄的银杏。

这么美的去处，不去逛实在可惜。

八条路，该去那条路逛呢？丈夫说跟着人流走。我心里早有数，建议去居庸关路。秋天了，当然要去居庸关路了，到了别的路上也看不到好景色呀！

到了景区，只见所有的游客都涌向一条路。丈夫便跟着人流走。我追上去，抬头一看路牌，果然是居庸关路，看来游客都是有备而来的。

游客真多，摩肩接踵。景色真美，放眼望去，一条闪着点点金光的路向前延伸。抬眼远望，路两侧密集而高大的银杏树把道路上空装饰成一个弓形的金色长廊。

我想避开人流，找块清净的风景拍照，可是半天没找到。儿子要我先逛逛，回头再来拍照。丈夫却说前面有更好的风景，让儿子随时给我抓拍。果然，继续向前走一会儿，拐向另一条道，人也稀疏了，景也变成了另一种美——斑驳如画的路面，苍劲挺拔的大树，金色的树叶和绿色的树叶交相辉映，形成一种更具生机的蓬勃景象。在我看来，眼前这景致简直绝了。我仰头贪婪地望着。儿子居然看穿了我的心思，读懂了我的眼神，拿起手机，趁着游客还没涌过来，抢先为我和丈夫拍了照片。单人拍完，又拍双人，连着拍了许多张。

我们仨都想进去参观那些建筑物，却见别的游客只是拍照，并无一人走向建筑物，就连旅行团也是带着游客沿路走过看看风景，导游只是远远地指着建筑物讲解。给我的感觉是建筑物里想必都住着人不能参观，一些不住人的，诸如一些纪念馆之类的，并不开放，抑或是客人都不感兴趣，所以才没人去参观，更有可能是八大关景区本意就是让游人参观景色，而非建筑物。丈夫有点儿小遗憾。

我们的时间有限，只能走马观花，并不能把八大关所有的道路都走一遍，我们只是沿着居庸关路走完，又走了另一条路的中央时，儿子已经没了走下去的兴致，他一看手机，说时间已经差不多了，便建议我们去下一个景点——儿子最感兴趣的去处——中国人民解放军海军博物馆。

五、夕观中国人民解放军海军博物馆

中国人民解放军海军博物馆在青岛，也叫青岛海军博物馆，由中国海军创建，是中国唯一的一座全面反映中国海军发展的军事博物馆。这些是儿子早就熟知的，他不知在我耳边叨叨过几回。现在就要亲临，他表现出莫大的兴奋。对呀！这才是他来青岛的真正目的呀。

已经快下午4点了，儿子担心时间不够，建议打车前往。

青岛海军博物馆坐落于青岛市莱阳路8号，东邻鲁迅公园，西接小青岛公园，与栈桥隔水相望，南濒一望无际的大海，北面是著名的青岛信号山公园。一到海军博物馆，首先映入我眼帘的是大门右侧的一面名誉墙，上面挂着许多块名誉牌，左上角第一块就是：全国爱国主义教育基地，下来便是：国防教育基地。

海军博物馆凭票参观，票价不算太贵，工薪阶层可以接受，每人30元。儿子付钱后，售票员从窗口递出一张票来，票的背面打印着，人数：3人，票价：30元，合计：90元。还有参观时间、参观须知和文物征集启事。票的正面印着一行红色的大字"中国海军博物馆展望"，下面是三行红色的小字"全国国防教育示范基地，全国爱国主义教育示范基地，全国红色旅游经典景区"。背景是海军博物馆彩色全景。儿子看着票说："原来是三人合票。"我说："爱国主义教育嘛，节约为本。"

我们从博物馆正门进入，触目的是一块不起眼的建筑物，是一座小楼，楼下杂草丛生，看样子展馆应该在前方，遂跟随人流继续向前。走不远，看见一展台，上面矗立两个金色螺旋桨和一个生铁船锚，一行金色字"中国海军博物馆"凸在上面。儿子便让我和丈夫各站上去留一张影，便匆匆向前走去。

果然还有一道门，进了二门，才算正式进入博物馆。

儿子前面走，我紧跟着儿子。丈夫时而在前面看，时而在后面看。儿子开始专心参观，完全想不起为我和丈夫拍照了。丈夫不喜欢上镜，而我对大炮呀、轮船呀，也无所谓留影。我趁儿子不注意，悄悄为他拍照，儿子也不喜欢上镜，更不耐烦在镜头前摆拍，我必须偷偷进行。

儿子可算开眼了，他在武器装备展区的小型舰艇、飞机、导弹、舰（岸）炮、水中兵器、观通导航设备、水陆坦克前，站站、看看、摸摸、拍拍。

远远望见海里几艘银色的大船，大船上好多人来回穿梭，便知好看的在海里，我们赶紧直奔海里的大船。船抛了锚，固定在海水里的，每上一艘船，需穿过一段钢板小栈桥。上船时，儿子走在前面，我跟在儿子后面，丈夫跟在我后面。先登上中国人民海军第一艘驱逐舰"鞍山号"（舷号：101）参观，继而是中国自行设计制造的第一艘导弹驱逐舰——"济南号"（舷号：105）、中国第一代国产防空舰"鹰潭号"（舷号：531）、中国自行设计制造的第一代护卫舰——65 型护卫舰"南充号"（舷号：502）。

儿子能对这些感兴趣，而且看得这么认真细致，并且都拍照保留在手机里，这让我很欣慰，说明他是一个爱我中华民族悠久历史，并且有着很强爱国意识的青年。

我们仨参观 531 号"鹰潭"时，走在船头的甲板上，一眼望见距离我们很近的"小青岛"。"小青岛"上有一座白色的灯塔，塔身白色，呈八角形。

那天我们在栈桥上就看见过此塔，塔上的红灯与栈桥上的灯光在碧波上浮动，构成了一幅美妙图画。当时我还不知道它是什么塔，回酒店网上查资料才知道原来是"小青岛"，是国内外船只进出胶州湾的重要标志。

"小青岛"是有一些历史的——1898年，德国租占胶州后，在岛上建起灯塔。德国强占胶澳后，将其占领区定名为"青岛"，就是根据此岛而得名。海中孤屿被德国人称为"阿克那岛"，派兵驻守。日本占领青岛后，称为"加藤岛"，当地居民习惯称为"小青岛"。之所以称其为"小青岛"，因其形状如同一把古琴，故又有"琴岛"之称。青岛公交车公司还推出一种公交卡叫"琴岛卡"。我们仨到了青岛，每人手机支付宝里安装一张"琴岛通电子卡"，乘坐公交车无须带零钱，直接扫码支付，很是方便。不过也可以在微信小程序里查找添加青岛"乘车码"，坐公交车和地铁都可以用，更加方便。

这么好的景致不留影是说不过去的。儿子站好，让我找准角度给他与那些驱逐舰合影，继而他又给我与丈夫分别拍一张背景为驱逐舰的照片。哈哈！真有一种"老孙到此一游"的感觉。

参观完海军博物馆，天已经黑了。返程时，儿子建议我们乘坐地铁转公交车，他说回去时不赶时间，节约点儿钱。看来爱国主义教育起作用了，儿子学会节约了，花90元钱，值得。

返回的路上，我就想，中国人民海军能从无到有，从弱到强，以至于发展到如今被西方军事强国都刮目相看，充分说明中国共产党是英明的、伟大的，是值得我们每一个中华儿女拥护的、爱戴的。

六、大吃海鲜饺子宴

赛后一日——11 月 12 日晚上 10 点 30 分的返程飞机。

儿子说还有大半天的时间，得充分利用，他建议我们去喝啤酒吃海鲜，关键是他想去青岛啤酒博物馆转转。

我和丈夫都不怎么喝酒，生的儿子却对酒特别感兴趣，西安家里的书房，书柜的一半放的是书，另一半放的全是酒瓶，各种各样的酒瓶，白酒、红酒。

现在的高科技，现在的年轻人，买酒不去酒馆、酒店、酒场，手机上看到就买来了，快递直接送上门。外包装一拆，直接把酒瓶摆上。里面的酒，不知何时全让他喝光了。

我认为儿子说的也对。到了青岛，怎么说也应该尝尝海鲜，不吃大的，小的也应该吃吃。赛前吃了怕闹肚子，赛后了，不管了，肚子抗议，就让它闹吧，先过过嘴瘾，我当下应允。丈夫如果跟我在一起，一准反对，在儿子面前，便弃权了。

一早起床洗漱后，吃过早餐，我们先陪儿子去啤酒博物馆，到了才知道啤酒博物馆居然凭票参观，每人 50 元，并赠送两杯啤酒。我和丈夫便觉着无趣。什么博物馆？还不是卖啤酒的地方，两杯啤酒 50 元，太贵了，不值得。我和丈夫便改去中山公园逛逛，让儿子独自去逛啤酒博物馆，我们商议逛完电话联系在劈柴院商业圈集合。

结果我和丈夫走错了路，到了百花苑。

百花苑背依青山，溪水潺潺，草坪银杏，怪石小桥，景色旖旎，风光秀丽，有许多拍婚纱照的佳偶穿梭其中，我被美好的景色吸引，不想去中山公园了，便拽着丈夫到处游逛摆拍。

一个小时之后，儿子打来电话，便起身赶往劈柴院集合。

劈柴院全无意思，尽是一些卖小海鲜之类的小吃店，许是在旅游淡季，生意萧条，门店冷落。我们三个人都闻不惯劈柴院内很浓重的海鲜腥味和烤东西的焦煳味。

儿子具有极强的个性，他从来不稀罕街边摊、小吃店。吃喝上讲究着呢，出门在外也不亏着自己的胃与嘴，他建议我们去一个叫明国海鲜饺子楼的店吃饭。之所以去这个店，儿子还是考虑到我和丈夫不大喜欢吃海鲜，才折中了一下。点一份全家大团圆海鲜饺子，点两份我叫不出名的小海鲜，再点一道没有小鱼刺的辣烧鳗鳞，然后上个海鲜疙瘩汤，要一扎青岛啤酒。

我问服务员什么叫全家大团圆海鲜饺子？服务员介绍说用不同的蔬菜汁和成不同颜色的面，擀成饺子皮，包进去不同的海鲜饺子馅。

不多时，饺子上来，果然是一盘不同颜色的饺子。

饺子看起来很大，有我在家里包的两个大，皮厚馅多，吃起来味道极好。丈夫吃饭快，爱吃可口食物，更爱吃饺子。他可吃顺口了，每种颜色的饺子有四个，他各吃两个，各剩下两个，我和儿子每人各吃一个。丈夫不吃小海鲜，鱼也不多吃，海鲜疙瘩汤喝两碗，便端一杯啤酒，坐着慢慢饮。儿子吃饭慢，细嚼慢咽，吃几口，必喝一口，似乎他喉咙极细，饭总要水或汤稀释了才能咽进去。这是儿子打小，我给养成的习惯，成自然了，改不过来了。我便陪着儿子慢慢地吃着、品着。我要等儿子吃好，放下筷子，看盘里剩多少饭菜，决定是否布下任务，分他俩每人一些，实行清盘行动。

没办法，我母亲教育的，从来不允许浪费一粒粮食。还好，儿子也知晓我们三个人的饭量，并且也养成了从不浪费的习惯，每次点菜，总能恰到好处。

三人吃饱喝好，出了饭馆，丈夫问儿子，怎么知道这么一个好吃处？

儿子笑答，从手机百度里查到的。

七、结束语

晚上 10 点 30 分的飞机，我们提前两个小时赶到青岛流亭国际机场，办好登机手续，进入安检区，到了候机大厅。青岛似乎舍不得我们走，表现出一种依依不舍、难舍难分的情状，抓着我们的衣襟不放，硬要挽留我们多待一阵。

其实是我们乘坐的飞机延时两个半小时起飞。

也好，四个半小时，足够我好好回味在青岛逗留的四天美好时光。

2018 年 11 月 19 日　西安和基居

榆林业余马拉松第一人

　　榆林市长跑运动协会成立至今，最离不开的一个人是协会秘书长陆军。5年以来，协会策划活动、组织活动、协调、公关、谋划未来，离开他，无人能独立完成。他是协会的核心、主力。为了协会能发展壮大，他出钱、出力、出时间，毫无怨言。为了能让会员们掌握系统而正确的跑步常识，他主张不定期在微信公众号里推出跑步知识，举行不定期的现场讲座。为了能让新会员们进入一个正常的跑步状态，他组织老会员领跑、跟跑、陪跑、约跑等多种方式。为了能让更多的人摆脱肥胖的缠绕，他向各企业拉赞助，策划丰富多彩的活动，奖励新颖别致的奖品，激励市民参与进慢跑健身的行列。为了能让榆林的马拉松氛围快速成长，他组织带领会员们出外参赛，感受马拉松赛场的激情气氛，在市内组织会员们每周一次的马拉松约跑活动、逢时过节的马拉松纪念活动。为了能把马拉松这项推动经济，带动旅游，有利于全民健身的赛事引入榆林，他拿出在榆林举办马拉松的可行性分析报告，向各级领导建言献策。功夫不负有心人，他发起成立长跑协会之初定下的让国际马拉松赛登录榆林，这一宏大目标就要达到，这是能让榆林市长跑运动协会全体会员兴奋、高兴、喜悦、欢呼的一件盛况空前的大事。

——刘小玲（榆林市长跑运动协会会长）

坚持跑马不为别的，只为国际马拉松赛登录榆林。

——陆军（榆林市长跑运动协会秘书长）

减重与健身

2011 年，陆军的生活稳步小康，他的体重却开始飙高。完全没想到这成了坏事。身体的各项健康指数直线下降，严重影响了他的生活。他去医院检查，医生一看。啊！身高才 1.7 米，体重竟 81 公斤。严重超重，赶紧减肥健身。于是，同年 5 月 5 日，他开始慢跑减肥健身。5 个月后，他的体重变成 66 公斤。好家伙，居然降了 15 公斤，他信心倍增。不久，他在电视上看到了 2011 年北京国际马拉松赛事直播，他才知道马拉松赛事是允许业余选手参与的。他心动了，暗做决定要参加 2012 年北京国际马拉松赛。

参赛与突破

为备战北马（北京国际马拉松赛），他在网上下载了马拉松训练计划，严格按计划跑。怕完不成北马，在北马来临之前，他先后报名参加了伊金霍洛国际马拉松赛、太原国际马拉松赛和烟台国际马拉松赛。

2012 年 11 月 25 日，北马开赛，他如愿参加。第一次在北京天安门前奔跑，那种激动的心情无与伦比，特别从天安门广场跑过时，他更是热泪盈眶。他激情满满，豪情万丈。进入奥林匹克森林公园后，他的体能基本耗尽，又遇风阻，赛道增加了坡度，速度上不来，他咬牙坚持着。幸运的是，一个热情的观众递给他一根香蕉。这根香蕉太及时了，他接了就吃，才补充了丝丝体能，不至于让他彻底崩溃。他的体能渐渐恢复，又调整步伐频率，慢慢提速。到了 40 公里的路牌，他感觉胜利在望，尽管此时他又精力疲惫，却无比兴奋。他看到彩门的那一刻，随着观众的加油声，不知哪来的力量，竟然提速进行了最后的冲刺。踏在终点线的一刹那，他不由得欢呼："我成功了，北马，我爱你！"计时牌上，他的成绩显示 3 小时 31 分 11 秒。这是他无比圆满的首个北马。

北马之后，他真正恋上了跑马，也有了自己的一个小小目标——进入 330（指跑完马拉松全程所用时间在 3 小时 30 分钟以内）。那时，他完全符合跑马人的体重了，他身体的各项健康指数也都达标了，这是跑步带给他的意外收获。

之后，一年时间，他利用节假日，去上海、郑州、东营、鄂尔多斯市伊金霍洛旗、兰州、六盘水、吴忠参加了 7 场马拉松。在这 7 场马拉松赛上，他经历过太阳暴晒，饥渴难忍的煎熬；经历过因水土不服，跑步途中拉肚子找不到厕所的尴尬；经历过糖原耗尽，得不到及时补给的痛苦；经历了速度掌握不好，后半程缓不过元气的疲惫。但这 7 场马拉松，让他感受了观众的热情鼓舞，目睹了志愿者的辛苦服务，体会了组委会的细心周到，领略了祖国的大好河山，收获了幸福的健康指数，开阔了他的心胸视野，磨炼了他的坚强意志，开启了他的新追求、新梦想。

然而，让他感到万分遗憾的是，这 7 场马拉松竟然没有一场能突破北马的成绩，每一场都与 330 擦肩而过。

他为了能突破自己，2013 年北京国际马拉松开始报名，他又报名了。当他再次站在北马的起跑线上时，他说心情居然与之前 7 场都不相同。激动之余，他多了一分沉稳。

鸣枪起跑了，他没有像往常一样，发力向前冲，经验告诉他前 10 公里一定要压着速度跑，到了 15 公里，他开始发力，而且一路狂飙，因为有中途补给，他越跑越快，到达终点时，计时牌上显示他的成绩是 3 小时 26 分 43 秒。他泪流满面，北马又一次助他实现了目标，让他突破了 330。他暗下决心，只要时间允许，他每年都参加北马。后来，这真的让他兑现了。

旗帜与力量

他说，每个跑马人都有自己的理想，当他站在 2012 年北京马拉松赛场上时，看见数不清的各色的跑步团队的旗帜后，他的理想清晰了，他也要成立一个跑步团队，拥有一面属于自己团队的旗帜。

他的这个理想，最终在我的支持下，经过整整一年的筹备与运作，在 2013 年 12 月 20 日实现了。榆林市长跑运动协会由体育局主管，民政局审批登记注册成立了。我们自己的跑步团队，我们可以举着自己团队的旗帜，带着自己团队的成员去参加北京国际马拉松赛了，我们万分高兴，他更是豪情万丈。

2014 年 10 月 19 日，他第三次站在天安门广场，站在北京国际马拉松赛的起跑线上时，就不是他一个人了，是我和他一起带领着榆林市长跑运动协会的十几名会员来参赛的，当时他手里举着一面协会的鲜艳旗帜。当国歌奏响，我们 3 万跑马健儿，一起激情高唱国歌的时候，他手里举着的协会旗帜，宛如北京天安门广场的国旗一样，也在天空中迎风飞舞。

北马，再一次助他突破，他以 3 小时 25 分 23 秒的成绩，再一次突破之前的记录。虽然较前一年的成绩只提前了 1 分 20 秒，但这 1 分 20 秒的前进，也让我们协会一同参赛的会员狂欢不已。当然，协会的其他会员也不甘落后，个个以优异的成绩完成了他们的首马。

他说，一个人的跑步为享受孤独，一群人的跑步为拥抱快乐。

他从一个人跑步过渡到带领一群人一起跑步，是自我认知的提升，是个人修为的成长。如果说，一个人跑步为享受孤独是一种境界的话，那么一群人一起跑步为了追求快乐则成为一种时尚。

不知不觉中，榆林市长跑运动协会的旗帜出现在榆林的各个公园、操场，协会的会员们把跑步活动当成了一种新潮流追赶，更多的人融入这潮流里来了，每一个跑者都体会到跑步带来的快乐，每一个跑者的脸上，宛如鲜花一样，盛开了阳光的、健康的、积极的、向上的笑容。

至此，由他发起策划的协会活动宛如雨后春笋一样渐渐多了起来，2015 年 4 月 26 日，协会 40 人参加了杨凌农科城马拉松赛，人人圆满完赛；2015 年 5 月 30 日，协会独自组织了 500 人规模的健身跑活动；2015 年 6 月 27 日，协会圆满举办了 500 人规模的彩虹跑活动；2015 年 8 月 8 日全民健身日，协会内部 360 名会员举办了跑步庆典活动；2015 年 9 月 3 日纪念抗战胜利暨世界反法西斯胜利 70 周年纪念日全民约跑，协会 150 名会员组织了跑步活动；2015 年 9 月 13 日太原国际马拉松赛，协会 56 人组团参赛；2015 年 9 月 20 日北京国际马拉松赛、2015 年 11 月 1 日的杭州马拉松赛……一直至今，不胜枚举。

理想与信念

他说，成立协会不是单纯地带领会员去外地参加马拉松赛，最终的目标是要把马拉松这项推动经济，带动旅游，有利于全民健身的赛事引入榆林，让外界不单单知道榆林既有"小北京"著称的一条街，更有许多美景古迹等着全世界的人们赏游。

在理想与信念的支撑下，在我与他的共同努力下，在市委市政府的领导下，在市直各单位的配合下，市体育局与市各界人士的支持与鼓励下，在协会全体会员的帮忙下，2016 年 5 月 15 日，协会成功承办了榆林国内马拉松赛。来自北京、甘肃、河北、湖南、山东、山西、青海等 9 个省、27 个市（区）的 2256 名选手在塞上驼城一起奔跑，用汗水和激情演绎着坚忍不拔的马拉松精神。"2016 榆林国内马拉松赛"是榆林首个在中国田径协会备案的马拉松赛事，也是继杨凌、大荔之后，我省第三个在中国田径协会备案的马拉松赛事。因这，他信心满满，更想追赶超越。

　　他说，诚为贵，唯信念与意志不可摧。

　　今后为了"2018 榆林国际马拉松赛"能如期举办，也为了在榆林能成为标杆赛事并长期举办下去，他会带领着协会成员尽心尽力，一如既往。

2018 年 6 月 26 日　榆林静雅斋

一个人的马拉松，
沿途拾捡家乡的记忆 (一)

一

2016 年 6 月 18 日，"葡萄牙里斯本生态线上马拉松"榆林站开赛，因我在老家要陪 80 岁的老妈，所以不能与榆林的伙伴们一同跑步，这让我心里难免有些纠结，但纠结归纠结，这步一定要跑，不为别的，只为一种信念！

不知从何时开始，我把跑步当作一种信念，如同正经营生一样重要，只要天气允许，挤时间我也会坚持跑！

凌晨 5 点，闹钟刚响一声，我就准时起床，简单地洗漱，喝了一杯凉开水，吃了一个昨晚煮好的鸡蛋，然后开始简单地拉伸。5 点 30 分，"2016 葡萄牙里斯本生态线上马拉松"榆林站周家硷镇分站，一个人的马拉松正式开跑。

咕咚运动软件参考计时，307 国道公里牌记录里程，家门口的公路上标有 906 里程数的公路桩作为起跑点。

307 国道的大货车太多，刚开跑不到两分钟，路上就来了一串大货车。货车上的货物被遮盖得严严实实，我看着它们从我身旁威风咆哮而过。在家乡只有这么一条人车共行的道，我别无选择。

我采用逆向跑。这样跑的好处是，迎面而来的大车在我的视线内，我容易躲避，不至于让同向而来的车一不小心与我擦肩而过，让我胆战心惊！

早上，除了飞驰而过的大车咆哮着对我大声呐喊加油之外，还有被我惊醒而狂吠不止的狗为我助威。

乡村唯一不缺的就是狗：白狗，黑狗；大狗，小狗。它们的品种我不得而知，我从来不曾研究过狗。

说到狗，让我想起前些日子越野跑时碰到的一群野狗，有六七只。它们看到安静的村庄里突然跑进来一个穿着短裤的女人，便一群都向我追来，并且狂吠不止。因为我小时候被狗偷咬过，所以当时看到那阵势，便马上停止不敢跑了，背靠着一棵树一动不动。那些狗，看见我不跑了，便不咬我，而是瞪着眼睛看我动静。我背靠着树，眼睛看着狗，用余光看到不远处有一堆施工用的石子，我便慢慢走向那堆石子，试着弯腰……那群狗在一只头狗的带领下全部转身跑走了，跑进一片杂草丛。

还好，沿着 307 国道庄户人家的狗，大都是拴有缰绳的，它们都是忠实的看家狗。我不必担心沿路途中的狗会挣脱缰绳咬我，因为它们只是给主人看家而已。在大路上，即使碰到一两条不拴缰绳的狗，也不必惊慌，因为大路上的狗不咬人。

在家乡，5 点 30 分天已经大亮。在 6 点之前，我看到端着尿盆，头发不整的村妇，也看到拿着牙刷站在路边刷牙的后生，还看到已经在田地里摆弄庄稼的农妇，更看到拿着铁锹给玉米苗疏水导流的大叔。

是啊！农村，不缺少的还有勤劳的农民，他们也许比我起得更早，因为要赶早，趁大太阳出山前营务属于自己的那一亩三分地。

端着尿盆倒尿的村妇，看到我跑过来，并没有因为端着尿盆而疾走几步离开我，而是站在路边，看着我满脸疑惑；路边刷牙的后生，看到我跑过来，抬头看我的眼神满是疑惑。我就像一个天外来客，与这里也毫无关系，穿着短裤短袖，旁若无人般独自奔跑在 307 国道上。

二

今天我的跑步路线是：双庙湾后湾村—钟家沟岔—古路崖—师庄—周家硷道班—周家硷镇人民政府—赵场村—周家硷中学—白家沟岔—师家坪村—续家湾村—冯渠道班—冯渠村—10.64 公里处（折返点），原路返回。

去程的途中，我基本都是专心地匀速跑，我不会考虑别人异样的眼神，也不会在乎大货车的干扰，偶尔我会用眼神与过往的风景交流，也会用记忆与过往的村落交流。

这段路，我熟悉，太熟悉了……双庙湾后湾村是我的出生与生长地，这里有我孩提时的乐园，有我青年时的惆怅；钟家沟岔有我上了五年小学的学校，那里留下过我灿烂的笑声，童稚的梦想；古路崖，事故多发地，一段要命崖，曾有多少人命丧于崖下；周家硷道班，与周家硷广播站为邻，周家硷广播站的广播里，曾经在一段时间里一直播放一首歌叫《粉红色的回忆》，还播放过一首歌叫《一无所有》，还有广播站院子里曾经出现过一个好看的背影；周家硷中学是我上三年初中的校园，尘封着我的青涩时代。

双庙湾后湾村的一座名叫簸箕山的小山下有一户庄户人家，现在是新门亮窗，红色大门，白色不锈钢通透护栏围墙，里面住着一位慈祥的老人，她就是我的妈妈。妈妈现在居住的庄院是我的出生地。院落座北朝南，背靠簸箕山。

记得小时候写作文，作文标题是《我的家》。我便在作文开头写道：我的家背靠金山面向南，门前一条美丽的大理河……当时写作文只是感觉那样写比较顺口，其实那山根本就不是金山，只是一座小土山，形状像簸箕。

但我渐渐长大后，知道了"风水"一说，才发现我家庄院的位置和风水确实好。因为在簸箕山下居住的人要比双庙湾其他地方居住的人都兴旺发达，无论前程、人脉以及才智。而那时的大理河也确实美丽，每到夏天，大理河里便成了村里人的乐园，大人们在河里洗衣，娃娃们在河里戏水，那景致，也不比"清明上河图"逊色多少。

事实上家乡的确如我小学作文写的一样，家乡门前是一条宽阔的川道。早些年，川道里只有一条公路 307 国道和国道以南奔腾不息、日夜流淌的大理河，以及国道和大理河之间的大片盐地。后来，大理河南岸增加了一条高速路和一条铁路，而那片盐地也被一排排平房代替。现在整个川道就被三路一河割据，那日夜咆哮的火车、汽车声淹没了大理河的流水声，而大理河即便到了夏天也是落寞的，再也无人问津了，因为村里的人都用自来水洗衣服了，用太阳能热水器洗澡了。

老妈的庄院虽然是在双庙湾，但位于双庙湾与钟沟岔的交界处。居住在簸箕山下的村民与钟沟岔的部分村民是同饮一井水。两村人友好共处，互相往来，这样才有簸箕山下的村民在钟沟岔学校上学的先例，也有我在那里读了六年的历史。

我读学前班一年，小学五年，总共六年一直在同一个班，同样的老师，同样的同学。那时，上学的班规模很小，男生女生总共才 12 人，当然教室也小，就一孔窑洞而已。那时，我们女生在课间玩踢毽子，男生玩摔跤。那时，男生和女生课桌用"三八线"划分，男女互相不讲话。那时，男生和男生也会发生冲突，解决的办法是打架，谁把谁鼻血打出来为止。那时，上学是用石板写字。右手软石，左手毛擦，右手写一个字，左手擦一个字，有时候一节练习课，一直写字。那时，好像一天除了听课、写作业，其余的时间就是在石板上写字，全教室的学生都写，软石沫飞满教室，老师就站在讲台上监督，不戴口罩，不怕呛。

三

古路崖，我上中学时的必经之路。古路崖，就是公路被一道坡托起所形成的石崖畔，畔下流淌着大理河水。记得小时候，大理河的水很大，那里的水也特别深，人进去十有八九会淹死。可是从十多年前开始，那里的水位开始下降，逐年下降，有几年夏天，大理河的水因为天旱，河床裸露，那里的水也成为一潭死水，并无多大威严。

刚上初中时，妈妈交代过我不要一个人经过古路崖，还说那段路"很紧"。我当时不知道为何有这么一说，后来才听人们说，那崖畔下经常死人，再后来我才知道，古路崖其实就是事故多发路段，那些死了的人都是因为肇事，而肇事者不外乎汽车、拖拉机、摩托车、自行车、毛驴、行人。当然也有掉下去幸存的，比如后湾村簸箕山下居住的叔伯四哥骑摩托车掉下去居然安然无恙，人们都说是因为我们祖上积德行善，上天保佑的缘故，我想与簸箕山的风水好也有关吧！

我天生胆大，虽然从小一身病，但从不信有鬼神一说。上初中后偶尔一个人要经过古路崖，但从来没有任何感觉，每次走到那里都坦坦然然昂首经过。现在古路崖那段路好多了，路也拓宽了，靠近崖畔的一边都做了水泥护栏，加之护栏外也有高大茂盛的杂草，所以即便是我现在跑步经过那崖畔，专门往畔下望也不会有晕眩感，因为视线被杂草挡回来了。

我读初中的时候，特别有钱的人家才会有录音机，周家硷广播站的院子里那时住着的一个男生就有，我亲眼见他用手拎着录音机，潇洒地气宇轩昂地从我眼皮子底下走进广播站的院子。当时那里面恰好传出的歌就是《粉红色的回忆》，而他的背影比那首《粉红色的回忆》更让我记忆犹新。真的，那感觉挺好！三十几年过去，我一个人跑步经过那里，当我抬头再次看曾经的广播站时，我真的又想起了那个男生，想起了他好看的背影，想起了那首老歌。不知道他如今在何方？不知道他的背影现在是否依旧挺拔？

周家硷中学留给我的印象一点儿都不美好。上学第一个礼拜，同年级3个班，近200名学生都是早上带着凳子去学校，下午带着凳子回家。一个礼拜后，学生早上在班主任办公室取凳子，放学又把凳子寄存在班主任办公室。一个月后，我们自己带的凳子可以放在教室而不至于被人偷走了。半年后，学校才给我们配备上新凳子。

据说，我们之前的所有学生都坐过学校配备的凳子。据说，我们之前的那个暑假，周家硷镇子里公映了几次电影，学校的凳子被看电影的学生带出校园后便据为己有了。当时，我们班是教师子弟班，同学们不爱学习，自习课上有讲笑话的、有说快书的、有打牌的、有拉话的……而那些看小说、画漫画、练钢笔字、写情书的便是尤为可爱的学生了。

当时的我有两大爱好：一是练钢笔字，二是看小说。后来，我们那一届学生，初中毕业，一个"小中专"都没考上，考上高中的也寥寥无几……我就是在那样的环境里度过了尤为重要的3年。不过，那时候周家硷中学的景色很美，长长的石阶路、笔直的白杨林，以及白杨林里曼妙的故事让人回味无穷。

跑过了周家硷中学后，我关闭了回忆的阀门，因为之后的路段对于我来说没有故事回忆了，我开始专注地跑了。

四

太阳出来后路上没有任何行人了，也没有任何新奇的风景出现在我眼前。10 公里处，属冯渠村，我听到有音乐播放，跑了一会儿，看到一个广场，广场里有四五个人排一行在做健身操，又跑了一会儿，咕咚运动软件显示 10.64 公里处开始折返跑，当时没有明确的标志，我站在路中央用咕咚运动软件相机留影一张作为记录。

返程跑开始后，我开始收集各个重要标志点的照片，比如每个村委会，所以跑步也就变得特别轻松了。

返程过了冯渠村委会，看见路边站着两个老婆婆，跑到她们身边时，其中的一个老婆婆问我："你是从哪里跑来的？"

我边跑边回答："双庙湾。"

那两个老婆婆齐声说道："哎呀！天呀！你这娃娃呀！跑得熬的是为甚哩（跑得累为什么啊）？"

我掉转头高声回答她们："为熬哩（为了出汗减肥了，为了锻炼身体啊）！"

返程跑到续家湾的时候，看到路边有两个年轻人拉话，待我跑过去，听到一个对另一个说道："肯定是专业的田径运动员！"我哑然失笑。

到了续家湾村委会，看到村委会前面立着一块石碑，碑上书：续刘先祖太公纪念碑。这碑是有故事的！明洪武年间，圣命迁移，刘姓先祖太公依命西迁，从山西大槐树下辗转来到大理河畔双庙湾耕耘农桑，克勤克俭。历经战乱，上面下来征兵上战场的任务。明文规定：两个儿子者必须有一个儿子要应征。当时刘太公刚好有两个儿子并都已成家，为了保全两个儿子的生命，刘太公被迫把自己的小儿子改姓续，让他离开家，住在大理河沿岸的续家湾另立门户。这就有了双庙湾刘家与续家湾续家同一先祖的由来。

后来，续刘两家子嗣人丁兴旺，枝繁叶茂，续刘太公去世，两个儿子争抢亲生父母，互相都要把父母安葬在自己的地盘，争抢不下，后经第三方出面协商解决，最后达成共识：双方父母安葬于双庙湾与续家湾的正中间——周家硷镇粮食储备库上面。再后来，续刘先祖续姓的儿子、儿媳妇和刘姓的儿子、儿媳妇也都安葬于续刘太公之墓脚下。

斗转星移，世代相传，光阴荏苒，五百余年过去续刘两家的后裔聪慧，人才辈出，文武英贤，国之栋梁，遍及神州。再后来，也就是前几年，周家硷镇粮食储备库上面大兴土木，把续刘太公两个儿子之墓惊动了。

为此，续家湾续姓村人把他们的祖先——续刘太公续姓儿子、儿媳妇坟墓迁回续家湾，双庙湾刘姓村人把自己的祖先——续刘太公刘姓儿子、儿媳坟墓迁回双庙湾后湾石景台。因为续刘太公之墓依然安葬于周家硷镇粮食储备库上面，所以续刘两家在迁祖坟的同时互相都请了一个续刘太公的牌位回去，为逢时过节方便祭奠。这才有了续家湾这块续刘先祖太公碑的由来。

返程跑到周家硷镇的时候，才知道周家硷这天遇集。因为各门市前都堆放满了货物，还有别处来摆摊的也正支架子挂衣物、摆放小零碎呢！

返程跑到周家硷道班后，有差不多 1 公里的路居然没有树木，也没有建筑物，大太阳照下来还真有点儿烤人，不过这里距离终点已经不远，也就是 2.5 公里的路程了。

我把手机装进腰包里，目视前方，专心跑步，不知不觉便又到了古路崖，跑上长长的坡，就剩 1 公里的路了，下了长坡，转过弯就看见终点了，一口气跑到终点，用咕咚运动软件相机再自拍一张，慢走了几步，看见侄儿正与同村外姓的一个叔叔在下棋，便上前打扰了他一下，让他帮我按一下手机快门。

跑步结束，一个人的马拉松快乐完赛。

一个人的马拉松，没有补给，也没有感觉饥渴。

一个人的马拉松，没有观众，也没有感觉孤独。

一个人的马拉松，不设名次，自己获得冠军奖。

一个人的马拉松，不为挑战，为的是找寻记忆。

2016 年 6 月 29 日　家乡双庙湾

一个人的马拉松，
沿途拾捡家乡的记忆 (二)

一

"马拉松"这个词近几年来风靡全球，假如你是一个爱好跑步的人，会马上想到我说的"风靡"是什么程度了。如果你只是不喜欢运动的家伙，那也没关系，想要论证我说的对与错，不妨上网络查一查，只要你输入"马拉松"三个字，然后回车键一敲，你会立即明白。

很庆幸我能与这个词结缘，并且爱上了这项没有门槛的运动。

前些日子写的《一个人的马拉松，沿路拾捡家乡的回忆》被《九尾虎诗图文》刊出后，反响还不错，有一文友看了后微信我：这个标题好，可以做将来散文集的名称。内容也好，接地气，耐读！他的话倒真的点醒了我，即使不集散成册，也可以写一组同题散文，所以就有了今天这篇。还有一校友看了后给我发微信：真长知识了，原来一个人也可以跑马拉松？我当时回她：完全可以！这就是"马拉松"这项运动的魅力！

关于马拉松的起源大家可以上网络查找。马拉松这项运动参与的人不限年龄，90 岁的老奶奶可以，10 岁的小男孩也可以。不分级别，专业的世界冠军和民间的草根选手同场竞技，一枪起跑。不分场地，田径场绕圈可以跑，柏油路追着汽车可以跑，乡村里的黄土小道可以跑。不限人数，规模大的有几万人，规模小的有几百人，没有规模的也可以几个人。更超前的是现在跑马拉松，有个新名词叫"线上马拉松"，可以在网上报名，在自己的居住地或者是出差的地方一个人跑，国内的、国外的都可以，就如我前段时间一个人跑的"葡萄牙里斯本生态线上马拉松"。

后来我养成了个坏习惯，不跑步不想写文字，一跑步就想写文字，好像山里沟里到处都流淌着文章与故事似的。对于不想跑步的人来说，需要找个理由去奔跑。但，对于喜欢跑步的人来说，可以给跑步冠上许多由头。我今天跑步就冠了三个名头。

第一，"为协会50公里挑战赛助跑"——榆林市长跑运动协会的会员今天组织50公里挑战赛，我不能亲临现场，所以在家乡为他们助跑。

第二，"为陆军考察中共中央转战陕北路线助跑"——榆林市长跑运动协会秘书长陆军独自在考察中共中央转战陕北的路线，今天他已经跑到了石湾界，我不能陪他一起跑，所以在家乡为他助跑。

第三，"为《一个人的马拉松，沿路拾捡家乡的回忆（二）》粉墨登场而跑"。

二

今天还是沿着307国道跑，跑步的路线是双庙湾后湾—后湾村委会—双庙湾中湾—双庙湾小学—双庙湾前湾—段家湾—郭家坟—三眼泉村—阳洼—霸王峁—电市镇入口—阳山砭—巡检司村（折返点）。

昨晚写文字睡得有点儿晚，忘记定闹钟，导致起床已经5

点 30 分，所以起跑只能是早晨 6 点钟。还是以家门口的公路上标着 906 里程数的公路桩作为起跑点。

蓝蓝的天上飘着几片云。天看起来有晴转阴的迹象，但愿大太阳不要出来，这几天的大太阳特别毒辣，像与家乡人有仇似的，连着几天放射着它的毒辣的火气，田地里的庄稼被燎烤得无精打采，低头弯腰喘着粗气。

双庙湾后湾是我的家乡，我在这里长大。今年天凉之前，我会一直住在这里，所以我对这里的感情有多深是不言而喻的。就从《一个人的马拉松，沿路拾捡家乡的回忆（一）》那篇文章里提到的那片盐地开始讲起吧！

那片盐地在早些年可算是我们后湾人的衣食父母，不管别人是否这样认可，我是这么认为的。

我想很多人恐怕还不知道盐是怎么来的，就像 90 后不知道土豆是从土地里刨出来的一样。这不足为奇，因为没有遇到过，没有深入生活而已，但我是一清二楚的。

在我孩提时，不记得几岁了，很小吧！那时，我还没有上学。记得那片盐地里有水桶一样粗的一根铁管子，管子里日夜不停地往出冒一种用舌头舔上去会很咸很咸、白花花的水，我们管它叫盐水（这与我们输液用的盐水不一样，可不敢混淆啊！）。

那盐水是含有我们食用盐的一种水，所以舔上去会很咸。还记得那盐水被一些村里的人用水桶担在自己的盐地里，一马勺一马勺地舀起来然后扬洒在用耙子挠酥松的土地上（这叫"种盐"）。然后等太阳把盐水洒湿的土地晒干，再用耙子挠酥松，再洒盐水，再晒（这叫"养盐"）。一天，两天，很多天，一直等那些盐土养熟透了，然后攒成堆，一锅一锅往出淋（这叫"淋盐"）。最后把淋出来的纯度高的盐水倒入大铁锅加炭火熬（这叫"熬盐"）。

往往是一锅水最后熬成少半锅的时候，便会看到锅里出现很多很多的白色小颗粒，这就是所谓的"食盐"，这时停火，把锅里的盐水与盐粒全部舀进大红条筛里控，等筛里变成一颗一颗晶莹透亮、颗粒互不粘连的盐粒时，盐就可以收起上交政府了。

盐历来不允许个人经营，个人经营属于走私，双庙湾的盐也是如此。那时，双庙湾的种盐人是挣工分的，相当于现在的工资，而种盐也不是谁想种就可以种的，也是有编制的，如同现在的编制工人一样。

因为我父亲是教师，所以不可以享受种盐的编制。但孩提时期的我，每天提着筐去盐锅窑挖炉灰、捡兰炭，这可以为我家节省出一笔不少的开支。最开心的是，我可以借着捡兰炭的机会把家里的洋芋（马铃薯）、红薯和鸡蛋偷出去，放在熬盐锅里煮熟吃，现在再也吃不到那样的美味了！

后湾村委会所在地曾经是我祖上住过的地方，现在还可以看到那处院落，一个破败的大门上清晰可见木头上雕刻的一副完整的对联。上联：忠厚承先世；下联：耕读传后人；横批，清且廉。我常常因这副对联而感到自豪，时不时地会对别人炫耀我们祖上是书香门第。

听妈妈说，那处院落是爷爷的爷爷修建的。还听她说，新中国成立初期的双庙湾是一个乡，双庙湾乡辖前湾、中湾、后湾三个村，我的爷爷任乡长（新中国成立前是保长），一直担任了三年。三年后撤乡并镇，双庙湾乡被并入周家硷镇，爷爷就由乡长变为双庙湾的总负责人，具体是书记、村主任还是队长，妈妈说不清楚，但这个是完全可以考证出来的，懂历史的人一看便知。如果继续往前推，就是很久以前了。

北魏神龟元年（518 年）大斌县故址就设在现今的双庙湾。据权威史料记载：大斌县，性质：古代县名；故址：今子洲县周家硷镇双庙湾；起源时代：北朝时期；废除时期：西夏时期；历史沿革：北朝置县（518 年），隋唐县治，五代沿袭，北宋至道年间（995 年～997 年）本境被西夏占据，县除；时长：479 年。

作为一个双庙湾人，让我荣幸的不止这些。我用四句顺口溜来概括双庙湾的村貌：五里长的双庙湾，砖窑石窑修得满。三路一河门前过，白色粉条挂一川。不过"白色粉条挂一川"这景象要在冬天才可以看到，因为乡村的条件还是落后的，夏季没有足够大的冷库，但冬天就不一样了，随便挑开个四方土窑，就可以当作冷库用，但是如今的人们富裕了，加上有政策上的扶持，个别常年从事粉条加工业的农户会专门修建冷库。

双庙湾是粉条之村，这是政策实行包产到户后村里人开始从事的副业，属加工业。二十世纪八十年代初粉条加工在双庙湾最为兴盛，那时家家户户都有作坊，销量更是可观，那时双庙湾以销售粉条为主业的贸易货栈就有好几家，而一年四季来双庙湾拉粉条的大货车是不间断的，全国各地都有。

那时，每到冬天，放眼双庙湾整个川道里，一定会是白格生生的粉条挂满川。我之前还在一篇散文里这样描写道："那白格生生的粉条，就像洁白的哈达从天而降，一帘一帘在我眼前蔓延开来，一望无际，美不胜收！可是，后来，西部开发之风吹入双庙湾，给双庙湾人引进了更为便捷的生财之道——土炼油。"

土炼油进入双庙湾后，双庙湾从事粉条加工业者几乎有三分之二转为土炼油。一夜之间，双庙湾的地面上冒出了数不清的土炼油炉。紧接着，歌舞厅、饭馆、按摩院在双庙湾如雨后春笋般相继冒出。这时，双庙湾每天大车、小车，商人、官员络绎不绝。从此，大理河水被污染，双庙湾的生态被严重破坏，三分之一的粉条加工业被迫叫停。再后来，又一股新风吹来，土炼油退出双庙湾，双庙湾人这才又重拾粉条加工业，不过从事粉条加工业者大大减少，因为一部分人的理想插上翅膀，已经飞出双庙湾，飞向更远了。

双庙湾小学，在二十世纪八十年代初的名称还是双庙湾学校。那时学校里还设有初中，是八年义务教育：学前班是一年制，小学是五年制，初中是二年制。就在我升初中那年，1982年，学校的初中班全部并入周家硷中学了。我在周家硷中学毕业后，开始在双庙湾小学教书，差不多十年。我还真有点儿怀念那段时光。真的！我现在的这点儿写作水平是离不开那段时间的锻炼的。记得那时学校举行诗歌朗诵比赛，我班里有两个参赛名额，朗诵的诗歌就是我自己的作品，还得了奖。哈哈，有点儿小得意，那时我的心里真是美滋滋的。

记得，那时双庙湾住的人很多，学生也很多，放学铃敲响校园里黑压压站一大片学生排着队。然而现在，偌大的学校竟然没有一个学生了。村里的学生有去镇子里上学的，有去县城里上学的，有去市里上学的，有去省城里上学的，也有去北京上学的，还有去国外上学的。当我跑过学校时，看见紧闭的学校大门，不免有点儿落寞，不过一股微风吹来，拂走了我不爽的心情，继续向前跑吧！

双庙湾小学转过弯就是双庙湾前湾，前湾的公路畔上有大片的苇子。陕北人都用苇叶包粽子，村里人也是。每年的端午节前，苇叶是畅销物，端午节一过，苇叶便不再走俏，村民们便把宽了的苇叶剪下，晒干，来年再卖给卖粽子的婆姨们，还能卖个好价钱。

到了秋凉，苇秆割下来阴至七成干，编织成苇席或各种农用器具。家乡窑洞里的火炕上最下面一层都铺苇席，苇席有防潮与净化空气的作用。记得小时候，物资匮乏的年代，家里的炕上只铺苇席，晚上睡觉没有褥子铺，直接在席子上睡。就连孕妇在分娩时都舍不得把苇席弄脏，而是揭起苇席，把坡上的黄土攒一些直接倒在火炕上，摊开，然后在上面分娩，待婴儿降生了，再铺上苇席，坐月子的婆姨和婴儿便可以睡在干净的苇席上了。记得老辈人说过一句话叫"席巴巴上躺大的娃娃，身板硬朗，经得起摔打"，现在想这句话，确实经典。

跑过前湾长长的坡，一直跑到一个 45 度角的转弯处看到一个很短的过水桥，桥边有一个标有 903 的公路里程桩，便是双庙湾与段家湾的分界标志了。

三

段家湾比双庙湾小很多，无论人口还是土地。我对段家湾关注不多，因为在我童年的记忆里，段家湾距离我家还是很远的，加之我是一个不爱走庄串院的文弱女孩，那个村里也没有我的同学和亲戚。

过了段家湾是郭家坟。郭家坟有我的一个校友，仅仅是校友而已。30 年过去了，我们不曾有丝毫的联系，他现在何处居住，干什么工作，身材高矮胖瘦，我一无所知，但愿他看到这篇文章后能想起我！

三眼泉村以前是一个乡，后来撤乡并镇后，成为马蹄沟镇的一个行政村，主要的村庄是在河对岸。打从我记事起，河上就有一座很宽的、两辆大车都可以开过的桥。从桥上过去，穿过三眼泉村有一条很深的山沟，有很多村庄，也有车道，通着班车。我在周家硷中学初中毕业后，曾经有过一丝的念头想去三眼泉中学复读，后来权衡再三没有去。

跑过三眼泉桥后，是一段长长的石畔，路两边没有一棵树，我的精神状态足够好。这段石畔路位于我今天所跑距离的 6 公里和 7 公里之间，跑过这段路就是阳洼村了。阳洼村不足 500 米，眨眼的工夫就过去了。

过了阳洼村就到了霸王峁，这个名字是我跑上霸王峁时遇到一个围护道路的（道班工人）帅哥，我特意停下打听到的。他回答了我的问话后反问我："你从哪里跑来的？"他听了我的回答后竖起大拇指夸我："厉害！"

霸王峁这个名字叫的是名副其实，很多司机一到这峁上，车速马上就慢下来。因为，这峁顶上的路是呈 36 度角的急弯，并且是急转直下，而急弯处竖着一个公路提示牌，上面的标志在我的印象中一直是一个骷髅脑袋，是警示司机们，这里是经常死人的，可是现在只是一个简单的箭头而已，不知何时换成这样，我竟然没有注意到。

跑下霸王峁长长的坡就到了电市镇入口了。

电市镇有所电市中学，前面说到我在周家硇中学初中毕业后有过想去三眼泉中学复读的心思，后来没去，我是去了电市中学。那时电市中学的教学水平相当好，升学率也高，我是冲着这一点去的。然而事与愿违，我因为一场病被迫离开学校，等到中考的时候再去考试，自然而然就名落孙山了。

但在电市中学读书的那段短暂的时光里，我结识下一班非常可爱，让我时不时就能想起的同学们，他们都学业有成，都比我功成名就，都比我财运亨通，唯独我在汗水中体会一种快活，在文字里寻求一种安慰！外人还都说我春风拂面，幸福得没人敢与我比试。其实我只是一个活得极其简单的人而已，总感觉自己的天空不雾霾，随时都可以跑出去，让心敞亮起来。

过了电市镇入口就是阳山砭了，这地名我压根就不知道，是刚才那帅哥告诉我霸王崂时主动告诉我的，否则我就把这段路直接忽略了。

后记：读万卷书不如行（跑）万里路
——跑步 4 年来的深刻感悟

小时候，老师总是教导我们说：眼过千遍不如手过一遍。这个道理我一直到学校毕业，待业在家的时候才完全吃透。我在曾经当老师的那段时光里也无数次地告诉过我的学生要如此这般才能记住自己所学的知识！后来，不教学了，真正步入了社会，我才知道学校里学的只是皮毛，真正的知识必须进社会这个大熔炉。再后来我开始写作，写的大都是回忆录，写记忆中的往事，都是熟知的。

有一天，江郎才尽，我拿起笔也不知道要写什么了，整天发呆郁闷，觉得日子枯燥无味，没有什么可写！后来我干脆停止写作，开始跑步，每天过着一种极其简单的日子，把头脑彻底放空。可是跑着跑着我"上道"了，跑着跑着灵感又来了，跑着跑着我又开始敲键盘写文字了。现在我想把老师教导给我们的那句话修改一下送给从事文学工作，尤其是搞文学原创的作者们——眼过千遍不如脚过一遍。

绝对真理！不信，你跟我跑起来试试。

2016 年 7 月 7 日　家乡双庙湾

让我们一起晨跑

　　一日之计在于晨。在太阳升起的时候，别睡懒觉了，让黎明的脚步叫醒你。洗漱，然后喝一杯凉开水，穿一身运动装，蹬一双跑步鞋，让我们一起奔跑着，与清晨约会。

第一乐章　春天的晨跑

　　春的脚步，随着欢快的爆竹声悄然而至。我们的脚步，跟着太阳的脚步悄然而至。我们来与清晨约会，约会在太阳初升的时候。

　　驼城的春天虽然偶尔耍耍脾气，前天还狂风大作，今天就飞雪飘飘。但在清晨，始终是温婉可爱、秀气迷人、善解人意的。

　　春天，我们在晨跑的时候，可以观赏到雪后一尘不染的美景，呼吸早春二月麦苗的清香，目睹阳春三月油菜花的美丽，亲闻荠菜和泥土扑鼻的芬芳。那是一种非常惬意而又舒心的感觉。

　　我们所到之处备受欢迎，沿途晶莹的小露珠会亲吻我们的脸颊，嫩绿的小草芽会对我们仰头微笑，柔软的嫩柳枝会为我们点头哈腰，粉红的桃杏花会为我们拍手加油。

　　春天，晨跑的时候，我们可以呼吸到一天里最清新的空气，跑出健康的体魄。踩着清晨欢快的韵律，跑出浑身的朝气。踏着清晨优美的节拍，跑出全新的希望。拥着清晨明媚的阳光，跑出快乐的生活。

让我们做个春天的黎明使者吧！

让我们相约从喧嚣的城市跑向清净的农村，从高污染的城市公路跑向绿色的乡村小道，从鳞次栉比的高楼间跑向生机盎然的田野里，从忙碌焦虑的氛围中跑向悠闲舒适的乐趣里。

跑起来吧！让我们相约在春天的清晨，与太阳肩并肩一起奔跑！

第二乐章　夏天的晨跑

在夏天，塞上驼城的清晨，穿上单薄的褂子与短裤走在街头，会感到丝丝凉爽直沁心肺，偶尔还会打个寒战。驼城的夏天比不了西安的炎热，这是沙漠气候所致。驼城的夏天在中午艳阳高照的时候，会感到干晒干晒的，但一点儿也不闷热，所以清晨就会有凉爽的感觉了。如果说要在陕西找个最合适晨跑的城市，驼城便是了。

夏天在驼城晨跑，是享受。

因为有林荫小道的凉爽，清新空气的润畅，微风吹拂的舒爽，翠柳拂面的欢畅。

夏天在驼城晨跑，是陶醉。

浓密翠绿的植物犹如不堪世事的小女孩，她们会带着喜洋洋的表情对我们扮鬼脸；含苞待放的荷花犹如害羞的少女，她们会羞答答地睁开眼睛偷窥我们跑步的英姿；柔软的垂柳犹如多情的少妇，她们会争先恐后地在我们跑步的时候搔首弄姿；那清澈的滨河水呀！始终是微波荡漾，温婉幽怨，她每天会把我们跑步后的身姿拥入她多情温暖的怀抱。

夏天在驼城晨跑，是熏染文化。

步行街的古朴典雅让我们重回盛唐，镇北台的雄伟高大让我们铭记战争，凌霄塔的高耸入云让我们不忘历史，红石峡的摩崖石刻让我们牢记名人。

让我们做个夏天的黎明使者吧！

让我们相约从现代跑向远古，寻找"绿槐高柳咽新蝉"的佳境，亲闻"满架蔷薇一院香"的奇味，观赏"接天莲叶无穷碧"的美景。

跑起来吧！让我们相约在夏天的清晨，与太阳肩并肩一起奔跑！

第三乐章　秋天的晨跑

一年好景君须记，最是橙黄橘绿时。

秋天，是个收获的季节。"春种一粒粟，秋收万颗子"道出了秋的精髓，秋的底蕴。对于跑者来说，也是如此！

我喜欢这样的季节。我曾写过一篇散文《秋获》，文中结尾写道"秋，真如一个丰满、成熟、多情的中年妇女在相思的季节里满怀着收获，展望着美好的未来"。现在，我想把这句话改成"秋，真如一个健康、成熟、妖娆的中年妇女在多情的季节里满怀着感恩，收获胜利的果实"。

当我们在春天播撒了晨跑的"种子"，到了秋天也就到了收获的季节了。从春天到秋天，经过半年时间坚持不懈地晨跑，收获的是健康、是苗条、是热情、是活力、是魄力。

健康是对身心不健康者来说，苗条是对那些肥胖者来说，热情是对性格孤僻、内向者来说，活力是对自己没有信心者来说，魄力是对做事优柔寡断者来说，可以说晨跑是一味精神良药。

减肥，我就是最好的例子。晨跑前，我的体重是 67 公斤，晨跑半年后，我的体重降为 62 公斤，一年后，我的体重降为 56 公斤。邻居大哥，在春天，医生检查出他有"三高"（高血脂、

高血糖、高血压），建议他要加强体育锻炼，从慢跑开始。大哥
就跟着我开始晨跑，结果半年下来，他的血糖、血脂、血压都
正常了，大哥有了信心，现在依然坚持晨跑的习惯，并且说要
一直跑到老。姨妈的女儿，到了谈婚论嫁的年龄了，非常内向，
讲话不敢大声，家里来了客人不敢说话，姨妈让我带着她晨跑，
结果半年下来，性格热情大方了，还谈了一个运动员当男朋友。
同学的儿子，大学毕业，在家待业，找不到合适的工作，一天
天闷闷不乐，在家里打游戏，同学让我带着他的儿子晨跑，结
果半年下来，男孩不仅自信心倍增，自己开始创业打拼了。

秋天的清晨，百果飘香，大地彩装，一行身材健美的跑者，
身轻如燕，健步如飞。这是一道非常美丽的风景，是咏唱绿色、
低碳、节能、健康的风景。

让我们做个秋天的黎明使者吧！

让我们相约从懵懂跑向成熟，从贫穷跑向富裕，从疾病跑
向健康，从肥胖跑向健美，从低迷跑向活力。

跑起来吧！让我们相约在秋天的清晨，与太阳肩并肩一起
奔跑！

第四乐章　冬天的晨跑

北国风光，千里冰封，万里雪飘。

在北方，在驼城，如能在这样的景色下晨跑，是享受。"万
里大地披银装，一片耀眼亮晃晃。抬腿飞奔二十里，浑身舒服
拉伸忙。"

在北方，在驼城，如能在这样的景色下晨跑，是浪漫。"姗
姗来迟一场雪，为谁飘洒为谁约。唯有跑者才浪漫，驼城街头
话圆缺。"

在北方，在驼城，如能在这样的景色下晨跑，是快乐。"蛇

入洞窟绿青苔，马踏瑞雪迎春来。欢天喜地齐跑步，我与会友乐开怀!"

在北方，在驼城，如能在这样的景色下晨跑，是温暖。"朔风路人园子清，裹着晨曦匆匆行。走于旁边啧啧叹，谁家姑娘如飞鹰?我自抬腿向前迈，无暇理会众人评。跑至满头出细汗，身心暖和赏冬景。"

那一地的洁白，满眼的银色，全身的力量，英姿飒爽；那一地的诗意，满眼的灵感，全身的激情，活力四射。

对于行走者来说，跑起来就是活力；对于无法跑步的人来说，跑起来是奢望。

塞上驼城的气候基本上是干冷干冷的，冷风吹来，脸上偶尔会被沙子袭击。如果在清晨太阳刚冒出地平面的时候走在驼城的街头，那感觉则是冻得露不出手。然而爱上跑步的我不畏严寒，每日穿着简单的运动衣，携清晨第一缕阳光奔跑在无人敢行走的公园里，看着疾走的路人穿着臃肿的服装，把头脸裹得严严实实的，自信心马上就升腾起来，我是多么厉害的人啊!那满满的成就感不亚于写完一篇佳作，那满满的胜利感不亚于征服艰难。

恋上晨跑，才有执着的意志；爱上晨跑，才有诸多的美好的感受。如果有人问我什么是幸福?那我一定会回答："能轻松快乐地每日晨跑就是幸福!"

让我们做个冬天的黎明使者吧!

跑起来吧!让我们相约在冬天的清晨，与太阳肩并肩一起奔跑!

第五乐章　生命的晨跑

当您心情郁闷的时候，当您有烦心事的时候，当您被生活的重担压得喘不过气来的时候，我建议您：跑一阵吧！不需要太久，半小时足矣。半小时跑步结束，您会有不一样的感觉：筋骨舒畅、精力倍增、身心愉悦、干活不累。因为一切的烦恼已经在您跑步的过程中随风而去。还在等什么？赶快跑起来吧！您要清楚：生命在于运动，运动才会健康。

让生命韵动，让青春飞扬。我们不求风雨无阻，但求执着永恒，春夏秋冬，永不间断。

母亲赋予我们生命之后，我们就具有了运动的天赋。婴儿手舞足蹈是运动，小朋友蹒跚学步是运动，蹦蹦跳跳是运动，上墙爬树是运动，黄土地里玩耍是运动。

生命给予我们健全的四肢，我们先学会跑步，慢慢才学会走路。跑步是每个具有健全四肢者的天赋。我们不能忘记跑步。

让我们回归本真，用双脚丈量生命；让我们回归自然，让生命精彩灿烂。

让我们跑起来吧！就如我在榆林长跑运动协会会歌——《让我们跑起来》里写的一样——

让我们跑起来，如风一样，迅如闪电，追逐健康。让我们跑起来，如鹰一样，翱翔天宇，穿越海洋。让我们跑起来，如水一样，拥抱欢乐，丢掉暗伤。脚步在大地上舞蹈，信念在胸膛里奔放。嗨一声霸气传九州，幸福的汗水在荡漾。

让我们跑起来，如风一样，追求光明，沐浴阳光。让我们跑起来，如鹰一样，咏唱和平，抒发激昂。让我们跑起来，如水一样，荡涤烦恼，寻找吉祥。脚步在大地上舞蹈，信念在胸膛里奔放。嗨一声霸气传九州，幸福的汗水在荡漾。

2015 年 5 月 5 日　榆林静雅斋

追着帅哥跑

2015年末清晨6时50分，西安的天空还麻麻亮的时候，我就去小区附近的丰庆公园晨跑。

晨跑，已经成为我的一种习惯，就如某些人抽烟一样，难以戒掉。

出了楼门，打开咕咚运动软件，咕咚上提示天气状况为中度雾霾，不适合户外运动。这提示就像香烟盒上写着"吸烟有害健康"一样不被喜欢的人当回事。咕咚运动软件GPS信号马上就搜索到了公园位置，定位成功。我开始预热性地慢跑着朝公园的方向跑去。小区距离公园只有一公里的路程，刚好我预热跑。进了公园刚跑了一会儿，侧耳听见后面有跑步声追了上来，是一个男生，甩着优美的跑姿超过了我。由于是同向跑，所以我看不到他的脸，只能看到他跑过去的背影。尽管天空依然麻麻亮，但完全可以从他笔挺的后背和那矫健的步伐上断定，男生比我年龄小好多岁，属于帅哥了。

何为帅哥？自从爱上跑步，我的审美观有了质的变化。在我看来，穿上紧身的压缩衣，他在跑步中的身体曲线能给我带来视觉上美的享受，就叫帅哥，没必要考虑他的脸是否英俊。

我默默地跟着帅哥奔跑，犹如静静地读美文一样，让我赏心悦目。每每遇到这种情况，我内心里会升腾起一种力量，身体会随着快速奔跑的节奏变得轻盈起来，有一种想要飞起来的感觉。这感觉慢慢会激活我的思维，让我的灵感在瞬间出窍，捕捉到一种新鲜的、积极的、阳光的、健康的生活气息；这感觉能让我忘记曾经的苦难，丢掉生活的疲惫，摆脱世俗的烦躁；这感觉能愈合我心灵深处的暗伤，安慰我囊中羞涩的尴尬；这感觉能激发我永远向前的脚步、不服输的意念、青春永驻的心态、岁月美好的愿望、生命永恒的律动。这是自从跑步以来的新发现、新体验、新感受！

男生应该是 80 后，有一米七八的个头，身穿紧身的压缩衣。我像遇到知音一样，马上提速追了上去。不，我应该是遇到了一处流动的风景，这风景能让我激情昂扬、心情愉悦。我不要超过他，我也不要和他搭讪并排跑，我只要跟跑就行，我会把他当作我今日的偶遇，让他陪我跑完今日的目标里程数。

说实话，原本熟悉的景色看久了眼睛会产生审美疲劳、视觉疲惫，尤其独自固定在某个公园跑步，尽管我拥有享受孤独的个性，但能在跑步过程中偶遇，邂逅这样美的视觉盛宴，还是挺让我难忘的。

跟跑了一会儿，我就开始气喘，但不能让他甩掉我，我必须跟跑到底，这是我跟跑时决定的。我调整呼吸，与他拉成相距 3 米远的距离，他快我快，他慢我慢，这样好了，气喘消失了。

咕咚运动软件报 2 公里的时候，我的用时居然由 1 公里的 6 分 48 秒提到 6 分 0 秒，这是我很少能跑出的速度。这样跑下去，我担心自己会掉链子。不承想，他的速度也不均匀。我紧跟他的配速跑步前进。3 公里用时 6 分 3 秒，4 公里用时 6 分 4 秒，5 公里用时 6 分 2 秒。我有点儿跟不上他的节奏了，真想大喊一声，让他跑慢点儿，但是我犹豫再三，没有喊出声，毕竟我不认识他，继续发力跟跑吧！

没想到又跑了一会儿，他居然由跑变走了，随即开始舒展四肢。我放慢速度，从他身边擦肩而过时，转头微笑着目视了他一眼，随之做了一个燕子展翅的动作，轻盈地把他甩在我身后，以示我的问候，以示我的胜利。

原以为，他走一会儿，会继续跑起来，然后追上我，再超过我。这种情况我在跑步时是经常遇到的，尽管我们互不认识，互不搭讪，但天下跑友不分家，即使是陌生的跑友遇到同一条跑道，就是缘分、就是亲热、就是熟知、就是知音，况且速度差不多。我期待他再次追上我，超过我，然后我继续跟跑，因为我每日13公里的目标还差一半呢！然而6公里，7公里，一直到12公里都没有再遇见他。

他回去了。我恍然所悟，他应该是赶时间上班去了。

从7公里开始我的配速明显掉下来了，一直都在6分20秒、6分30秒。12公里报了之后，我出了公园的西门往小区跑，跑回小区就刚好13公里。

我站在电梯里上楼，头上的汗水马上就从发根一直流到脖颈，划过嘴角的汗水用舌头舔了舔，竟然感觉到一丝咸甜的味道，咸里透着甜，甜里裹着咸，与往常不一样的感觉，说不清。

爱美之心人皆有之，我也是凡夫俗子。尽管我执着于单调的跑步，钟情于枯燥的写作，享受于独处的快乐，但在人生这漫长的马拉松赛道上，偶遇让我眼睛明亮，让我精神倍增，让我激情昂扬的风景，我还是会紧追不舍的。

追着帅哥跑，累也不觉得，汗水也香甜！遗憾的是我只顾跟着跑，没有抓拍到一张帅哥跑步时优美的照片，否则我会贴出来养养大家的眼，也给我的文章增添更美的色彩。

下次有机会再抓拍吧！一定会的，请相信我，因为我坚信我和帅哥还会偶遇在跑道上。

2016年1月4日　西安和基居

在阳光下过日子

　　自从开始跑步，我的天空始终艳阳高照，雾霾与我无缘。有人说，这是一种心境。的确如此！

　　我是一个习惯于闲云野鹤的人，不喜欢按部就班。有人说我是吃不到葡萄专说葡萄酸，也许是吧！自由职业的我从来不会受任何人的约束，也从来不看任何人的脸色，喜欢我行我素，除了学生时代。

　　每天，我都会去晨跑，在榆林、在西安的住所附近的公园里跑步。在榆林的公园里会遇到很多来跑步的人，他们都认识我，都会远远地和我打招呼，还会和我结伴跑上一程。在西安的公园里偶尔也能遇见跑步的男女，我们互不认识，各跑各的，擦肩而过的瞬间，好奇心作祟，偶尔会偷窥一眼对方是否英俊漂亮，但一般情况下我会迅速超过他们，或者远远跟在后面。

　　西安的城市味远比榆林浓郁，来公园里健走的、跳舞的、打太极的、吊嗓子的、谈情说爱的远比榆林要多得多。冬天，我会把自己跑得浑身直冒热气，夏天我会把自己跑得大汗淋漓。

　　现在我有一个让我感到无比幸福的差事，给八十岁的老妈当保姆。老妈尚且健康，走路方便，行动自如。我把自己三年前就买下的一幅（规格：1.5 米×6 米）"金陵十二钗"十字绣的后半部工程交给老妈。老妈戴着老花镜在没有人陪着玩麻将的时候穿针引线。老妈说这是极好的营生，让她有了一种存在的价值，活着的意义。我也偶尔会和老妈同坐在洒满阳光的绣案前绣上一阵，不过那种情况极少，只有我不想写字的闲暇时间才会绣。有时，在老妈绣花的时候，我会给老妈用我的四不像语言诵读自己写的关于老妈的蹩脚诗歌或散文，每每读到动情处，老妈会泪眼婆娑，找不到穿线眼。老妈非常了解我，她说我是一个魔心鬼，夜晚不睡，早晨还早起的自虐狂。她从来不干涉我的生活，哪怕我不晨跑的早晨，偶尔睡到太阳照在屁股上，她也不会叫醒我，而是自己用微波炉热牛奶泡着干馍片当早餐吃。

跑步以来，我会把一些事情都完美化、诗意化！

比如，从来不过情人节的老公，竟然在今年的情人节，给我发来一张玫瑰花图片，还破天荒地给我发来一个微信红包，并且在红包上留言"情人节快乐！"我把此图片编辑了几句话，贴在朋友圈，有文友留言：找对老公天天过情人节。是啊！我感觉我天天都过情人节，我的日子天天晴空万里。我和老公从来不过情人节，只过结婚纪念日，因为情人节这天就是我们的结婚纪念日。

又比如，上学时期一个追求过我的男生，在三十年后首次相聚的同学会后，偶尔会发一条微信给我，说过段时间要和我约会，但是两年了都不曾兑现。我不怪他。他偶尔发来的信息，说明心里有我。他偶尔发来的信息，能让我更好地生活，更阳光地生活。我总觉得，被人牵挂，是一种温暖，是一种力量，是一种幸福！哪怕是调侃我的谎言也是充满善意的。

还比如，偶尔会有一些醉了酒的文友，在微信里对我说上几句不着边际的戏语。我不怪他们。过了不惑之年，我已把凡事看淡。我感觉这些不着边际的戏语说明他们曾经正视过我。从文者大都是心灵孤独、心思流浪的。我也如此！尽管我生活在一个其乐融融、幸福无比的家庭里，但心灵深处有时会难免孤独。尤其在夜深人静、思维枯竭、灵感抛锚、毫无睡意的时候，偶尔传来的温情话语，这并非坏事，说明我的生活即使是在漆黑的夜晚，也会被阳光普照。哪怕是对方故意发来的一条无关痛痒的信息也是充满爱意的。

其实，西安的天空雾霾居多，远远不及榆林的天空晴朗。但跑步成为一种习惯后，天气的好坏已经不重要了，重要的是一种心情，是一种积极、阳光、快乐、热情、向上的生活态度！

在晨跑的路上，或者在马拉松的赛道里，即使没有人与我交流，我却时刻与自己交流。听大自然的沙沙声响，看蓝天白云的翻江倒海，沐夏日细雨的温柔滋润，赏白雪皑皑的壮美景色。享受微风抚摸脸庞的舒爽，聆听蜂蝶在耳边的轻声细语。偶拾的那些生活感悟，小诗短句，便是跑步的收获。的确，有时候远离喧嚣，独自奔跑，是一种生活，也是一种境界。

跑步也罢，写作也罢，陪着妈妈绣花也罢，都是一种怡情养性的生活，宠辱不惊，荣辱皆淡。跑步以来，心里始终有自己的座右铭：淡看名利勤锻炼，多读诗书写文章。

动静结合，相得益彰，日子不阳光才怪。

2016 年 2 月 15 日　榆林静雅斋

一个人的城马

　　城马是西安城墙马拉松的简称。

　　将国际马拉松赛道设置在完整的古城墙上，放眼全世界，城马是唯一的。由此可见西安城墙之威武。

　　西安城墙又称西安明城墙，是中国现存规模最大，保存最完整的古代城垣。

　　城马创办于 1993 年，截至 2020 年，已举办二十七届，属于国际马拉松赛中规模最小的赛事，可谓精品，究其原因，是因为西安城墙客容量有限。

　　城马规模不超 4000 人，2020 年报名人数居然高达 5 万，可谓一签难求，但我有幸中签。

　　人若高兴过度，往往会得意忘形。我正是如此，竟然没有仔细看交费时间，导致错失交费时间，名额被组委会取消了，最终无缘"2020 城马"。太遗憾了！要知道，我连续三年报名城马，唯有今年才中签，只能怪自己了。

　　为此，我决定来一次一个人的城马。

　　并不是单纯跑步，我想让咸咸的汗水与历史交融，我想让疲惫的身体与文化碰撞。

　　西安古称长安，地处关中平原中部、北濒渭河、南依秦岭，八水润长安，是联合国教科文组织于 1981 年确定的"世界历史名城"，是中华文明和中华民族重要发祥地之一，丝绸之路的起点，是我国黄河流域古代文明的重要发源地之一，与雅典、罗马、开罗并称为世界四大古都，是我国建都最早、历时最长的古城，13 个王朝在此建都，丰镐都城、秦阿房宫、兵马俑，汉未央宫、长乐宫、隋大兴城、唐大明宫、兴庆宫等等，宛如耀眼星星，引无数炎黄子孙仰之，叹之。

2020 年 11 月 3 日，早起，恰好天朗气清，我便在早餐毕，直奔西门。我家距离西门最近。若乘坐公交车，要从丰登路站坐 611 路，四站路，西门里（儿童医院）站下车，步行 392 米，半小时即能到达西门。但因餐后半小时不宜跑步，所以我临时决定步行至西门，四站路走下来，身体也热了，时间也差不多了，抬腿开跑，刚刚好。

不必登城墙，沿着环城公园跑即可。因为公园不仅有巨大的树荫，更有红色塑胶跑道，更适宜跑步。

西安城墙一圈有 13.74 公里，在环城公园里跑，势必要横跨多条公路，条条路上车如流，个个路口红绿灯，为了安全，我必须做个遵守交通规则的公民。遇到路口，我总要等绿灯亮起，总要跑至斑马线处，才过马路。一般情况下，城门洞口没有斑马线，要么城里，要么城外。我选择城外的斑马线过路口。这样一来，我的城马总里程数就变为 16.22 公里，而用时却超过了往常同等距离好多。

走跑结合一圈下来，感慨多多，疲惫也罢，困顿也罢，全都被收获所抵消。收获是流了许多汗水，收获是照了许多照片，收获是数清了西安城墙大大小小的门。

西安城墙主城门有四座：长乐门（东门），永宁门（南门），安定门（西门），安远门（北门），这四座城门也是古城墙的原有城门。从民国开始为方便出入古城区，先后新辟了多座城门，至今西安城墙已有城门 18 座。

我从西门起跑，逆时针跑，最后再绕回西门。

现在，就让我的咕咚运动软件数据带着大家跑城马。

西门即安定门，是西安城墙正西门，建于明洪武七年至十一年（1374年—1378年）。西门最早是唐皇城西面中门，唐末韩建缩建新城时被保留下来。明代扩建城墙时位置略向南移，取名安定门。寓意西部边疆安泰康定。安定门有三重门楼——城楼、箭楼、闸楼。门楼下均有拱券式门洞，城楼与箭楼之间有方形瓮城，人车川流不息。城楼北侧有日本天皇访问西安时所建观望台一座，属国家重点文物保护单位，游客随时可以参观。箭楼是我国迄今为止保存最完整的古城堡。城门内为西大街，城门外为西关正街。

咕咚运动软件里程显示1.41公里，即到含光门。

含光门最早是隋唐长安城皇城南墙偏西一处城门，建于隋文帝开皇二年。据最新的考古成果显示，含光门是迄今为止所发现最为完好的隋唐长安城遗址。

咕咚运动软件里程显示1.65公里，即到勿幕门。

勿幕门又名小南门，位于城西南隅四府街南端，南城墙含光门与朱雀门之间，与永宁门遥相呼应的一座城门。是1939年为纪念辛亥革命中陕西革命先烈井勿幕先生开辟的城门。单门洞式城楼，门内为四府街，门外为红缨路。

咕咚运动软件里程显示2.23公里，即到朱雀门。

朱雀门曾是隋唐长安皇城的正南门，因四象中的朱雀代表南方而得名。门下是隋唐长安城的中轴线朱雀大街。隋唐时，皇帝常在这里举行庆典活动。贞观三年（629年）玄奘为了求得真经离开长安出凉州，经玉门关沿丝绸之路独自向西而行，途中历尽艰险，最终历时4年、穿越数十国，终于抵达天竺（今印度）那烂陀寺。贞观十九年（645年）玄奘取经归来，返回长安，带回了657部梵文佛经。唐太宗派宰相房玄龄迎接玄奘，迎接仪式就在唐皇城的正门朱雀门举行。隋唐长安城各城门之中，经过考古确证的唯有外郭城的正南门（明德门）、大明宫的正南门（丹凤门）是五门道城门，朱雀门的门道数量待定。如今的明城墙朱雀门位于永宁门西边，城门内是南广济街，城门外仍是繁华依旧的朱雀大街。1985 年修整城墙时，发现隋唐朱雀门遗址，遂于遗址西侧重开朱雀门。

咕咚运动软件里程显示 2.92 公里，即到永宁门。

永宁门为西安城墙正南门。永宁门位于南城墙中部偏西。原为隋唐长安皇城南面偏东的安上门，唐末韩建改筑新城时保留。明洪武七年至十一年（1374 年—1378 年），扩建西安府城，此门沿用为南门，易名"永宁门"。但改隋唐时过梁式三门洞为砖砌拱券式单门洞。1912 年，陕西都督张凤翙曾为永宁门题写门楣。今永宁门完整保留了明代"门三重楼三重"的特色。永宁门闸楼，始建于明崇祯九年（1636 年）。明崇祯十六年（1643 年），李自成军攻打西安，闸楼毁于战火。清顺治十三年（1656 年），陕西巡抚陈极新主持重建。民国初年，拆除闸楼，月城、吊桥亦毁坏殆尽。1990 年 9 月，复建月城、闸楼及吊桥。永宁门箭楼，始建于明洪武十一年（1378 年）。永宁门正楼，原安上门城楼，历五代宋金元时期，明洪武十一年（1378 年）统一形制重建，后又经清代及近现代多次修葺，沿袭至今。永宁门门洞，现已不再承担城市交通作用。1956 年，于城门两侧各开辟三个券洞，供车辆行人通行。

咕咚运动软件里程显示 3.62 公里，即到文昌门。

文昌门位于南城墙永宁门（南门）与和平门之间，是西安城墙于 1986 年开辟的一个城门，是南城墙西起第五座城门。文昌是天上星官的名字。明清时的西安府学和孔庙建在城墙旁边（今碑林博物馆），魁星楼也顺势建在城墙之上。魁星楼在 1986

年修复。游客们在这里可以看到嗜酒如命，不修边幅，蓬头虬髯，步履踉跄，腰挂酒葫芦，一手捧斗，一手执笔，似乎半醒半醉的魁星的形象（古代传说是主宰文运兴衰的神，常被人们尊称为"文曲星""文昌星"）。魁星楼下这座新辟的城门，自然也就被命名文昌门了。

咕咚运动软件里程显示 4.41 公里，即到和平门。

和平门位于南城墙文昌门与建国门间，开于 1953 年，4 门洞，共宽 40 米，为了表达饱经战乱的中国人民对世界和平的渴望，故名和平门。城门内为和平路，城门外为雁塔路。和平门与大雁塔、大差市、火车站、大明宫含元殿在一条轴线上。走在古城西安的街巷坊间，随时都会发现一些令人产生无尽遐想的地名，顺着这些名字去探寻，很快你就会发现一段汉朝的传说，或唐朝的历史，或明朝的故事……比如和平门内由东往西到文昌门的巷子"下马陵"。准确地说，"下马陵"原本是一座陵墓，但很久以来，它周围的那一片区域也被叫作"下马陵"。西汉最伟大的皇帝汉武帝刘彻经过此地，也要下马步行，全因西汉著名的政治家董仲舒葬于此处。"下马陵"便因此得名。

咕咚运动软件里程显示 5.4 公里，即到建国门。

建国门是南城墙最东的一门，开于新中国成立后，为纪念中华人民共和国成立这一伟大历史事件，命名为"建国门"。城门内为建国路，城门外与环城南路为丁字路口。

咕咚运动软件里程显示 7.03 公里，即到长乐门。

长乐门为西安城墙东门。长乐门开辟于明代，明朝国都位于西安的东面，故将东门命名"长乐"，带有祈福大明江山长久欢乐，万年不衰之意。明末李自成起义，由东门攻入西安。李自成看到悬在城门上的"长乐门"匾额，对身边将士说："若让皇帝长乐，百姓就要长苦了。"将士们一听此言，群情激愤。点火烧毁了这座城楼，直到清代又重新建造。民国时期，在长乐门南北两侧新开数座门洞。城门外南北向为环城东路，城门内南北向为顺城东路。以长乐门为界，环城东路分为环城东路北段与环城东路南段，顺城东路分为顺城东路北段与顺城东路南段。长乐门向东（城外）连接东关正街，向西（城内）连接东大街。

咕咚运动软件里程显示 7.74 公里，即到中山门。

中山门是 1927 年初，冯玉祥倡议开辟的，以纪念孙中山先生。中山门并列着两个门洞，冯玉祥分别为它们取名"东征门"和"凯旋门"。中山门北侧凯旋门原存民国时期的木质城门板，也是西安城墙各城门中，唯一一处保存着门板的城门，2014 年城门板被拆除。城门外，南北向为环城东路（北段），城门内，南北向为顺城东路（北段）。城门向东（城外）连接伍道什字西街，向西（城内）连接东新街。

咕咚运动软件里程显示 8.41 公里，即到朝阳门。

朝阳门位于西安城墙东段，南侧为中山门，北侧为东北城角，城门外连接长乐西路，城门内连接东五路。

咕咚运动软件里程显示 9.78 公里，即到尚勤门。

尚勤门位于西安城墙北段的一座城门，因城内为尚勤路，故得名。尚勤门西侧为尚俭门。尚俭门开于新中国成立后，城门内为尚俭路，城门外为火车站东盘道。尚俭门往西是解放门。解放门城门内为解放路，城门外为西安火车站。解放门原先并未建城门，为城墙一处断口。解放门往西是尚德门。尚德门因直对尚德路而得名，城门内为尚德路，城门外为火车站西盘道。西安城墙内曾经有一个专供满族人居住的区域，史称"满城"。

尚德门西邻安远门，东邻解放门，离解放门很近，只有 200 米的距离。尚德门面向火车站，东边就是西安长途汽车站。每天穿梭于尚德门的人流量和车流量之大，可想而知。西安火车站不仅是铁路枢纽，更是这个城市的公共交通枢纽。在这里，有可以前往西安周边县市的长途汽车，更有通向城市四面八方的公共汽车，交通非常便利。

咕咚运动软件里程显示11.62公里，即到安远门。

安远门为西安城墙北门，明清时期，西安城北城门。位于西安城南北中轴线上。"安远"二字是继承中原汉族朝廷对边远少数民族采取的怀柔安抚政策，希望边远少数民族对朝廷知恩归顺。明代构筑城墙时建造，辛亥革命时，起义军与清军在交战中北门城楼被焚毁。

咕咚运动软件里程显示13.38公里，即到尚武门。

尚武门是西安城墙北城墙最西的一个门，俗称"小北门"。是十八座城门中最为年轻的一个门，与尚德门、尚勤门、尚俭门共同表示儒家崇尚的"良好品德、习武健身、勤俭节约"。现城门内为西北三路，城门外为工农路。

尚武门内西侧有习武园，是一处清代留下的地名，因在城西北隅，又叫"西武园"。习武园，即是清代主管陕西军政的陕西巡抚按照惯例校阅绿营兵的地方，也被称为"北校场"。不仅如此，康熙皇帝曾经还亲自驾临习武园校阅军队。康熙曾作一首《长安行》表达对这次西巡的感触，诗中对此行阅兵亦有所描述："河山天险古金汤，都邑规模溯汉唐。陆海膏腴本沃壤，秦风剽悍称岩疆……大阅三军训甲士，来朝诸部趋藩王。"习武园在清代还承担着另外一项重要作用——与贡院对应的武举考试场所，是许多怀揣梦想之人展示自己的舞台。辛亥革命爆发后，清政府被推翻，习武园从此不再是清军校阅地。

尚武门里，习武园西北侧有一座广仁寺。它是陕西省唯一的藏传佛教寺院，至今已有300多年历史，古意盎然，它便是

1703 年康熙皇帝西巡后，为加强民族团结，巩固多民族国家政权统一而敕建的。

　　咕咚运动软件里程显示 16.22 公里，又绕回安定门。至此，一个人的城马圆满完赛。

　　咕咚运动软件数据显示——总里程 16.22 公里，总用时 2 小时 35 分 49 秒，平均配速 9 分 36 秒，燃烧热量 999.8 千卡，总计步数 21480 步，平均步频每分钟 137 步，平均步幅 75 厘米，1 公里最快用时 7 分 04 秒，1 公里最慢用时 14 分 15 秒。

2020 年 11 月 5 日　西安和基居

"2019—2020" 跨年跑

　　说真心话，半个月不跑步，体能下降了不少，长距离地跑步，很难应付。但我不想把坚持了好几年的跨年跑断开，所以只能硬着头皮迎战了。

　　跨年夜前夕，临睡前，在咕咚运动软件官方网站报了"跨年跑10公里鼠年大吉线上赛"，从心里做好次日早起要独自完成10公里跨年跑的准备。

　　但次日早起，临时把自己推翻了，又想与丈夫一起跑步，也跑个轨迹图案出来。

　　我是路盲。丈夫方向感好，丈夫提前就规划好了路线，丈夫勉为其难地答应陪跑。

　　着实难为他了。他的速度快，我的速度慢。我跟着他的速度跑，他能把我拉爆。他跟着我的速度跑，我能把他拖死。但他还是答应了，舍命陪老婆呀！

　　按他设计好的路线，我们决定倒着跑，意思是先跑"2020"的"0"，需从我家附近的土门开跑，我们得走过去，或者跑过去，所以这段路是不算的，事实上跑完整"2020"的轨迹图案，不被计算的距离很多，因为一个数字跑完，咕咚运动软件得暂停，只有这样跑出来的轨迹图才算个性化。

　　我们从土门开跑，没跑多远，丈夫临时改变路线，他担心我的体能跟不上，故意把第一个"0"压缩成一个句号。起先我并不知情，"0"跑结束后看轨迹，才知道他故意而为，还说有点儿意思就行了。我反而不领情，还怨他，说到时出来的轨迹图肯定极其丑陋。他说这样矮小的"0"就占用了 2.5 公里，如果放大，最起码 4.5 公里，那样 4 个数字跑完，加上不算数的路，足够一个全程马拉松的距离，时间上也不允许。

但是开始跑"2"，他却又按设计好的路线跑，没想到他最终带错了道，第二个右转，转早了一个十字路口，导致我们跑上了一条中途有小折弯的道，结果就出现了歪歪扭扭，头大尾小的"2"。其时软件记录的距离已经是 6.3 公里了。GPS 定位，运动软件描绘轨迹，绝不是我们想改就能改的了，只能让丑媳妇见公婆了。

跑第二个"0"的时候，依然按设计好的路线，因无须拐弯，丈夫在前面快意奔跑，我在后面努力紧跟，不过每跑到一个十字路口，或折转弯路线时，他会站着等我。当我们用双脚把"0"圆满地画成一个圈的时候，咕咚运动软件报数，我的 10 公里赛事已达成。

赛事达成，我的双腿也开始不适应了，就连走路也不带劲儿，丈夫便又照顾我的体能，建议把最后一个"2"减肥了跑。这样原计划要从科技三路开始跑"2"，结果我们在科技二路就开始跑了。所以最后一个"2"出来就成了一个瘦高的了。最后一个"2"跑结束，运动软件记录距离 12.34 公里，用时 1 小时 36 分 14 秒，配速 7 分 47 秒，比我平时跑步的配速还要慢 30 秒。跑跑停停，特别累人，特别费体能，还好没按设计好的路线跑，否则穿越半个西安城，那会更崩溃。但为了信念，即便被人说成一根筋、抽风，也甘愿为之。两个人，四只脚，一步一步，用心描绘一幅个性化轨迹图，以及畅想那虚拟的奖牌，痛并快乐着。

为了跑这一组数字，早上 8 时就出了门，跑步结束时已经是 10 时 30 分了，又走 500 米到公交站，下公交车时已经是 11 时了。说好过元旦一家三口去吃火锅，必须兑现，得买原料，结果开火吃饭时已经是 12 时 20 分了。

饭毕，碗筷洗了，再看时间，已到了下午 2 时，迷迷糊糊中发个朋友圈显摆早上的战绩，然后蒙头睡觉，一觉醒来就是下午 5 时，再看朋友圈，发现好多人点赞，也发现先前贴出的文字不尽如人意，遂修改如下：

累坏了两只脚/也没能写端正 2020/这四个简单到连幼儿园孩童都会写的阿拉伯数字/我却写得如此拙劣，如此丑陋/宛如四个形态各异的人/一个奇瘦，一个超胖，一个患有抽风，一个先天侏儒/但无论长相如何，却均是我的珍爱/2020 的见面礼。

　　　　　　　　　　　　　　2020 年 1 月 1 日　西安和基居

第二卷

如歌岁月

畅谈泡汤

　　人们常把事情搞砸了，计划落空了，叫泡汤，有时收秋时遇上下雨，把收割下的庄稼泡雨水里了，也叫泡汤，还把难办的事情，完成到关键时刻，却因种种原因，无法完成，从而前功尽弃，也叫泡汤。这些解释我早就知道的，也经常说。譬如蓝田汤峪的白先生，邀请我去汤峪做客，顺带泡温泉，却因连着两天下雨，计划就泡汤了。然而，白先生却说，天晴之后一定满足我泡汤的心愿。因这，我才知道蓝田汤峪人把泡温泉也叫泡汤。

　　天真的晴了，白先生也来了电话，我如约而去，一同去的还有丈夫。

　　去了才知道白先生不大喜欢泡汤。他说自己是在汤里泡大的，早泡够了。

　　丈夫也不大喜欢泡汤。他习惯不了汤里的热气熏染。

　　白先生也罢，丈夫也罢，他们二人都不大喜欢泡汤，这让我想起了《红楼梦》里有句话形容男人是泥做的。男人如若真如《红楼梦》里说的一样，那么长时间泡汤里岂不坏事，简直怕连人也做不成了。现在想来，我倒完全理解他们为什么不大喜欢泡汤了。男人嘛！如若要有阳刚之气，当然要多晒太阳，少泡汤了。正如我们陕北话说的——泡汤的事做得多了，还算男人吗？当然此泡汤非彼泡汤，纯粹属于偷换概念，但性质一样。

我却喜欢泡汤。《红楼梦》里也形容女人是水做的。我当然不怕泡坏了自己。事实是，非但泡不坏，而且越泡越健康，越泡越漂亮，越泡越水灵，越泡越性感。

越泡越健康，是说汤峪的温泉能把人泡健康了，因为汤里含有活血化瘀的元素；越泡越漂亮，是说汤峪的温泉能把人泡漂亮了，因为汤里含有滋阴润肤的元素；越泡越水灵，是说汤峪的温泉能把人泡水灵了，因为汤里含有润肤美容的元素；越泡越性感，是说汤峪的温泉能把人泡性感了，因为汤里含有降压减肥的元素。

想想，健康、漂亮、水灵、性感，哪个女人不向往，不羡慕？一个健康、漂亮、水灵、性感的女人，哪个男人不追求、不渴慕？

所以我太爱泡汤了，太想泡汤了。丈夫就硬着头皮，绷着神经陪我去汤峪泡汤。他有责任、有义务，他不陪不行。我健康了、漂亮了、水灵了、性感了，欢喜的是他。

白先生是心细之人，怕我找不到地方，用微信定位发来位置。我打开手机导航软件，驾车用了一个多小时，不偏分毫到了蓝田县教育局。白先生又是文化人，怕我和丈夫虚了此行，自然要带我们到文化景点吸纳古人的灵气。他先带我们上蓝关古道，远眺白鹿原的壮美风光，鸟瞰蓝田县城的一片街景，远望《白鹿原》书中描绘的送子宝塔。又带我们到辋川镇白家坪村鹿苑寺观看了唐朝著名诗人王维亲手栽植的银杏树，拜谒了王维墓。再带我们到"辋川人家"饭店，品百味小吃，赏秀美景色。最后，带我们到汤峪天潭温泉泡汤，享受皇帝般的生活。

天潭温泉属于露天汤池，环境清幽，池水干净，水温适中。来此泡汤的人却不多。

白先生介绍说，天潭温泉属于高消费温泉酒店，普通的老百姓不来这里。他这样一说，我倒觉得受宠若惊，我要好好享受这一回皇帝般的待遇呀！

的确，蓝田汤峪温泉因唐玄宗而久负盛名，可追溯至1350年前，素有"桃花三月汤泉水，春风醉人不知归"的美誉。那时，蓝田汤峪温泉可是皇帝的浴池啊！平民百姓是无福享受的。

白先生领着我和丈夫熟悉了天潭温泉的环境之后，他在汤池里舒坦了不多时，就先我们一步离开，回了蓝田县城，去处理他的事情。丈夫见白先生走开，本性出来了，受不了汤池里的温度，也不在汤池里陪我，躺在一张木床上看手机纳凉。我则贪恋汤池里的惬意，一会儿仰躺，一会儿俯卧，或闭眼睛遐思，或睁大眼睛观望，完全进入一种唯我独尊的境界，仿佛自己成了杨贵妃，在享受人间最高级的待遇。

算命先生曾对我说，一个"淡"字可以看穿我的性情。我之前没领悟到，现在完全悟透。譬如淡定、淡然、淡泊，用这些词解读我，那是合适的。就拿我对待泡汤这件事，我能变换着不同药味的汤池，不同温度的汤池，一阵日光浴、一阵森林浴、一阵波光浴、一阵桑拿浴，用掉大半天时光，抛开身外俗事，静下心来，闲适而散淡地享受生活的馈赠，大概就是我骨子里潜藏的性情所在。

贪恋汤池，就像贪恋一张温床。我在汤池里从下午两点一直泡到下午五点，之后沐浴净身，直到下午六点才走出汤峪天潭温泉酒店大门。

返回西安的路上，突然幻想，若我能变成一个富人，拥有一定的闲置资金，那么我一定会在蓝田汤峪购置一间狭小的住所，摆上一张木床、一个书架、一个写字桌，能容纳下我和丈夫即可。那么我也效仿古人归隐，闲时写写文字，累时泡泡汤池。

　　后记：冬天雪后曾去过蓝田汤峪泡过一次温泉，感觉好极了，心心念念想再去一次，却因诸多事情耽搁，大半年过去，也不曾付诸行动。前些日子在安康学习，结识了蓝田汤峪白先生，交流时，得知他是汤峪人，随口就说，日后我定来汤峪泡温泉。其实，当初我是信口一说，白先生却听进了耳朵，并记在了心里，学习期满，知我还逗留在西安，就邀我前去蓝田游玩，顺带泡温泉，了我一桩心愿。又因明后两天丈夫陪我过"五一"，逛古寨古庄，遂趁热写此文，算是对生活的一种记录，也算是抒发内心的情怀。

2018 年 4 月 29 日　西安和基居

趣话登山

　　小时候，脑子里只有连绵不绝的黄土山，只知道爬山。长大后，才知道不光有土山，更有石山、林山，知道了山上还有台阶，可以沿着台阶登山。

　　家乡在陕北，窑洞脑畔就靠着山。山是土山，长少许树，夏天长着庄稼，秋天庄稼收割后，再到来年阳春三月，才可以看见绿意，否则就是光秃秃、荒茫茫的千沟万壑，没有一点儿生机，苍凉万般，西北风一吹，黄风遮天蔽日。

　　记忆里，学校在秋收后总要举行一场爬山比赛。同学们为了先爬上山头，手脚并用往上爬。比赛结束，每个学生就像"土行孙"一样，满头满脸满身都是土。先爬上山头的人当然有奖，我却总得不到奖。那时，我特别不爱爬山。其一，生长在黄土地，从小就开始山峁圪梁薅羊草，山里土里早够了；其二，我骨子里喜静厌动。

　　上初中后，一个乡下同学邀请我们三五同学去看戏，说是去了拿白面馒头招待我们干瘪的胃。不为看戏，单单为了能吃上白面馒头也值得去。去了才知道戏台设置在一座高耸入云的山腰上，还需一步一步沿着盘旋山路走到山腰才可以看戏。我大感上当，颇为扫兴。同学又说山顶有庙。庙里供着神仙，神仙很灵。同学建议我们点香焚纸，祈求神仙保佑我们顺利考上"小中专"。同学的建议忽悠力极大，抬眼望着近在咫尺的山顶，我们当下赞同。移步台阶前就要登山，又望笔直插入云端的石头台阶，我禁不住双腿打战，又想到心诚能求得神仙显灵，保佑我顺利考上"小中专"，心里又暗暗给自己打气，鼓劲儿。说也奇怪，双腿却又不打战了，有劲儿了。结果走走停停，一百个石台阶，中途歇了四五次也就上去了。现在想来，心理作用还挺管用。

婚后，到了不惑之年，交通发达，国内的旅游业开始兴盛，丈夫有了跑马拉松赛的爱好，他参加郑开马拉松赛，我跟着他"打酱油"。到了郑州，时间宽裕，赛前一日，丈夫建议登嵩山。

嵩山北瞰黄河、洛水，南临颍水、箕山，东通郑汴，西连洛阳，是古京师洛阳东方的重要屏障，素为京畿之地，具有深厚文化底蕴，是中国佛教禅宗的发源地和道教圣地。嵩山曾有30多位皇帝、150多位著名文人亲临。《诗经》有"嵩高惟岳，峻极于天"的名句。是中华文明的重要发源地，也是中国名胜风景区，为五岳中的"中岳"。

我想着嵩山这诸多的文化因素，心里禁不住喜悦，又考虑到自己一贯体弱，怕吃不消，也有丈夫次日跑马拉松需要耗费很多体能的因素。我当时颇多微词，建议赛后登山。他却为了节省时间，甚至不怕影响比赛成绩，执意赛前去。丈夫当时豪情满怀，夸下海口，要在未来几年把中国的"三山五岳"全都登一遍，先从"中岳"嵩山登起。

嵩山的景色简直美极了，我们一边拍照，一边登山，用了3个多小时登上嵩山最高峰顶。

站在峰顶，放眼四周，茫茫一片云海雾罩，登山的路全看不清。那一瞬，我为自己骄傲，巍巍嵩山竟然被我一步一步踩在脚下了；那一瞬，我在内心里感慨——山再高，可以用脚登攀。有信心，没有登不上去的山。

从那以后，我喜欢上了登山。

后来，丈夫在跑东营马拉松赛时，我们又借机登了泰山。

登到泰山之顶，我才彻底懂了唐代著名诗人杜甫的《望岳》："岱宗夫如何？齐鲁青未了。造化钟神秀，阴阳割昏晓。荡胸生曾云，决眦入归鸟。会当凌绝顶，一览众山小。"彻底体会了诗人不怕困难、敢攀顶峰、俯视一切的雄心和气概，以及卓然独立、兼济天下的豪情壮志。回家后，我还特意写了文章《登泰山感悟》。

其实，人都喜欢往高处走，登高望远更是每个人的追求，是人与自然和谐共存的美好境界。

凡人的兴趣都可以后天培养。譬如我登山的兴趣，就是丈夫给培养起来的。

这项特别消耗体能的户外运动，在不惑之年与我邂逅，如同我的一位"情人"，我时常想要与之亲近、与之亲密，却终因精力与财力有限，还有我的"原配"——文学创作的约束，导致我不能随心所欲，只能时常克制。

爱上登山是因为山的厚重、山的沉稳，更是因为有太多的山比家乡的山高、奇、秀、丽、翠。我想回归自然，让心宁静，让紧绷的神经得到完全放松，让疲劳的眼睛得到彻底休息，让身心暂离俗务，融入大自然，享受大自然的祥和与美好。

今年"五一"，我们一家三口恰好都在西安，丈夫建议举家登嘉午台——不收门票的免费景点。全是为了避开旅游高峰的大量游客。

我赶忙用手机上网查找，知道嘉午台位于西安城东南40公里处的长安区大峪乡引镇小峪、大峪之间，是秦岭崇山峻岭中一座岫峦叠起、奇峭突兀的山峰。因山险景奇，怪石嶙峋，景观别致，大有西岳华山之气势，有"小华山"之称。又知道嘉午台由东西南北中五座山峰组成，它的中心最高点——戴顶，海拔 1870 余米，其形奇伟壮观：由东山底看，它像一头猛虎，正欲扑向秦岭；由西面看，它像一条巨龙，似在白云中腾空而起；由北面看，巍然屹立，高入云霄，形势险恶，峰峻景胜，大有华山气势。站在峰高千仞之巅，俯视天府关中，真是"上逼诸天方觉红日近，下观渭水缭绕长安城"，由山下到嘉午台，沿途有寺庙 21 座，有天然古洞 8 处，有双凤朝阳，鱼龙腾越，金蟾戏彩云，关公刀劈石，小梯子和朝天梯。小梯子是长约 20 米、80 度角的直立陡壁，数十级石阶凿在悬崖上。崖壁两侧是深不见底的沟谷。朝天梯是一个高约 50 米的崖壁，三面临空，上面凿有石阶，两侧有明万历十一年（1583 年）铸造的铁索链，可攀缘而上。

看到这样的简介，我当即心驰神往。

5 月 1 日早起，简单早餐后，我们一家三口轻装开车前往，于 9 时到达目的地，却看不见有任何人。

这是个景点吗？我不由得疑问。儿子的表情也不大好看，丈夫一句话不说。

一些废弃的建筑物之间有一条水泥路，一直延伸至两座苍翠的大山之间。水泥路的慢坡上，左右两边各立一块大石头。右边大石头刻有"小华山"三个红色大字，左边大石头刻有"嘉午台"三个红色大字，旁边却竖一个蓝色牌子，上写"前面道路损毁，禁止游人上山"。

哦！怪不得呢！我们下车，各自观察一阵。我看见左边有一个宽敞的、却没有任何人看守的停车场，停着一辆大巴车、两辆小轿车。右边有绿汪汪一池水，池水四周杂草丛生，有枯死的黄蒿，有疯长的艾草。

儿子见此情形，继续开车前往，说要把车停在不能通行的地段，再开始登山。我和丈夫要拍照，决定从此处开始登山。

正摆拍间，看见一个全副武装，像是专业登山运动员的人走了过去。丈夫禁不住脱口而出："还需要全副武装吗？"那人转头看我们一眼，撂下一句话"登一次就知道了"，继而离开我们。

我和丈夫即刻信心大增，摆拍完，沿着水泥路开始前进。刚走几步，见一列三辆小轿车超过我俩，向前驶去。再走几步，又有两辆车超过我俩。待我俩走上慢坡，再走不多时，就看见儿子把车泊在路边了。超过我俩的那些车，也都依次泊在儿子的车后，一溜排着。

我心想，看来此景确实值得一游，此山确实值得一登。

那些车上下来一家三口、一家四口、一家两口，或者三五朋友。他们有的如我们一样一身轻装，有的却完全就是经常登山的全副装备。

我们一家三口开始登山，完全是志在登上高峰的豪迈状态。先是一段土路，路边有条小溪，溪流不大却清澈，溪水潺潺，流淌在碎石头与鹅卵石的缝隙里，间或能看见清澈的溪水，我忍不住蹲下去，做撩水的动作，让丈夫给我拍照。土路两边是翠绿的树木。树木不粗，却挺拔，直插云天。树林里鸟鸣婉转，悠扬动听。我的眼睛四下里搜寻，却看不见鸟。鸟躲藏在茂密的枝叶间，与我们捉迷藏，为我们唱歌助兴。我们志不在鸟，在登山。我掏出手机，录一段鸟鸣声，再录一段溪水声，继续登山。走一阵，土路不见了，进入乱石林。乱石中有一条乱石路，没有规则，毫无章法，只是走的人多了，那些经常被人踏踩的石头看起来比较光洁、圆润，没有棱角。行走时，眼睛需要一直看路，双脚需要一直做跨越的动作。乱石是沿着山势往高处延伸的，一些不规则的石头自然堆成的台阶，一阵溪水左边，一阵溪水右边，有的台阶可以轻松跨上去，有的台阶却出奇高，需要借助手攀着上面的石头爬上去。走过这段没有路的乱石，就到了没有规则形状的石头铺成的有规则形状的石台阶。台阶像是许多年前铺成的，石头没棱没角，一段一段镶嵌在树林间的土路上，左绕右转，最后偏离两座山峰的主沟，向一座山峰盘旋上去。

轻装登山，却也要有所准备。丈夫事先准备了一个背包，里面装了矿泉水、红牛饮料、火腿肠、干吃面之类的补给，满满塞了一包。儿子不常锻炼，从家里出发前又没吃早餐，走了将近一个小时，疲累俱来。丈夫见状，赶紧找一块阴凉宽敞的大石头，掏出吃的，要给儿子进行补给。儿子一口气喝了一罐红牛饮料，吃了一袋干吃面，顿时有了精神，又开始登山，竟然把我和丈夫远远地甩在身后。

忽听山上人声鼎沸，我和丈夫甚是高兴，以为已经快到山顶，当即信心倍增，提气运功，沿着台阶，一口气到了人声处，才知是一宽敞所在，名曰"分水岭"。

分水岭上有四家店，分别是卖饮料、矿泉水、凉皮、冷面的。每家摆放几张桌子、条凳。许多登山疲惫的人有的坐在条凳上歇脚，也有买冷面、凉皮的，也有买饮料、矿泉水的。

我和丈夫上到分水岭，儿子已经打问到从山底到山顶总共7.5公里的山路，我们已经走了6公里，剩1.5公里了。

我们一家三口用自带的补给，在分水岭分别补充了能量，稍稍停歇，开始继续登山。

嘉午台的主要景点从分水岭往上次第排开，而所有惊险路段也从此处次第展开。

上山的路开始逼仄，时而是窄窄的台阶，时而是窄窄的土路或独木桥，人不能并排走，需要一个人一个人侧着身子通过。更为严峻的是有一段搭在万丈悬崖边上的窄石板桥，叫"斩龙桥"，毫无遮拦，人走在上面很担心一不小心就会掉下去。

过斩龙桥时，儿子依旧是我们三个人的先锋，他身材高大，时而直立身子行走，时而弯腰行走。丈夫恐高，走在我前面，不敢直立身子，猫着腰，慢慢移动脚步。我不恐高，身材瘦小，占位置小，排在后面。

从分水岭往上，凡是撞入我视线的景点，我必须留影。山神庙、登云梯、南天门、老虎口、破山石、朝天梯、"龙背"、"龙口"等等，每遇到一个景点，我必叫住丈夫，喊住儿子。有时丈夫做我的摄影师，有时是儿子。儿子不喜欢露脸，摄影技术却超级好。

从分水岭往上，最惊险的路段是斩龙桥、登云梯、朝天梯、过"龙脊"。

从分水岭往上，最美的景观是"龙背"。"龙背"是一块硕大无棚的石头，横亘在山梁上。往上的登山者和往回的返程者，都要在"龙背"上停留一会儿，或躺卧休息，或随意拍照，或放肆呐喊，或恣意亲密。"龙背"是整个登山行程中最干净、最温馨、最舒适、最有诗情、最有画意的休息地段。躺在"龙背"上，有一种登上天庭的高远感、辽阔感。

从分水岭往上，最高的景观是"龙头"。"龙头"需从"龙背"出发，沿着刀削一般的"龙脊"——一块巨石的棱角上通过，然后再穿过一段树林，绕上一座山峰，在山峰的最高点，突兀出一块巨大的石头，沿着石头旁绕过，又有两块巨石，构成"龙头"。一块巨石直立朝天，像张开口的"龙上唇"；一块巨石向前伸出悬崖，像伸出去的"龙舌头"。

胆小的、恐高的游客，不敢站"龙舌头"上拍照，怕眩晕，只能靠着"龙上唇"摆拍；胆大的站在"龙舌头"上留影，或站，或坐，或拥抱苍天，摆各种造型。

到此，嘉午台就算游览完毕。

嘉午台集奇、险于一体，目前我尚未攀登过华山，感觉它够得上这几个字。

返程。下山的路，还需要走原道，依然艰险，需要一步一个踩稳，一步一个小心。下得山来，我们深深体会到"上山容易下山难"的真实况味。

回到家，我看了下时间，大惊，天啊！早上 7 时 30 分出门，晚上 7 时 30 分进门，时间对时间，整整 12 个小时。

后记：说句真心话，每一次登山回来，如前几年的嵩山和泰山，今年的嘉午台，都是睡一夜，次日醒来，必定浑身酸困，两条腿疼痛，几乎不敢走路，却也觉得值，特别值。怎么说呢？痛并快乐着。今年的"五一"，我是过充实了，过有意义了，一整天全在户外。日后，见着朋友又多一个炫耀的资本——我登过"小华山"，踏过"龙骨"，踩过"龙脊"，摸过"龙头"，站在"龙舌头"上拍过照，对着茫茫苍穹喊过话，拥抱过八百里秦川，俯瞰过巍巍古都西安城全景。

2018 年 5 月 4 日　西安和基居

怡情红叶

几日风雨，将季节呼唤，秋意已阑珊，片片红叶将深情播散，层层暖意上心头。

塞上古城榆林，古塔乡的红叶最为养眼，最为迷人，最为热情。如古时的新娘，一袭红装；如红色的婚纱，飘洒曼妙；如跳跃的火苗，热烈奔放；如灿烂的锦绣，云蒸霞蔚。

站在古塔乡的山坡放眼望去，层林尽染，一片红色。秋风中，那热烈舞动的片片红叶，演示着秋光的流逝，彰显着生命的魅力。

看着满山的红叶，想起羞涩的少女时代。同桌的男孩，偷偷摸摸往我的书包里塞进一个笔记本，我打开一看，一片红叶夹在扉页里，红叶下藏着一句话"红叶是我心，虽小情意真"。当时看后，我羞得满脸绯红，害怕别人发现，头埋在臂弯里半天不敢抬起来。现在想来，心里暖洋洋的。如果时间可以倒流，我愿意重回少年时代，与男孩手牵手一同观赏红叶，亲手摘一片红叶，回送于他，大大方方地表达我的心意。

红叶树下，摄影师的目光最为贪婪，他好像要把红叶的骨髓都吸进眼睛里去。我想摄影师的目光最为独特，他的镜头下一定能捕捉到最有诗意的画面。

果不其然。红叶上那晶莹的露珠，摄影师能让它跳跃起来。红叶上细细的叶脉，摄影师能让它鲜活起来。摄影师还能把红叶变成小姑娘头上的发卡，变成恋人手中的信物，变成少妇身上的披衫。

忽然，一组镜头进入我和摄影师的视线，一个身穿紧身黑色衣裤的男子，双手托着身穿一袭白衣的女子的双脚，让白衣女子站在自己的肩上，他两手捉住白衣女子的双腿。白衣女子站直身子，用嘴唇把树上最高处的一片红叶噙住，随后摘下，然后，向后下腰，头从自己的两腿间伸进去，把嘴里噙着的红叶递进黑衣男子的嘴边。黑衣男子用嘴唇噙住红叶，双手快速握住白衣女子的双手。白衣女子一个双腿后扬，翻身就站在黑衣男子的面前。然后，两人相拥而立，嘴里同时噙住那片红叶。

我惊讶不已，拍手叫好。相拥的黑白两人听见我的叫好声，转身走开了。我用目光四处找寻，刚才黑白两人站立的周围却没有找到他们。

这组镜头让我想起了杂技表演，更让我想起了儿时看的"闹新人"。我不知道这黑白两人究竟是什么关系，但从他们娴熟的动作和默契的配合上，猜想他们一定是恋人。

摄影师还想找刚才的黑白两人，他拉着我的手朝他们离开的方向走，嘴里还不停地念叨："红、白、黑，颜色搭配得太美，太美。"

不承想，摄影师已经用摄像机拍摄到刚才的情景，他是要追上去征得黑白两人的同意，自己要把刚才拍摄到的视频上传到网上。

走着，走着，丹青大师描绘的红叶把我和摄影师的脚步吸引住了。画面上：在差不多相同大小的两片红叶上，覆盖着晶莹的露珠。再仔细看去，像极了一男一女两张饱经风霜的脸。摄影师不走了，一直等大师收了笔，才央求大师同意，让自己拍摄大师与画作的合影，背景是大片的红叶树。

摄影师的眼光独到，画师的灵感独到。

红叶上的露珠分明就是红叶的泪珠啊！画师笔下的那两片红叶像极了依依惜别的老人。他们也许想着待到秋风起，就要各自随风飘，然后轮回转世，变为陌生的路人。

和画师告别，我和摄影师继续在红树林里穿行。

走着，走着，看到红树林围起来的圆形空地上，一个老人手里拿着一个袋子，他用袋子里的红叶在空地上摆出一个大大的"悟"字。远看那字大气磅礴，气韵生动。

摄影师这次没和老人打招呼，就偷偷把老人摆出的"悟"拍摄进相机里。

空地的一角，摆着一张桌子，桌子四周围着一圈人，正在观看一个年轻书法家长笔挥毫。

置身于古塔乡的红树林，我恍然大悟：人，必须有一个属于自己的爱好，摄影、书法、绘画、写作、曲艺等等。

我也有爱好，我的爱好是长跑，因为长跑可以修身养性，可以强身健体。

红叶情暖，让青春舞动。我想告知天下人：放下年少的羞涩，远离生活的矜持，让自己从此活跃。穿上运动衣，蹬上跑步鞋，然后绕着古塔乡的红叶树浪漫奔跑，让红叶上的露珠滋润脸庞。

红叶情暖，让生命绚烂。我想告知天下人：别整天埋头于世俗利益，别整天奔走于尔虞我诈，让自己从此简单。穿上运动衣，蹬上跑步鞋，然后绕着古塔乡的红叶树开心奔跑，让红树林的故事陶冶情操。

红叶情暖，让岁月幽香。我想告知天下人：别沉迷于莺歌燕舞，别留恋于灯红酒绿，让自己从此成长。穿上运动衣，蹬上跑步鞋，然后绕着古塔乡的红叶树快乐奔跑，呼吸早晨红树林里清新的空气，让红树林里的风景沉醉身心。

沉醉，我真想沉醉不醒。让片片红叶舞动我的青春，绚烂我的生命，幽香我的岁月。

岁月催人老，我已不是羞涩少女，也非矜持少妇，岁月的铅华已将我雕琢至不惑。然而我的心却似孩童般幼稚，想摘一片红叶夹在心扉里，待到双鬓斑白时拿出来给人炫耀。

那天，我跟了摄影师一整天。返回的路上，我的腿有点儿困乏，思想却异常活跃，看着眼前迷人的景色，想着二十世纪九十年代初来古城榆林时的情景，一首小诗跃然于脑海：

秋来古塔舞红裳，小妹林间诗两行。遥忆当年入边塞，风沙席卷泪汪汪。

2016 年 9 月 9 日　榆林静雅斋

雨中漫步

　　我在细雨清洗过的林间小道漫步。

　　被雨水冲刷得透亮的青石板宛如一面面镜子，透亮而迷人。

　　雨中的清晨，空气里裹着浓浓雾气，校园里那些不知名的树木正经历着秋雨的过度滋润，有的承受不住，抖落片片黄叶，以示抗议。

　　这是一所学校，一所被誉为"作家摇篮"的高校——西北大学，简称西大。

　　我来此锻造自己。感谢岁月不弃！感谢文学厚爱！

　　西大懂我。它知道我从纷乱的琐事中抽身、逃离，知道我太需要安静，便托请上天，连降秋雨，还校园难得的宁静。秋雨应情，致使龟缩在我心底的创作欲望，渐渐地，渐渐地，复苏，发芽，蓬勃生长。

　　诸多原因，我有小半年不写字了。

　　自我感觉，我的思想濒临颓废，我的思维接近麻木。

　　我在昨日的暗夜里嘶吼——我是不是患上抑郁症了。

　　万分感谢！西大的雨，让我又找回了从前的自己。

　　西大的雨与别处的雨大不相同。

　　西大的雨是独有的雨。

　　西大的雨，能滋润文学幼苗快速成长；西大的雨，能润泽文学之树万古常青；西大的雨，细而不稠，淅淅沥沥，曲调悠扬，仿佛古人穿越而来，正在吟诵着唐诗宋词；西大的雨，更是特意为我而下，为了给我创造这独有的祥和与宁静。

余生，如果允许，我只愿，只愿在这宁静中诵读唐诗，撰写秦文，然后抱孤而死。所以，在早餐后，我择出片刻空闲，手执雨伞，在西大的雨中独自漫步。

西大是一所充斥着浓浓文化韵味的高等学府，中华先圣学者都曾来此。美丽的木香园里，树立着一尊孔子行教像，高大而庄严，铜质的身体，黑色大理石底座。据说，这尊铜像是中国台湾淡江大学赠送的，是为了表达台湾地区教育界的真实心愿——信奉和崇敬中华传统文化。青松翠柏绿树环抱的中央安放着鲁迅先生的半身花岗岩雕像，是为了纪念鲁迅先生在西大讲学七十周年而立的。暗红色的雕像，在秋雨的清凉里，散发着淡淡的暖意。雕像的位置恰到好处，背靠着太白校区图书馆，面向东方。

噢！先生是西大校园里第一个迎接光明的人。

我在先生的雕像前久久注目，静静沉思。

顷刻间，我的眼前便幻化出西大历史上的那段文化盛事……

金秋十月，听不到蝉鸣，看不到花开，唯有雨声，如诉如泣。

黄灿灿的树林间，透亮的石板路上，一位身穿黑色雨衣，手举黑色雨伞的白发老人出现在雨中。她在雨中遛猫。她手中撑开的雨伞是给猫儿挡雨。多么可爱、多么善良的老人啊！

三只猫，一黑一白一花，黑瘦白肥花小。它们一定是一家，猫爸爸、猫妈妈和猫娃娃。花猫娃跑出了雨伞。老人急忙赶上去，大声呵斥："花花别跑，淋雨会感冒的。"

老人是谁？我不得而知，也忘记了过问。

那一刻，我只是呆呆地注视着可爱的老人。

现在让我猜一猜——

她要么是西大已经退休了的教授，要么就是喜欢收养流浪猫的善良老太。

我不能逗留雨中了，我得去上课了，可我进了教室，耳朵在听课，心却像困不住的小兽，偷偷地跑出了教室，悄悄地在雨中漫步。

我喜欢在雨中漫步，喜欢执一把油纸伞，在雨中独自漫步，让孤独裹挟思想，让想象泅渡灵魂。

2021 年 10 月 23 日　西安和基居

新派过年

自结婚以来，过了二十六个除夕，有二十五个，我是从早忙到晚。那种辛苦，已婚的女人可能都深有体会。大年三十儿女人不仅要把一个家、一家人捯饬得漂漂亮亮迎新春，还要考虑丈夫、孩子乃至父母的胃口，做出一桌子丰盛的除夕宴，更要计划好大年初一、初二、初三，乃至初七，这几天的所有吃食。

所有这些，用一个字形容——"累"，两个字形容——"身累"，三个字形容——"心更累"。所以，我经过童年的饥饿、少年的贫穷、青年的努力，在步入经济繁盛的中年之后，味蕾就开始麻痹，身心就开始疲惫，好像穷日子过惯了，不适应过好日子了，觉得过年跟过日子一样平淡，提不起兴致了。

然而过年毕竟是中华几千年流传下来的传统习俗，世世代代都在传承。别的不说，最起码过年可以放假七天。而这七天，对于一个家里的女主人来说，是绝对宝贵的。

女人在除夕前的好长一段时间，都在默默地付出，对丈夫、对儿女、对父母、对家庭，她们甘心情愿，这是女人的情怀，是女人对爱的表现，是女人乐于奉献的伟大精神。

然而，今年过年，我却过了一个有史以来最省心的年，也就是说，今年的年三十儿，我没有被任何生活琐碎烦累，反而享受到一种从未有过的清闲，这全要感谢丈夫的弟弟，我的小叔子。

　　腊月二十三，娘住进医院，医生说一直要年三十儿才可以出院，考虑到大年三十儿是除夕夜，医生又让娘腊月二十九打完针，先出院回家过年，等正月初七上班后，补办出院结算手续。

　　已过八十岁高龄的娘住院了，我作为娘的女儿，哥哥姐姐弟弟眼中最为清闲的一个角色，自告奋勇成了娘的陪床。当然哥哥姐姐弟弟免不了挂牵、免不了问候、免不了关照、免不了跑腿。

　　哥哥来医院问我："过年准备了啥？"

　　我说啥也没准备。

　　哥哥说："不必准备了，年三十儿，我们都跟妈一起吃。"

　　姐姐来医院，说姐夫买了猪头、羊腿、牛肉、整鸡，年三十儿一大家子一起吃。

　　二姐白天要照看孙子，走不开，抽了两个晚上，是两个礼拜天，代替我陪护，我可以回去洗澡，洗衣服，搞家里卫生。

　　远在国外的弟弟打电话，说酒店厨房已经准备了酥鸡、丸子、烧肉、炖肉、两个肘子、半只羊。

　　关于年夜饭吃什么的问题，基本上解决了，我没必要犯愁。

　　娘的病不严重，只是人老了抗病能力差，着了风寒，感冒引起咳嗽，导致肺部发炎，牵出气喘、痰多。亲情尤为重要，做儿女的多照顾，能让娘的病早日康复。

　　小叔子也给丈夫发来微信，要我们无论如何去他那边——秦龙温泉酒店过年，说我们一家人难得在西安过年，必须要跟老人一起团聚。

　　娘没有住院之前，我和丈夫商量好，接婆婆来我们乔迁的新居一起过年，只因小叔子一家四口，有三个人要在过年那几天上班。

打工人苦，为了领双倍工资，宁愿辛苦，也不给自己放几天假，再则小侄子不满五岁，需要有人关照，婆婆便不能来我家过年了。

婆婆如今已过古稀之年，只有丈夫和小叔子两个娃，公公走后，她为了关照不满周岁的小侄子，一直跟在秦龙温泉酒店做事的小叔子生活。

许是小叔子知道娘住了院，有心为我考虑。许是婆婆知道娘住了院，担心我没有准备年夜饭。许是小叔子和婆婆都希望我们一起过年，图个热闹。

听了丈夫的转述，我就想，婆婆不像娘有五个娃，这个不在身边，还有那个陪着。小叔子和弟媳妇除夕夜都上班，他们上班走后，婆婆一定很孤单。人们常说，陪伴才是最可贵的孝顺。年前陪娘住院是孝顺，过年陪婆婆打几天麻将也是孝顺。老人欢喜了，高兴了，年也过好了。这样一来，岂不既尽了孝，又省了我年三十儿的烦累，两全其美，甚是好事。

于是，除夕一早，安顿好娘，让儿子开了车，拉着我与丈夫，欣然前往秦龙温泉酒店。

小叔子所在酒店的老板是陕北人，是一个厚道而有着人情味的老总，他给所有员工及家属在春节前三天免费提供"吃、住、玩"一条龙服务。吃，不仅有除夕聚餐，还有大年初一的饺子；住，当然是全都免费住在酒店；玩，有泡温泉以及一些水上活动。

泡温泉，我是特别地想，却硬生生地克制了，只因年前中医调理，医嘱不可以泡温泉，只得连带丈夫和儿子也没有享受成。

除夕当天，中午十一点半到了秦龙温泉酒店，婆婆和小叔子，以及两个侄子，已经都在酒店大门口等候了，弟媳妇却不在。

弟媳妇在酒店厨房做事。温泉酒店不同于别的酒店，遇上年节来泡温泉、享受生活的人比普通酒店多得多。估计腊月、正月，她根本不得消停，尤其除夕到正月初七这几天，可想而知厨房更是忙碌。当天中午的聚餐，她自然不能参加，她正在厨房与一帮厨师，为我们这些只带一张嘴的吃客辛苦着呢！

聚餐结束，小叔子安排我们入住了酒店，他就忙着去上班。临走，他说下午六点下班后到酒店餐厅招待我们吃年夜饭。上大学的大侄子在水上娱乐城临时打工，聚餐结束，匆匆也去上班了。小侄子瞌睡了，婆婆带到酒店房间，安抚着让小憩一会儿。

歪在沙发里，突然想起，我还有两场线上跑步赛事要在这几天完成。心想，何不趁这两天清闲，把赛事完成。想到这，便一刻也等不了，立即换上跑步衣服和跑鞋，戴了防雾霾口罩和腰包，拿着手机，辞别婆婆、丈夫和儿子，慢跑着向西工大（西北工业大学）田径场跑去。

从秦龙温泉酒店到西工大田径场有三公里远，途经不是住户，就是门市铺，一路上是扑面而来的浓郁年味。

现在城乡过年，其味基本相同，我对这些不感兴趣，让我感兴趣的只是今日要完成的赛事——"2018'西游记女儿国'线上马拉松"。我只报名十公里的项目，二十天前就报的名，当时担心没足够多的时间跑更长的距离。我给本次赛事冠以一个特别的名称——辞旧跑。

十公里对于我，小菜一碟。跑步结束，激情澎湃，赶紧在朋友圈里昭告天下——2017年，最后一场线上跑步赛事，跑出精神，跑来活力。金鸡辞旧岁，狗旺福运来。在这辞旧迎新之际，特向长期以来关心我、支持我的亲朋好友，以及各社会团体和各文学、跑步、同学微信群的所有好友致以衷心的感谢和诚挚的祝福！祝愿大家狗年旺旺旺，福运多多多！新时代新征程新梦想，让我们在即将到来的除夕夜共同举杯，祝愿我们在2018年扬帆起航，迈向辉煌！

回酒店冲了澡，听婆婆、丈夫和儿子拉话，一直等小叔子下了班，一起去酒店餐厅吃年夜饭。

去了才知，年夜饭弟媳妇已经准备好了。她见我们进了餐厅，忙招呼服务员上菜，她本人和大侄子都在忙，没时间吃年夜饭。年夜饭吃毕，小叔子又去上班了。我们一家三口与婆婆、小侄子回酒店。儿子给小侄子在酒店电脑上调出动画片，由着他的性子看。我们一家三口和婆婆开始打麻将。打不多时，小叔子回来了，说过一阵，再去巡一圈，检查一回。今晚他的岗位不必死守，可以放心玩。婆婆身体不大好，饭后有睡觉的习惯，她借机正好睡一会儿，又不至于麻将冷场。我、丈夫、小叔子和儿子，一边看春节晚会，一边在自动麻将机上搓麻将。事先约定好要耍钱，"庄十偏五"，一家子人，即使输了也没输给别人，输了也不怕，也不急躁，只图热闹，只图快乐。谁也没有准备好零钱，干脆输赢都用手机红包解决。红包通着银行卡，输了手指轻轻一点，全感觉不到一丝丝输钱的心疼。婆婆睡不多时就起来了，替下小叔子，他就去班上查看了，婆婆接着玩。春节晚会基本上没好好看上一眼，有些啥节目，全不感兴趣，知道明日还可以看转播，一家人都开心玩麻将。

小叔子、弟媳妇和大侄子，晚上十点，相继下班。弟媳妇明天早上还要早起上班包饺子，今天厨房站了一整天，她太累了，要早点儿休息，陪我们寒暄几句，又见我们在玩麻将，就先回家洗漱去了。小叔子一直陪我们玩到娘家人微信群里开始疯狂发红包，我们一家三口埋头抢红包，顾不了玩麻将，才带着两个侄子和婆婆回家睡觉。

抢红包，免不了要发红包，抢一阵，发一个，抢的少，发的多，横竖算下来，总觉得发出去的金额比抢回来的多，却也高兴，直到凌晨两点，微信群里才消停下来。

秦岭山下不禁止放鞭炮，初一早晨六点刚过，一阵阵震耳欲聋的鞭炮相继响起，此起彼伏。

隆隆的鞭炮声才是辞旧迎新，最原始、最喜庆的象征。

幸亏小叔子相邀，否则今年过年是听不到鞭炮声了。西安城里禁止放烟花爆竹。

睡眼惺忪，睡意却让炮声惊扰得无影无踪，遂起床，饮水机上接一杯"阴阳水"（一半凉水加一半沸水），仰头全喝掉，穿戴好跑步装备，又去跑步，完成另外一场赛事——"2018 朱丽叶与罗密欧半程线上马拉松"，"一生一世"（13.14 公里）项目。当然，必须冠以一个特别的名称——迎新跑。

迎新跑，不能再去西工大田径场了。

秦龙温泉酒店到西工大田径场，途经的住户和门市，一大早免不了放鞭炮。

我改去秦龙温泉酒店旁边，西部机场集团酒店院内的南苑机场公园硬邦邦的青砖道上跑。

现在的人有钱，也不惜钱，出了酒店大门，只看见公路上所有的门市前，都站着一个拿着一大捆鞭炮的男人，他们都准备即将点燃。

看见眼前的情景，回想起小时候，娘只给弟弟买两串一百响的小鞭炮，弟弟根本舍不得一下子放完，而是拆开一个一个地放，从除夕夜开始，总共二百个小鞭炮要一直放到过了正月十五。记得弟弟那时总是小心翼翼地把鞭炮拆开，放在一个纸盒子里，每次需要燃放时，只是拿几个。

我看见那如火蛇一样缠绕的鞭炮，怕得拔腿就跑，生怕鞭炮点燃，烧着我的裤角，炸了我的脚跟，我仿佛风一样，刮进南苑机场公园。

南苑机场公园，夏天去过一次，茂盛的绿色树木很多，印象中景色不错。尽管跑道欠佳，冬天的景色欠佳，单单不会燃放鞭炮这一点，就是初一早晨跑步的首选场所。不承想，进了公园，却有意想不到的惊喜——景色反倒比夏天更美、更迷人。

绿色的高大植物并不缺少，又增添了许多古老苍劲的景观树。那些树尽管浑身上下没有一片树叶，绿意全无，却处处生辉，仿佛一道道耀眼的光芒，把我的眼球紧紧抓住。更看到几处宛如张贴硕大国画的墙壁。我简直不相信自己的眼睛，真想驻足赏游，看个仔细，却奈何不了绷紧的跑"弦"，正在进行的赛事，只好放弃，铆足劲跑步。

公园不大，绕上一圈，加上酒店外部环道，只够一公里。早晨七点钟开始跑，一圈一圈。其间遇到早起换岗的保安、来打扫卫生的大姐、值班经理，他们都用一种佩服的眼神望着我，更有几位保安与我打招呼：

"跑了多少圈？你是专业运动员吗？大年初一就跑这么多啊？你好厉害呀！"

听到问话与褒奖，我难免激情昂扬，不由得脚上给力，两腿生风，顾不了认真回答，笑一笑，用手势作答，一跑而过。

还剩最后三公里，丈夫打来电话，给我交代吃饺子的具体地点。

活了几十年，首次大年初一吃饺子无须自己动手包，这全是沾了弟媳妇的光。在此，我对她表示真诚地感谢！

完成赛事，免不了拍照，免不了感慨，免不了发朋友圈。

发朋友圈，标题是——《新春第一跑》。正文写道："赛事本来是情人节当天要完成的，全因那天在医院陪娘，还好，组委会非常人性化，把赛事设置成七日赛，这才有我今天获得的这块奖牌。昨日一场辞旧跑，今日一场迎新跑。不是刻意安排，却比刻意安排都圆满。完全没有想到今年过年会如此愉快、如此爽心、如此有意义。"

突然间，想着2018年肯定会比2017年更加顺风顺水。想到此，又接着写：

"正月初一跑一跑，一年四季乐逍遥。狗年福旺旺，好运聚多多。"

吃完饺子，丈夫给小侄子调好动画片，由他去看，我们一家三口又陪婆婆玩麻将。其间来了在西安上班的小娘舅给婆婆拜年，免不了寒暄，下午陪小娘舅吃饭喝酒，晚上继续玩。

初二午饭后，惦记着南苑机场公园的景色，趁着家人们拉话，我悄悄溜出去，风一样刮到南苑机场公园，独自游逛，开心赏玩。

毕竟是集团内部的公园，其时没有任何人出入，公园静寂极了，绝对的清净所在，简直让我陶醉。

我是一个喜欢安静的人，平日里跑步不愿结伴，赏景更不必说了。

我找寻到跑步时吸引眼球的景色，驻足在不太翠绿的草坪前细细观望，眼前是几幅硕大无比的"国画"。那"国画"太美、太神、太逼真。我大不相信，数个高大的墙壁上，怎么都张贴着如此相似的"国画"作品？这硕大无比的"国画"究竟是怎么张贴上去的？我不得不暗自疑问。

国画大师是无论如何也画不出这么真实的色彩，这么明显的立体感。

我突然间就想近前摸一摸，看个究竟。

　　我四下观望，确认前后左右看不见一个人，蹑手蹑脚，走进草坪，一直走到墙壁跟前，伸手一摸，立即明白，这并非国画，而是一种形态与野葡萄相似，名叫"爬墙虎"，多年生大型落叶木质藤本植物。

　　免不了拍远景照，免不了在"国画"墙前自拍留影，更免不了发朋友圈发感慨："不是我自恋，大自然原本就是一幅绝美的艺术画。"随后又跟帖一句，"如果说夏天是一幅水墨丹青画，那么冬天绝对是一幅厚重深沉庄重的国画了。"

　　看着自拍照片上的我，素面朝天，有白头发显现，立即想到我已年过不惑，不由得落寞，不由得惶恐。又翻看前两日跑步时留下的照片，禁不住又激情满满，不由得欢欣雀跃起来，仿佛成了十八岁的姑娘，陶醉在画一样的景色里，忘了回家。

　　初三午饭后，驱车返回西安家里，年就算过了，日子照常。

　　　　　　　　　　　　　　2018 年 2 月 22 日　西安和基居

成都之行

　　唐代诗人李白在《蜀道难》中有写道："蜀道之难，难于上青天！"从李白的诗中可以看出古时候的蜀道是何其艰险。然而，现代高科技却让去往蜀道的路变成了通途、坦途。从西安出发，乘坐高铁，用不到四个小时就到了成都，难以想象地快啊！

一、猝不及防与倍感纠结的成都之行

　　原本没有计划去成都，因为忙着校对稿子，却拗不过儿子的怂恿，丈夫的缠磨。儿子说坐高铁比坐飞机舒服，眨眼工夫就能到，往返车票住宿他全权包揽，不用我操心。丈夫后来变得如同小孩子一般爱黏人，出门不爱独行，总要拽着我同行，说为解旅途之闷。可以理解，人过五十岁，性情变得温和了，知道人生伴侣的真实作用了。

　　其实，丈夫老早就央求我报名参加成都国际马拉松赛，我却下定决心要在家安心校对稿子，硬是没报。后来，西安国际马拉松赛丈夫没有中签，我却偏偏中了。于是，丈夫和儿子便组成我参加西安国际马拉松赛的啦啦队和后勤保障团，鞍前马后为我保驾护航，待我圆满完赛，丈夫便看着我笑，我当下全明白了，无论我多么忙，也要陪他参加成都国际马拉松赛了，而我决定陪他去成都最关键的一个原因，是近期他一只胳膊疼得厉害，几乎抬不起来，穿套头的 T 恤衫和紧身的压缩上衣都需要人帮助。

我一做决定，儿子立马在网上订了高铁票，订了住宿的酒店。高铁票订好，酒店订好，行李收拾好，整装待发了，我却连续接到两个通知。一个是榆阳区作家协会小说组成员的小说研讨会日期定下了，在11月28日举办，而我的小小说《小寡妇杀羊》也参与研讨；另一个是子洲陕北文化研究会通知去黄龙采风，为期三天——11月26日、11月27日、11月28日。撞期了，成都国际马拉松赛的开赛日期正是11月27日。这些事情让我心里免不了纠结。我当时想，倘若我有孙悟空的分身术，一定会变三个自己出来，一个我回榆林参加小说研讨会，一个我去黄龙采风，一个我陪丈夫去成都参加马拉松赛，岂不三全其美。然而，那是不可能的。我没有孙悟空的本领，只能舍二取一了，再说箭在弦上，岂有不发之理，也只能如此了。

二、重温陪跑之旅

丈夫从2012年迷恋上跑马拉松，我从那时开始成为他的忠实陪跑者。每次出去，他参赛，我"打酱油"，当啦啦队，为他服务。结果打了一年的"酱油"，受到了感染，从2013年3月开始，我也跑上了。他成了我的跑步教练。待三个月训练期过去，丈夫再去参赛，我便与他并肩站在跑道上了，从迷你马拉松赛到小马拉松赛，到半程马拉松赛，再到全程马拉松赛。

嘿嘿！挺"二"的一对夫妻啊！居然并肩跑步三年整。

那时，我们每到一个城市，或跑前，或跑后，总要游游逛逛。祖国山川何其美，年轻不走老来悔。文化名胜，自然风光，每次我们都开开心心地跑出去，快快乐乐地转回家，回家后坐在电脑前，写写心情短文，随笔感悟，日子过得优哉游哉，宛如神仙一般。然而，从2016年开始，诸多原因导致我和丈夫都忙了起来，便再也抽不出时间夫妻双双继续出去"犯二"了。时间一晃，三年时间，眨眼就过去了。

11 月 26 日上午六时起床，洗漱后吃早餐，七时从家里出发，步行两公里到了开远门地铁站，坐地铁 1 号线到北大街站换乘地铁 2 号线到西安北客站，无须出大楼，乘扶梯从地下一层上到地上一层便是高铁站。上午九时，西安到成都的高铁准时出发，三小时十五分后，高铁抵达成都东客站，依然无须出大楼，乘扶梯下到地下一层，便到了成都东客站地铁站，乘地铁 7 号线到火车南站换乘地铁 1 号线往科学城或者五根松方向，再到世纪城下，出站口，步行不到一公里，便看到领取马拉松参赛装备的成都九号会展中心。一路特别顺利，果真如儿子所说，全没有我们之前出去参赛遇到的那种找不到路，打不到车，问不到酒店住宿，买不到火车卧铺，一路窝囊尴尬的悲惨样。

领取装备，免不了拍照，我们与赞助商互动后，才知道扫二维码能领礼品，扫个陶瓷杯带回去当刷牙杯用，扫个福娃带回去，留给孙子玩。哈哈，莫笑。到什么年龄说什么话。儿子到了谈婚论嫁的年龄，抱孙子不会太远。又磨磨唧唧了一阵，又耽误了一些时间。结果吃饭时，一看时间，已是下午二时了。饭毕，又坐地铁，再步行，去找订好的酒店。不承想儿子订的酒店是连锁店，光成都市内就开了四家，我在手机导航时，忽略了门牌号，导航错门了。好在并没有走多少冤枉路，导错的酒店距离订好的酒店也不太远。又走不到一公里，便到了下榻的酒店，再看时间，已经是下午四时了。赶紧换鞋，让脚透透气。赶紧换衣服，让身体放松放松。成都居然比西安都热，来时穿的衣服厚了，盆地气候有种潮湿的热，一进酒店满身冒汗，开空调似乎又太冷了，只能脱衣服降温。衣服脱下，床上一躺，我居然舒服地睡过去了。我突然一激灵，睁开眼，时间已跳到六时三十分了。疲乏还没有消退，又得下楼吃饭了。

"出门在外，吃饱不想家"这是谁说的？我不曾研究。我和丈夫都不是吃嘴人，在吃喝上，从不研究，从不讲究，家里的饭，怎么做都感觉上口，可是一出门，到了饭点，两人双双犯愁，不知吃什么好。按理说，到了他乡异地，应该尝尝当地的特色饮食，但赛前万万不可，赛前一日三餐尤为重要。常吃面条土豆的肚子，倘若饱餐一顿生猛海鲜或者麻辣火锅，指不定睡一晚起来要闹肚子，搞不好赛道也上不了，那么42.195公里的马拉松就彻底泡汤了。若要吃当地的特色饮食，必须等到赛事结束了。赛前，最好找一家卫生比较干净，胃能接受的中小型饭馆，没有陕北风味，就找一家兰州牛肉拉面馆。正好距离酒店不远处就有一家兰州牛肉拉面馆。三下五除二喂饱肚子，立马去看大赛起点位置，熟悉熟悉赛场，这是马拉松跑者赛前的必要步骤。我用手机导航查看，才知道大赛起点——金沙遗址博物院，距离我们吃饭的饭馆不足三公里。"饭后百步走，活到九十九"，跑马拉松的人，练出了腿脚功，散步中，就走到大赛起点了。

我们去的稍有点儿早，主席台、各个项目的安检口、移动厕所、通信信号车这些全都准备好了，可以一目了然，但起跑拱门上的彩色布还没有贴上，也不能拍照。猛然看见主席台前聚拢了很多跑者和市民在摆拍照片，我和丈夫便凑过去，叫一位市民朋友帮我和丈夫合影一张，又叫另一位市民朋友帮我和丈夫在金沙遗址博物院大门前也拍一张照，留为纪念。不敢继续逗留了，明早丈夫要跑42.195公里，今晚得早点儿睡觉。返程万万不可坐公交车了，得让丈夫保存体力，明早好好跑步。回房间，我们刷牙，洗澡，十时三十分，上床休息。

丈夫已经响起了鼾声，我却睡不着，免不了回想一天的行程，又深感不能参加研讨会和采风活动的遗憾，遂在微信朋友圈写一段话发出去，表明我"身在曹营心在汉"的真实心境，然后熄灯，装睡。

三、成都三日游

参加马拉松赛不过是个由头，赛后的游玩才是正传，否则我就亏了。

到了成都，杜甫草堂是必须游的。

从小学开始读杜甫的诗，之后又背唐诗三百首，其中李白、杜甫、白居易、柳宗元的诗文最多。上小学时老师教导说："熟读唐诗三百首，不会写来也会吟。"此话绝对真理。后来，虽说我多写散文小说之类的文字，但有些情境下也用古诗表达，前些日子还学古人写了四首七绝，贴出来，望行内高手能看见批评指正。

赏菊（平水韵）

飒飒秋风天渐凉，满园黄菊吐馨香。他年我若摘琼玉，定约诸君一醉狂。

掰玉米（平水韵）

拽掉胡须扯去裳，金银玉体沐秋阳。男人露齿微微笑，俏妇侃谈粮满仓。

秋赏红叶（平水韵）

红叶翩翩自在飞，林间呆影沫朝晖。忽闻歌鼓悠然起，线线秋光暖画扉。

寒露晨练（中华通韵）

朝旦清清日始寒，风光旖旎昊天蓝。怡情健体逍遥乐，美满生活就这般。

古诗的好处是含蓄而委婉地表达一个人的内心世界，思想情感，易于让人接受，还能起到投石冲开水底天、一石激起千层浪、气象万千盖山河的威力。

我想，大多学写古诗的人，起初都会和我一样，套用古人的诗格，比如我写的《赏菊》就是套用唐代黄巢的《题菊花》。我想，中国后起的古体诗人，都和我有相同的认知，也把李白和杜甫当作学写古诗的启蒙老师。

丈夫跑完马拉松的当日下午——2018 年 11 月 27 日下午，我们去逛杜甫草堂。刚到草堂，看见售票室外立一牌子，上面写着下午六时停止买票，晚上八时关门。我看了下手机，已是下午四时三十分了。满以为三个半小时，足够我们尽情游逛了。实则不然，草堂占地太大，进园立着介绍草堂的牌子，上面写总占地二十四公顷。我想，只能走马观花地看了。

进入草堂正门（北门），一眼看见四通八达的青石小道，条条小道通向大雅堂、茅屋、大廨、诗史堂、柴门、工部祠、少陵碑亭、花径、梅园、诗圣著千秋陈列展、杜诗书法木刻廊、万佛楼、唐代遗址陈列馆一些有名称的厅堂和无名称的厅堂，简直数都数不过来，看得人眼花缭乱，如入迷宫，但乱中有序，花中有诗，真真切切让人感受到诗圣天地、唐诗殿堂的恢宏气势。

结果，我们走走看看，停停站站，到了关门时间，还没有逛完，只能依依不舍地往出走。万万没想到，我们入了草堂门，却出不了草堂门，我们迷路了。草堂里看着相似的建筑和巷道实在多，仿佛莲花浪、荷花瓣一般，层层叠叠，七绕八弯。还是丈夫聪明，他想到打开手机导航，找到公交站台，跟着手机导航走，我们这才顺顺利利地找到了进来时的正门。

据史料介绍：成都杜甫草堂博物馆内珍藏有各类资料三万余册，文物两千余件。包括宋、元、明、清历代杜诗精刻本、影印本、手抄本以及近代的各种铅印本，还有十五种文字的外译本和朝鲜、日本出版的汉刻本一百二十多种，是有关杜甫平生创作馆藏最丰富、保存最完好的地方。杜甫草堂收藏的"杜甫诗意画"在中国画坛成为一个专题画类，全国各大博物馆多有收藏。现代大家齐白石、徐悲鸿、傅抱石、潘天寿、刘海粟、吴作人、李苦禅、王雪涛等也多以杜诗画意为题材创作出风格各异的精品。

逛了草堂，心中陡然升起万千感慨，肚里墨水有限，浓缩成一段简短的话："倘若再有机会，我还会去逛草堂。到时，我一定怀揣一颗朝圣的心、敬畏的心，花上一整天的时间认认真真研究草堂。草堂里不仅有诗和历史，更有中国人的文化自信。"

次日（11月28日），随团一日游——乐山大佛和峨眉院子。

之所以选择这样的路线，是听了丈夫的建议。丈夫如小孩子一般，他小时候看过的电影——《神秘的大佛》，印象极深。成都距离大佛所在地也没多少距离，倘若我不答应去看，回家去了，他一定唠叨我，到时我的耳朵定会磨出一层老茧，再说到了佛门圣地，不去看一看，也非我个性所为，便欣然同往。

乐山大佛在乐山市的凌云山上，距离我们住的酒店有一百二十多公里，联系人通知早上五时起床，五时三十分开小车来酒店楼下接人，六时整武侯区衣冠庙集中乘坐旅游大巴去往景点。

我们跟随的旅游团属于全国大散拼，全国各地的人都有，因在旅游淡季，这个线路这一天的游客并不多，一车只有十八个人，大多一家三口或一家两口，也有几个单人出游的。车上的导游是美女小杨，说着一口普通话，口齿伶俐，宛如《红楼梦》中的"凤辣子"王熙凤。

　　说真心话，出去旅游，跟随旅游团除了大家都知道的弊端外，也有好处，不必自己操心走路，不必自己规划行程，还能详细地了解景点文化，当地文化。祖国江山美不美，全凭导游一张嘴。到了人家的地盘上，坐上人家的旅游大巴车，花钱请人家的导游讲解，当然要好好听了，也必须好好听。

　　去往景点的路上，小杨给我们讲了不少当地文化。她说到了成都，必须经历"三吃、三看、三流"，否则就等于白来了。我不想白来，经历暂且不提，首先得弄懂。

　　成都"三吃"：一吃，宽窄巷子努力餐；二吃，新城市广场吃小吃；三吃，皇城老妈吃火锅。

　　成都"三看"：一看丫头，二看熊猫，三看变脸。

　　说到这儿，小杨却打住话头，不说了，站着媚笑。一车人全问"三流"是什么？她却卖乖道："'三流'是吃火锅。"一车人全蒙住了。我小半天没反应过来。怎么吃火锅成"三流"了？小杨却又说"三流"不是不好的意思，是指吃火锅的境界。我恍然大悟，四川成都盛产朝天椒，一种小红辣椒。那个辣呀！简直不得了。人家当地人吃习惯了，辣出来了，吃起来感觉不到辣，而外地人适应不了，却非要尝尝川味火锅，吃起来，自是满头流汗、双眼流泪、鼻子流涕了。

　　我和丈夫估计是白来一趟了。宽窄巷子的努力餐，太贵了，我吃不起；新城市广场的小吃，大都是辣串串，我不喜欢吃；皇城老妈的火锅更不必提了，要冒"三流"的风险，万万要不得，要不得，也免了吧。丫头、熊猫、变脸，我们都不感兴趣。"三吃"也不吃，"三看"也不看，不白来还咋的？非也，不同的人有不同的兴趣，不同的人到成都，其感受与收获自不相同了。

　　成都的导游和别处的有所不同，随车导游和景点导游是分开的。随车导游小杨安排我们先看大佛。小杨把我们交给大佛景点的导游后，她暂且告退，由大佛景点的导游带领我们进去看大佛。

　　凌云山不高，一共三百三十三级台阶，取"生生升"的意思。上台阶的时候，导游一边给我们讲解，一边给我们说一些注意事项，意即佛门圣地，不可乱拍照，到了能拍照的地点，她会告诉我们。她先留出时间，让我们在乐山大佛的正门前拍照，之后便踩着石台阶登山。台阶很好走，不高且宽。台阶宛如清水洗过一般，干净而水润。导游说不是清水洗过，是雨水洗过。她说我们这一拨游客的运气好，来看大佛了，雨却停了，免得淋雨登山；她说凌云山上，一年三百六十五天，也许三百天会下雨，是昨夜的雨把台阶洗得如此清亮。听她这样说，我猛然想起路上小杨问过我们要不要带一次性雨衣，车上准备了，一个雨衣卖五元钱。我们那一车人当时谁都没吭声，大概都想，天晴晴的，买雨衣作甚，所以谁都没买。看来我们这拨游客的运气真的好。

　　通往凌云山顶的台阶上路过两个景点——龙潭和虎穴，导游说佛学上解释，这些景点都不能拍照，对人的健康和旺财有影响，一看而过，不必逗留。说也奇怪，所有旅游团带的游客都走过这两处，匆匆而过，谁也不停留。但我也看见，有些散客，大概不懂这些，有不少人还停留下来摆拍。

　　上到三百三十三级台阶上面，最先看到的是大佛的头。游客不能近大佛的身。大佛被围在一个钢筋栏内保护了起来。从栏杆向下看，可以看到大佛的脚。

　　不来不知道，来了才知晓，原来大佛头与山齐，足踏大江，双手抚膝，体态匀称，神情肃穆，依山凿成临江危坐。要看大佛正面，必须坐船到大佛脚下的江里看。而我们的费用里不包含坐船的项目，导游也不给我们安排坐船看大佛正面相貌的时间。

大佛外围站着好多摄影师，摄影师身边都站着说客，说客手里拿一套游客站着摸佛头、抓佛耳、指佛眉、摁佛鼻、拜佛像的照片。摄影师说要是明年三月，再来看大佛，就再不可能照这样的照片了，到那时，大佛就住在木塔楼里，只能看到脸了。

听说客这样说，又想到上山时，导游给我们讲到国家已经批准景区恢复大佛原貌，让大佛住进一个木塔楼里，只露一个脸出来，现在施工队已经开始动工。好多人站在栏杆处向下观望，果然看见很多工匠已经在大佛脚底修建呢。

于是，所有的游客有序地排好队，等着摄影师拍摸佛套照。

史料记载：古代的乐山三江汇流之处，岷江、青衣江、大渡河三江汇聚凌云山麓，水势相当凶猛，舟楫至此往往被颠覆。每当夏汛，江水直捣山壁，常常造成船毁人亡的悲剧。海通禅师为减杀水势，普度众生而发起，招集人力、物力修凿的大佛。佛像于唐玄宗开元初年（713 年）开始动工，当大佛修到肩部的时候，海通和尚就去世了。海通死后，工程一度中断。多年后，剑南西川节度使章仇兼琼捐赠俸金，海通的徒弟领着工匠继续修造大佛，由于工程浩大，朝廷下令赐麻盐税款，使工程进展迅速。当大佛修到膝盖的时候，续建者章仇兼琼迁家任户部尚书，工程再次停工。四十年后，剑南西川节度使韦皋捐赠俸金继续修建大佛。在经三代工匠的努力之下，至唐德宗贞元十九年（803 年），前后历经九十年时间才完工。"乐山大佛"是后人对这座位于四川省乐山市的大佛的通称。建造于唐代的这座大佛，真实的官方名称却一直是谜。后来，根据诸多专家考察证实，这座被称为"乐山大佛"的石刻雕像的官方名称应该是"嘉州凌云寺大弥勒石像"。

我看了大佛，又去峨眉院子。

说真心话，要我们自己去逛，还根本不知道有个峨眉院子的逛处，额外的收获呀！知情者读到这儿，也许会笑话我乐意"挨宰"。的确，峨眉院子除了让游客近距离认识与了解我国有一个少数民族——彝族的一些风俗人情外，其实就是一个让游客买银器——银碗、银筷子、银杯子、银勺子、银腰带、银项圈，以及各种银饰品的地方。

我不那样认为，钱在自己兜里装着，在自己的银行卡里放着，任凭导游怎么说，你不往出掏，你不乐意消费，导游还能抢不成，再说成都的景点导游很聪明，他们压根不强制任何人消费。倒是有些人，自己觉着景点解说员说的话在理，很乐意消费，很开心消费。在我看来，那些在景点乐意而开心消费的人，也并非"冤大头"，人家有钱，考虑的是价值，再说解说员凭什么磨破嘴皮子给游客讲解，不过是利益驱使，想通了，消费也就不冤了，钱币让货物流通了，才能体现货物的价值，钱币的作用。莫说钱是身外物，死了也带不走，何况峨眉院子本来就是四川省政府对峨边彝族人实行的综合扶贫项目，有钱人置办点儿银器回家，也是扶贫，等于行善积德，给后人谋福。

峨眉院子大门前有一副对联，去的人都不认识，像汉字非汉字。峨眉院子的解说员介绍说是彝族人的专用文字，用汉字来表达，上下联分别是"与亲人礼貌相处""与朋友以诚相待"。横批用汉字标出来了，上面写四个字"兹莫依果"。上下联意思明白了，横批的意思横竖想不明白，想要再问解说员，却没来得及，回来用电脑查，才弄清楚"兹莫依果"四个字原来是峨眉山市工艺品经营店的店名而已。

峨眉院子的解说员都读过正宗的汉语言大学，能讲一口流利的普通话，跟她学到三个彝族单词的说法——美女（阿米子），帅哥（达实），谢谢（卡莎莎），只是音译，也许我写错了。知道了这三个单词，阿米子（解说员）再给我们讲解，给我们敬酒，给我们送茶果点心，与我们跳火玩耍，我们就说"卡莎莎"，表示我们的感谢。

10月29日下午五时三十分的返程高铁票，我和丈夫还有大半天的游逛时间，听了小杨导游的话，自然要去宽窄巷子、井巷子、锦里古街，走一走、逛一逛了。这几处古街古色古香自不必说，所到之处驻足拍照留影更不必说。结果，直到下午二时，还没有按预定的计划逛完。

原本还想到锦里古街旁边的三国圣地——武侯祠里走一走，却因时间实在不允许，只能留下遗憾，打道回府了。

2019 年 11 月 3 日　西安和基居

走三边

子洲陕北文化研究会打来电话，说要去三边搞一次文化调研，我一听就心驰神往起来。

日期如约而至。我们一行十七人，坐一辆中型轿车，于一个晴空万里不飘一片云彩的清晨，从子洲县城出发，高速开道，直奔边塞。

车窗外，初冬的寒意翻卷着忧伤的落叶；车厢内，开心的说笑声伴随着愉悦的话题。此行负责人拓毅主席的一句调侃话："小玲，发挥你的特长，此次回来可要好好写一篇《走三边》哦！"让我陷入沉思。

真心说，我对陕北文化的博大精深一直是心余力拙，几乎连一小撮皮毛都不曾研究，但对三边，尤其是定边以及定边白于山区的农民，我是怀着一种特殊的情感和深深的敬意。

八十岁的老母亲曾给我讲过她二十三岁时走三边的情形——正月过后，父亲赶着毛驴车，拉着母亲和她两岁的娃儿去定边白于山区支教，路上走了整整二十天。因为有两岁的娃儿，夜晚要尽量留宿沿途的住户家里，遇不到住户的情况下就只能风餐露宿。一路上，驴车就像一只慢腾腾的蜗牛，一会儿沟底爬，一会儿山峁挪。入了靖边县郊，驴儿在漫漫大漠里更举步维艰了。沙子打得脸生疼，风儿能把皮扯开，指头裂口的血染红了破棉被，饥肠辘辘，前胸贴后背。

那是怎样一种艰难情形啊！母亲说的时候，我泪水涟涟，喉头哽咽，心久久不能平静。后来，母亲就在定边县阳塬乡徐嵝崄村小学开始教学。就在那里，母亲遇见了她的恩人老徐夫妇。再后来，就有了老徐夫妇救我的母亲与哥哥（定生）于危难之际。为此我对定边人民便有了一种说不清道不明的特殊情感。于人，于那片茫茫大漠，都是一样的情怀。

走三边是一种文化。有陕北民歌《走三边》，其中有两句唱词"一道道水来，一道道川，赶上骡子哟，我走呀走三边"；有散文《走三边》，贾平凹在他的《走三边》里有一段话："穿过延安，车子进入榆林地区，两天里，车在沟底里钻，七拐八拐的，光看见那黄天冷漠，黄山发呆，车像一只小爬虫儿，似乎永远也无法钻出这黄的颜色了。"

相比母亲和老贾，我如今走三边却是最幸运、最惬意的了，是怀着一种敬仰的心情对前人足迹的追忆与探寻。

陕北地貌在我的视线里随着轿车的疾驰在变化，首先进入眼帘的如同少女那耸立的胸脯，迷幻间，一会儿披着绿纱，一会儿披着彩衣。接着触目的便恰似一口口染成不同颜色的巨大的锅扣在起伏不平的地面上，又宛如临盆孕妇那隆起的肚腹，散发着母性博大的爱。

噢！我想到了母亲怀胎十月的艰辛。

顷刻间，我对这片黄土山便有了一种从未有过的亲切。

汽车开始爬坡，继续爬坡，到了坡顶，便是一望无际的大漠风光了。

阳周故城遗址位于榆林靖边县杨桥畔镇瓦渣梁村，此遗址于今年（2016 年）被一农户在田间劳作时发现，虽然此时遗址还披着神秘的面纱，笼罩在一团迷雾中，但从入口处专家绘制的鸟瞰图中，可以想象那是怎样一座有着古色典雅而又蔚为壮观的城池。

村委会主任告诉我们，发现遗址的这块地叫瓦渣梁。离开时，我用手机拍了一张鸟瞰图，图右下角有一段文字，现摘录于此——《水经注·卷三》："奢延水又东，走马水注之。水出西安长城北，阳周县故城南桥山，昔二世赐蒙恬死于此。王莽更名上陵畤，山上有黄帝冢故也……其水东流。昔段颎追羌出桥门至走马水，闻羌在奢延泽，即此处也。门，即桥山之长城门也。始皇令太子扶苏与蒙恬筑长城，起自临洮，至于碣石，即是城也。"

大夏国都统万城遗址，我是第三次亲临了。

第一次是在 2010 年 10 月，靖边举办榆林女作家培训会，那时我刚刚出版了短文集《大漠流韵》，我是怀着一种虔诚的心情去学习的，回家写了一篇短文《靖边行》，其中写有四句关于统万城的蹩脚诗句——牛羊欢叫白城孤，千疮百孔吸尘土。赫连勃勃固国梦，残垣断壁成虚无。

第二次是 2014 年 8 月，一家三口，纯游玩性质。第二次去时，统万城的规模比先前壮观了许多，好多我叫不出名的白色建筑袒露于红墩界乡白城子村的翠绿植被上，并且看到许多考古工作者正在刚挖开的瓮城里工作——用一种特殊的刀子一刀一刀，仔仔细细往下剥附在瓮城四周墙壁上的垢土。回家后，依然写了一首蹩脚的诗作——古人筑梦今人研，成败功过史册编。沙尘扬起白城现，卧于一片青草间。

此次去，遇到一位我熟知的导游李少鹏，用一口流利的普通话，给我们讲解统万城的历史，让我对统万城有了更清晰的认识。

如今，统万城已经列入中国世界文化遗产预备名单。我想日后，关于统万城的故事必将如清泉般源源不断地从中国文人的笔尖涌出。

龙洲丹霞地貌景区我是第二次亲临了，它位于靖边县城东南22公里处的龙洲乡。前一次去时，太阳已快下山，我还没来得及仔细看，太阳便钻入地下了，紧接着夜幕降临，我只能遗憾而归。

这次是正午，天晴好，光线足，阳光下的丹霞地貌姿态万千，别致神韵。仔细看去，那红砂岩犹如刀劈斧砍过一般，悬崖峭壁，怪石嶙峋。我不禁疑问，这鬼斧神工般的雕像难道仅仅是风雨的侵蚀而致吗？那些像波浪、像云朵、像兽角、像陀螺、像流水、像花瓣一样的红砂岩，在我眼前幻化出一幅幅美轮美奂的自然画卷，让我一时间目不暇接，激动万分，不停摆拍。

神树涧的古毛头柳，据说棵棵都是千年以上，它们披头散发，老态龙钟，千疮百孔。扫眼看去，有的盘腿静坐，有的四仰八叉，有的搂搂抱抱。我突然间就想起了新疆的千年胡杨，我就想，或许这神树涧的古毛头柳和新疆的千年胡杨原本就是夫妻了，它们都生存于大漠，历经岁月的磨炼，频遭风吹雨淋，却依然能逍遥自在于这红尘之中，阴柔阳刚，和谐匹配，相互欣赏，心有牵挂，遥寄相思，互相鼓励，傲然于世上，成就人间两方美景，造福炎黄万代子民。

第二天一早，我们离开靖边县城，直奔安边镇。安边镇地处定边县东部，始建于明正统二年（1437年），是历史上有名的三边之一，1949年撤县建区，素有"旱码头"之称，是东滩经济文化中心，物资商品集散地。

轿车从安边高速出口出来，就看见负责带路的定边县政协张光影主任和陕北长城博物馆李生程馆长向我们挥手了。参观完五里墩明长城遗址，我们又去了陕北长城博物馆，在馆里，我目睹了陕北境内所有的长城遗址的风貌，那一幅幅摄影作品和详细的文字介绍把陕北长城罗列得清清楚楚，仔细分明。陕北长城分属战国秦长城、魏长城，隋长城和明长城，总长约1512公里。我突然间想，陕北长城就像一位老人，虽然饱经沧桑，却依然守望着这片广袤辽阔的黄土地。

参观完陕北长城博物馆，我在微信朋友圈写了几行字，"那年/一个人/肩扛两部相机/独行一百多天/沿线陕北长城/穿破三双运动鞋/之后/陕北长城博物馆诞生了/历经三十三年/身患两种大病……他就是陕北长城博物馆馆长李生程"。我被他的毅力和执着所感动，我想，如果把每个人的经历都写成小说，那么李生程的这部小说将会感动许多人。的确如此，就这简短的几句，我的朋友圈就刷爆了。

就要到达定边县城了，我的心突然间就开始狂跳，这儿有我的亲人吗？是的，这儿有我不曾联系，却想见到的人；不是，这儿有我想要挖掘的故事。

我的哥哥，前面说到的定生，在二十世纪七十年代曾在定边生活过几年，那时他的工作就是每天在定边的盐池捞盐，然后再开着手扶拖拉机送到盐化厂。我曾经做梦都想要看看定边盐池的风光。然而，数次来都与盐池擦肩而过，无缘一见。现在，我就站在盐池的湖堤上，我的眼前真是白茫茫一片，大地真壮观啊！盐湖水浅，盐湖池水面晶莹如镜，池湖被堤坝分割，湖田毗连，犹如一块块白玉镶嵌在广袤的毛乌素里。遗憾的是时序进入初冬，百草枯萎，百花凋零，否则，那将是另外一番美景了。完全可以想象出来，一块块"白玉"镶嵌在翠绿"玉盘"里会是如何壮美啊。

定边鼓楼，整体建筑虽不及西安钟楼大气，但其风格与理念却与西安钟楼如出一辙。弘法寺主持，其佛学与庙宇建筑理念更让人受益匪浅。陕西治沙英雄石光银的治沙毅力与经历，深深感动着我，让我情不自禁地对他肃然起敬。脱毒马铃薯繁育基地的那些辛苦劳作的农民，让我的思绪飘回少年时代，想到帮大人上山刨洋芋的情形，找回久违的回忆。定边那宽阔的街道，以及勤劳朴实的人们的闪光事迹，都让我倍感亲切，倍受感动与鼓舞。

定边人热情，定边人好客，我在母亲那里早就听说过了。

之前，我无缘与定边人交往，这次相遇，真有一种见到亲人的感觉。欢送宴开始，想起高建群老师在我的小说《榆钱谣》的序言里写有一句话："这真是一个吃风干羊肉，喝大碗烧酒的张扬所在。"

想到此，本来不善饮酒的我，竟然也端起酒杯，和定边友人推杯换盏，豪饮海喝起来。

三边，于人、于天、于地，我都喜欢。

三边的天空高远而蔚蓝，三边的土地广袤而辽阔，三边的古迹神秘而迷人，三边的民风淳朴而美好，三边的人们豪爽而智慧。我爱三边！

2016 年 11 月 8 日　榆林静雅斋

在安康

在安康的那些日子里，我是阳光的、充实的、快乐的、收获满满的。

每日晨起，我独自到汉江边健走半个小时。看太阳从地平线冉冉升起，望氤氲在江面上自由缭绕，观植物在晨光中舒展枝叶，赞鲜花在生机中盎然盛开，吸江边新鲜空气壮我豪情满怀，融汉江旖旎美景醉我灵感飞扬。

每日傍晚，我会邀三五文友在江堤上走上一阵。赏安康夜景灿烂，享安康盛世繁华，叹汉江一、二、三、四桥飞架南北，眺江北风光让想象穿越远古；或者伴一两好友在安康古街道走一走，品安康小吃，听安康方言，看安康店铺，搜安康俗事；或者到三昧居扮一回酒徒，和酒馆老板扯上两句不着边际的话；或者约三两文朋到初见书屋偶遇一回密友，领悟"你恰好来，我恰好在"言外意境，感受邂逅佳人的美妙情怀。

白天里，重温学生时代。听教授讲课，长自己知识。赏名家作品，补自己瘠胃。观大师风采，竖自己信心。饮紫阳绿茶，润自己喉咙。吃金地饭菜，果自己肚腹。

黑夜里，用清清的汉江水洗去一天的尘埃，枕软软的席梦思软床做辉煌的文学梦，间或梦里飞回家给亲人细细讲述安康的所见所闻——

讲汉江清澈而湛蓝的水。讲在汉江里从早到晚洗衣的人们。讲热情好客的安康人带我们二十名学员夜游瀛湖，吃瀛湖鱼，照瀛湖景。讲全体学员进行实地考察调研，参观安康精准大数据扶贫空间馆、新搬迁紫阳县蒿坪镇蒿坪村的大规模茶园、贫困户毛绒玩具加工厂、贫困户自产食材销售超市。讲老师放假半天，同学们结伴出游安康美景，钻香溪洞、逛流水古镇、游森林公园。讲来自不同贫困县的作家们欢聚一堂，载歌诵诗谈心情，自导自演一场别开生面的文艺晚会。

那日出游，我们三五文友划了一艘木质小船，在水里尽情荡悠悠；那日出游，我们一群文友结伴在石头山下喝紫阳绿茶，激情谈论春秋；那日出游，我独自举一把江南的油纸伞，站在夕阳下，矗立在流水岸，等待知音到来；那日出游，我斜倚着石栏杆，望着别致的建筑，新颖的店名，酝酿一首小诗《我在流水等你》；那日出游，我听着一段音乐，幻想着再一次重游安康景的激动心情；那日出游，我奔跑在树林里，汗水流下背，心情乐无比；那日出游，我的微信计步器上显示了两万六千步，却一点儿都不觉得累；那日出游，我亲吻安康的山山水水，拥抱安康的蓝天白云。

在安康，结识了绥德女孩丰硕。她说话快，做事干练，办事果断，自己创业，办了培训学校，业余时间写作，多才多艺，能写会唱，本次培训班文艺晚会的策划主持人之一，陕北女子不服输的个性在她的举止言行上体现得淋漓尽致，可谓陕北女英豪。

在安康，结识了蒲城女孩王炜炜。她是我的室友，蒲城县作家协会秘书长，比我年轻有为，平时不爱言语，文静端庄，喜欢读书，即将要出版自己的诗集。

在安康，结识了汉滨区美女丁梨平。她的专业是音乐，却爱上了文学，写起了诗歌。她具有江南淑女小家碧玉的气质，可谓本次培训班的班花。

在安康，结识了蓝天汤峪白玉稳老师。白老师是一位中学校长，能说会道好口才，能写会评好文才，其貌不扬，待人厚道，是过目不忘的奇才，有一目十行的本领，读了我的几篇小说，竟然能把有些细节说得清清楚楚，不愧是执教数年的老师。白老师送我一本他的散文集《白云深处》，暂时还没有读，待日后慢慢研读。

其他新认识的叫得出名字的同学忽略不写，因没有过多接触，说不上来，不敢妄言。

在安康，收获了李春平老师的一本长篇小说《盐味》。这是一本非常值得一读的书，也是能让人愉快读完的一本书。讲述了民国时期发生在古盐道上的故事，是民国时期的乡村史书和生活画卷。"盐背子"是巴山盐道上古老的职业，盐道文化有着几千年的悠久历史。

在安康，一周的时间，眨眼而过，留下许多美好的回忆。

后记：安康是个有情调的地方，就连那些花呀、草呀、茶吧、饭馆的名称都别致精美，让人置身其中不由得幻想一番。即便生活中本来存在天大的烦恼也会荡然无存。若早晚走在江边，简直如入画廊。而安康的人，更像汉江水一样清澈可爱，让人不得不留恋。安康之行不负春光，不负流年。为了纪念本次学习，拙作本篇。

2018 年 4 月 27 日　西安和基居

情暖刘家塬

"寻秋到山庄，神清气亦爽。旷野着盛装，枝头果披霜。相邀入农房，主人忙扫炕。端上一杯水，加进几撮糖。引火烧灶膛，支起饸饹床，凉菜刚调好，又炖羊骨汤。笑语绕屋梁，筷将米糕抢。餐罢打饱嗝，田家饭最香！"这段话是子洲县作家协会拓毅主席在重耳川采风活动结束后发在群里的，当时陕北文化研究会王生才会长跟了句"情暖刘家塬"。于是，就引出了这篇文字。

——题记

刘家塬我是第一次去，之前都不曾听说，路上免不了做种种幻想：层层梯田，古老窑洞，刘姓人家，别样景致，甚至还想到了《白鹿原》。刘家塬与《白鹿原》是八竿子也打不到一起的，而我却就那样想了，我的潜意识是想在那里捕捉到一点儿小说的素材，更多的是想那里一定有我同姓的族人。就在我这样想的时候，车已经开始在通往刘家塬的山道上爬坡了。

山很高，山道弯弯，左弯右绕，盘旋而上，几乎把人的心提到嗓子眼。如果套用一句陕北民歌歌词来形容那就是："山又高来路又歪，路两旁还把小树栽。"还好路面是水泥的，可是路不宽，中巴车压上去几乎把路面占满了。我们一车人有说有笑，好不热闹，一会儿车就行至塬上，进入村口。哇！眼前的风景惊艳了我的眼。

平展展的水泥道路，道路两旁砌着形如八达岭长城护栏一样的凸凹型水泥栏，护栏凸处高约一尺，宽约八寸，高大的枣树耸立在道路两旁，枣叶依然在强劲的西北风中坚强地青翠着，枣子依然挂在枝头耀眼迷人。这时，透过车窗，放眼望去塬上风光，便可见满眼如画的梯田，而那苹果树、桃树、核桃树等树木在眼前次第展开。噢！这真可谓一个飘香的村子，一个果园王国了。现在已经是萧瑟的秋天，这里还到处弥漫着幽幽的枣香，要是春天，或者夏天，这里的香气定会引来无数游客，醉倒神仙。

两辆载着三十八个人的中巴车泊在宽阔的水泥停车场后，一下车，眼前的景致更是迷人。百年古窑，青灰仿古围墙，墙角高大的槐树，院内碾子、石磨，墙外一簇簇格桑花，无不给人一种文化韵味，激起我内心深处的儒墨情怀。

更让我惊诧的是这山上真的有神，仅有三十几户人家的村子，村中央竟然耸立一座高大气派的庙宇——红门山寺。寺庙当院竖立着高约七米的释迦牟尼石质镀金雕像，庄严高大，端庄慈祥。雕像碑上记载此像由西安香积寺和尚点睛开光，并举行过仪式隆重、规模宏大的法会。据说刘家塬村民多年来一直养成了传统的民俗宗教活动，现在因为生活富裕了，想扩建，但因古庙位处偏僻，占地面积又小，所以村人们商议择址集资新建，又陆续从外省买回来经书。那庙宇气派庄严自不必说，牌楼高大门阔也不必说，单单藏经阁里的经书品目繁多，就让人叹为观止，不由得让我对这一村的负责人和庙会的会长肃然起敬。

刘家塬村子的负责人、红门山庙会的会长以及全村村民为了乡村民俗事业的发展，付出的辛劳和心血可以在庙宇四周耸立的功德碑上一目了然。看着功德碑上的名字和数字，我就想，刘家塬是一块风水宝地了，因这里孕育出许多勤劳智慧，自强自立的李姓人。看着看着，我突然纳闷，怎么这功德碑上看不到一户刘姓人，难不成这里的刘姓人都是贫困户？当我把疑问向一位年已八十三岁的老者提出时，他的回答却让我意外地惊喜，一股暖流瞬间涌向我的体内，血管里的血液仿佛沸腾一般。

原来这刘家塬里除了李姓再没有任何杂姓了，但是一位身板挺直，业已八十三岁的老者告诉我说，他的祖爷爷是从双庙湾村一户刘姓人家里抱养来刘家塬的，随了养父姓李。我听见这话，就像遇见亲人一样，细细与他攀谈起来。老者也像见到亲人一样，他跑出跑进，又叫来他的两位弟弟，给我们介绍，拉着他们与我一起合影，又给我讲他子女的现状。他完完全全把我当作省城归来的有知识有学问的亲人了，他慈祥的脸上始终绽放着欣喜的微笑，甚至告诉我他儿孙的工作地址，让我们日后来往。

至此，我才知道老者就是我们刘姓户族里的人，我才知道刘家塬的一部分李姓人家的血管里流淌着刘姓人的血液，我才知道刘家塬的一部分李姓人家的祖先就埋在我的家乡双庙湾村。当知道我与刘家塬的一部分人真真切切原为刘姓一家人的那一刻，我的心咯噔一下，就想，这刘家塬也许在日后真会搬进我的小说里。这样想的时候，我内心深处更是满满的愉悦，满满的自豪。因为这里的族人现在遍布祖国各地，他们智慧卓越，他们勤劳贤孝，他们对家乡民俗事业的发展与兴盛可以从那些功德碑上窥斑见豹。

刘家塬人是勤劳智慧的，在祖国各地大搞精准扶贫的今天，他们与贫困无缘，他们不享受国家的救济与低保，他们靠自己勤劳的双手和智慧的头脑把家乡建设成人间胜境，如诗如画。齐整而古朴的院落，窑洞外悬挂的串串红辣椒，窑洞里堆放的大红南瓜，温热的火炕，香软的油糕，喷香的羊肉，温润的饸饹，热情的问候，以及临走时赠送给我们采风团每人的小礼品，无不荡漾着温馨，温暖着我的心灵。

2017 年 10 月 19 日　榆林静雅斋

大理河

过了不惑之年，再也不会做梦了，有时夜里失眠，心明如镜，满脑子全是过往的岁月，更多的时候，我会想起家乡的河。

一、沿河而居，童年无忧

家乡的河，名叫大理河，《水经注》中称之为平水，按字面意思理解，应是水流平缓，不湍急的意思。

在童年的记忆里，是 20 世纪 70 年代吧，电器化还没进入家庭，人们洗衣服全都用手。夏天里，大理河的水清凌凌的时候，一眼可见河里数不清的青石板上，或坐着、或跪着数不清的婆姨们，她们正用河里的水洗衣服。河水洗衣服，最大的好处是无须换水，青石板为搓衣板，河为洗衣盆，流动的水，永远清凌凌，洗得衣服干净、清香。

河里还有欢快游动的小蝌蚪、小青蛙，河底可见椭圆形的，抑或是不规则的鹅卵石。洗衣婆姨的男娃，全都精光着身子，泡在水里，调皮地捉青蛙，乖巧地追蝌蚪。女娃娃胆小，看见小青蛙会吓得大叫，看见小蝌蚪却甜甜笑，会捞河底小鹅卵石玩，打水漂比赛，看谁打得远，输的会被同伴们泼水。这个时候，被泼水的女孩子，笑声往往会像小河流水一样，哗啦啦响个不停。

我是女孩，青蛙不敢捉，蝌蚪不敢追，和同伴们玩一会儿打水漂，就坐在青石板上，帮妈妈洗衣服。我的两只脚丫子伸进水里泡着，小蝌蚪爬上脚面、爬上小腿肚，整条腿便酥酥麻麻起来，有种无法言喻的舒爽。这个时候，再抬起头望望河里，眼前便会出现如"清明上河图"般的壮观景致。

大前年，微信群里有人发出一张摄影照片：4个男孩，精光着身子，皮肤晒得黝黑，在河水里狂奔。照片带着我的思绪，飞回到童年，飞回到那个天真无邪的时代。

是啊，裸奔的年龄，无所谓路人的目光，纯真与淘气，写在晒黑的皮肤上。夏天的热情，留在了岸边，太阳游在水里，不想回家……后来，我把这段话分成两节，以《童年》为标题，发表在一本刊物上。

顽童们吃过晚饭，也会溜进河里，总要等到月上柳梢头，听到大人们扯起漫长的呼唤声，才恋恋不舍地回到家里。

童年的大理河，它就是一条河，可洗衣、可戏水的河。它是单纯的、简单的，犹如孩童的目光，清澈而透亮。它是温婉的、柔顺的，如妈妈的怀抱，时时荡着奶香。

二、沿河而观，俊女帅男

陕北，山大沟深，河流稀少，村庄里有河流过，便是水湿相连的好地方了。

我还在读初中的时候，听父亲讲过他教学的乡下学校里有名未婚女老师，择偶的唯一条件是要嫁到有河流过的村庄里，还编了顺口溜："不挑家底、好模样，单挑清清河水流过的小村庄。"显而易见，河流在那女老师心里是何其珍贵。

想想，一个爱美而待嫁的姑娘，因缺水，竟然看重河流比人都要紧了，可见水对女人的重要性。《红楼梦》里形容女人是水做的，更说明女人离不开水。

陕北民谚"米脂婆姨绥德汉"，是说吕布和貂蝉。《米脂县

志》载，"天下美人貂蝉是米脂人"，《绥德县志》载，"才貌双
全的吕布是绥德人"。貂蝉嫁吕布，吕布戏貂蝉，史书记载各
异，且不去管它。但是米脂的女子生得漂亮，绥德的男子英武
帅气，却是公认的事实。著名作家朱千华在其人文地理随笔集
《中国美女地理》中，对"米脂婆姨绥德汉"有详细解读。

怎么扯到米脂了？米脂不是大理河流经地呀。

有人肯定会生出这般疑问，说我跑题了。

其实不然。

众所周知，子洲于1942年9月由绥德、米脂、清涧、横山，
四县析置，于1944年正式设县，并以革命先烈李子洲的名字命
名。由此得出，原来的米脂，它本就是属于大理河流域的县。

故得出结论，生在大理河流域的女人都是美女，皮肤水灵，
容颜娇媚，思想健康，心灵纯净，因有大理河水的滋养，大理
河水的濯洗。

诚然，生在大理河流域的男人便是幸运的、幸福的，得天
独厚的优势啊。大理河流域里的男人不愁娶不到好婆姨。

三、沿河而播，米粮丰产

中国的版图到了陕北这块，土地面积陡增，水域面积骤减，
土地性质与形状变为黄土丘陵。在冬天，倘若从航拍的画面看
大理河流域，满眼绵延不绝的山，光秃秃，黄泛泛，山上少有
树，沟壑纵横，极其壮观，待到秋来到，却是另一番景致了。

从史料里可查阅到，大理河蜿蜿蜒蜒，浩浩荡荡，流经四
县，全长159.9公里。下游沿河两岸地势低平，土壤肥沃，为
农耕集约粮食产区，素有"米粮川"之称。

大理河的源头在靖边县中部白于山东延的五台山南侧乔沟
湾乡的老虎头山下。乔沟湾乡的土地因有大理河水的灌溉，玉

米、洋芋、荞麦、土葱年年丰产，并且有小杂粮专业合作社，产品销往全国各地。

大理河水东南流经青阳岔，于新庄菂东折向东北流入横山区境内，横山便有了大明绿豆。大明绿豆外观浅绿光亮，颗粒大，富含淀粉、脂肪、纤维素、钙、磷、铁和维生素等，被誉为粮食中的绿色"珍珠"。其味甘性凉，有显著的清热解毒、消肿利水、明目降压功效，2008年国家质量技术监督检疫总局公布为国家地理标志保护产品。

大理河水经石湾、魏家楼，在麒麟沟东南流入子洲县境内，子洲便有了不会生虫的豇豆，而豇豆钱钱饭更成了驰名的陕北特色农家小吃，还有了舌尖上的中国之特色小吃果馅、特色农产品洋芋粉条，以及驰名中外的子洲黄芪。

洋芋粉条产地在子洲县双庙湾村，历史悠久，传说清朝末期慈禧太后钦点双庙湾粉条为皇室厨房御用食材，每年需进贡朝廷两次。

子洲黄芪属豆科多年生草本植物，条粗长、质坚而绵、粉性足、味甜。富含多种微量元素。其根干燥后可供药用，具有补气固本、利水退肿、托里排脓、生肌等功效，具有很高的药用价值，以色鲜、质优闻名全国，有"东北参、子洲芪"的美誉。

大理河水经马岔、三眼泉、马蹄沟，在子洲县城西复折东南，经苗家坪入绥德县，绥德便有了百吃不厌的油旋。

大理河水经石家湾、张家砭，在绥德县城东北注入无定河，继续蜿蜒向前，灌溉千里。

大理河属黄河水系，是无定河第二大支流。如果说黄河是中华儿女的母亲河，那么大理河便是靖边、横山、子洲、绥德四县人民共同的母亲河。

四、沿河而走，文化涌流

有了山，有了水，有了人，便有了文化。

大理河水，如遇雨季，会时常浑浊。浑浊是美的表现，厚重，神秘，含蓄，宛如成熟而内敛又极有涵养的妇人，需要人慢慢读懂她的思想，领悟她的境界，认识她的高度。

众所周知，陕北文化的富集区在大理河流域和无定河流域，抛开无定河流域，单单说大理河流域的陕北文化，我想说：子洲融合了绥德、米脂、清涧、横山，四县陕北文化的精髓。

沿着大理河流域，在子洲境内随便走走，找上了年纪的文化人聊聊，便可知子洲境内陕北文化之积淀可谓深厚。

早在石器时代，我们的先民就在平水生息繁衍了，曾遗留下大量的龙山文化遗址。20世纪50至70年代，子洲大搞农田基本改造，修梯田、劈山填沟、建人造小平原。虽然现今已有许多龙山文化遗址遭到毁灭性破坏，但仍有大量遗存未曾发掘，被厚厚的黄土覆盖着、掩藏着。近年，驼耳巷的黄崿河一带，发现古生物化石和鸡爪恐龙足迹化石，人们起初并不认识，称其为"土牛骨"，当药材卖。

秦汉时，子洲归属上郡。蒙恬驻军上郡，镇守陕北，留有许多遗址。据说子洲槐树岔一带有秦长城，拦马关（今黄家沟）、宁州关等有名的军事关隘。

大斌县，北魏神龟元年，即518年设，历时400余年，今大理河北岸双庙湾。威戎城，宋绍圣四年筑，今马岔乡校场坪。临夏寨，宋元符元年筑，今马蹄沟镇巡检司。克戎寨，宋时为西夏所筑，今双湖峪镇张家寨，沈括在此打过仗。南丰寨，明代百户乔光荣筑，今苗家坪镇南丰寨。有马蹄寨、三泉寨、光明寨、龙岗寨等等。

大理河流域的子洲段陕北文化，一如曲曲弯弯的大理河水，从古到今，源远流长，跨出国门，迈向世界。

五、沿河而望，商贾通衢

记忆中，大理河也会发威，雨大的时候，往往会发山水，泥沙俱下，黄水漫道，一泻千里，滚滚而流，宛如发起脾气的陕北男人，不管不顾，只管自己顺心。上了年纪的人说，这是大理河的脾性。

是的，河与人一样，也有脾性。《子洲县志》上记载，大理河在1919年发过一次大水。老人们说这叫"大水推川"，属自然灾害，那时通信不发达，源头发水，中下游的人是万万不知道的，措手不及呀，距今100年的历史了。然而，2017年7月26日，大理河又发水了。我当时与80岁的老娘就住在家乡双庙湾的窑洞里，目睹了那场大水的威风，领教了那场大水的厉害，好在我家窑洞处于半山腰，属于安全地带，而当时位处低洼地带的住户，全都撤离，跑到公路上边的窑洞里避难。

也就是"7·26"水灾之后，我才真正了解到大理河流域的人是何其能干，何其团结，何其爱护自己的家园。

"7·26"水灾来临，牵动了无数出门在外的大理河流域人的心，他们为家乡遭遇劫难而提心吊胆，心急如焚，他们在第一时间就准备好救援物资，资助家乡受灾的乡亲，而那些捐资捐物的大理河流域人正是出门在外的从商精英。这些全都记载在册，有章可查。

我生在大理河畔，长在大理河岸，四十几年，不算短的历史。我始终认为自己有义务、有责任了解大理河的前世今生，了解大理河流域人的生活状况，以及他们的生财之道。

周家硷、三皇峁、双湖峪、苗家坪等集镇自古就是大理河流域商业重镇，而周家硷镇更是"陕北四大名镇"之一，素有"秦晋通都"之美称。20世纪50至60年代，西川的"官路"上经常出现长长的驼队，二三十峰骆驼驮着沉重的货物，排成长队缓慢行进，领头驼脖项间的驼铃发出"当啷、当啷……"的声响，远远就能听见，驼队的壮观曾是大理河川流动的最美风景。苗家坪镇一姓贺的人家曾开过一处骡马大店，店院内经常卧有一峰峰骆驼，其中不少就是山西晋商的长途运输驼队。

周家硷中学在21世纪初建有"周家硷百年记忆展览馆"，里面陈列了许多与商贸有关的"历史物件"，可谓一部"文化生活百科全书"，一幅反映陕北人生存、生产、生活的"清明上河图"。

受商业文化的影响，新时代的大理河流域人普遍目光远大，有勇有谋，走出村庄，进入全国各地的大城市，开酒店，建公司，好些都当上了集团董事长、总经理，干出了大事业，为社会排忧解难，安置无数人员就业上岗。有人说这全因大理河流域人喝了大理河的水，通了大理河的灵性，有了大理河水的霸气与豪情。

六、沿河而眺，盐业领航

大理河沿岸居住的人大都口味重，喜咸食，其一与水土有关，其二与不缺盐吃有关。

娘家在双庙湾，坡下曾有大片的盐地，有熬盐的盐锅窑。小时候，每每放学，我都会挎着红条筐，筐子里装几颗洋芋，去盐锅窑挖炉灰，捡兰炭，能给家里节省不少买炭钱呢。熬盐锅里煮出来的洋芋，有淡淡的咸味，极其上口，吃过不会很渴，在穷苦的年月里，堪比南方人的山珍海味。

长大后，知道大理河流域，地下盐储量惊人，而种盐、淋盐、熬盐的"盐滩"也有很多，单单子洲境内，周家硷、三眼泉、马蹄沟、三川口就有许多处，而马蹄沟的更成气候，称十里盐湾。马蹄沟人叫"十里盐湾刮金板"。

十里盐湾盛产小盐。盐工郭富才一人年产小盐47石，被评为陕甘宁边区劳动英雄。

十里盐湾产盐，靠的是盐民。盐民靠盐生活，为祈求盐丰产，盐民平安，盐民修盐庙，供盐神，尊称为"盐神神"。可见盐业在盐民心中的地位。

七、沿河而听，锣鼓喧天

锣鼓是陕北秧歌的乐器之一。锣鼓喧天，秧歌扭起。

陕北秧歌，古称阳歌，起源于巫仪，隐含着远古"太阳崇拜"和"生殖崇拜"的双重含义。陕北秧歌是我国汉族民间舞蹈的主要流派之一，是一种自娱自乐的广场群众舞蹈，集歌、舞、诗、乐为一体，起源于拜祭天地神灵，祈保风调雨顺的民间祭祀活动，经过长久的历史演变，逐渐发展成为现在这种以庆典和娱乐为主要目的的群众文化活动。

子洲大秧歌是陕北秧歌典型代表，是陕北秧歌的精华。其原生态老秧歌，场面变化多样，男角手舞足蹈，舞姿粗犷，表演诙谐有趣，最能逗笑。女角多由男子包头装扮，扭捏作态，神情十足，不是女性，胜似女性。秧歌队伍中配有"马排子""蛮婆蛮汉""张公背张婆""大头娃娃"等配角，还有"跑旱船""骑竹马""推小车""踩高跷""跑驴"等带有杂耍性质的表演，以及拜门子、打彩门、打场子等。周家硷镇的营盘与赵庄秧歌队、双庙湾秧歌队、三川口镇田家沟秧歌队都很有名气。双庙湾村的"踢场子"，20世纪50年代曾应邀到省表演过，还获过奖。1986年，子洲秧歌队参加榆林地区秧歌会演，曾荣获特别奖。过去，每到春节，大理河流域的村庄几乎都"闹秧歌"，到处锣鼓喧天，气氛甚是热烈。在民间，能即兴编唱秧歌的"伞头"（指陕北地区大秧歌舞中领舞领唱的演员）数不胜数。

子洲秧歌是陕北文化的华章。1943年12月，延安鲁艺工作团来子洲采风，将秧歌队伍的伞头（这里指所举的道具）引领改为象征工人农民的斧头、镰刀引领，从此，这一新颖、独特的新秧歌表演形式开始在陕北广大地区时兴起来，后来走向全国。同时，秧歌队一改女队员由男子装扮，而是妇女直接参与，这可谓是陕北秧歌的一次"革命性变化"，也是广大妇女得以彻底解放的最直观体现。

新时代，子洲秧歌以崭新的面貌出现在公众面前，并迅速向外推广，从而形成了"哪里有子洲人聚集，哪里就有子洲秧歌"的可喜局面，在全国各大城市的公园、广场，随处都可听到子洲秧歌的唢呐与鼓乐声响，可以看到子洲秧歌的精彩表演。据不完全统计，仅西安市就有20多支子洲社区秧歌队，参与者不独为子洲人，当地市民也踊跃参加。2011年西安子洲联谊会开年会，遴选出10支子洲秧歌队表演，在西安市引起极大轰动，有十几家新闻媒体与文化传媒公司到现场采访报道、录制表演实况。

八、沿河而思，文风醇厚

流水不腐，户枢不蠹。大理河，一条承载陕北古老文化的河，一条哺育四县人民生命的河，以母性的包容，永远敞开着温暖的怀抱，有时又像父亲般伟大，雄浑而有力地启迪着一代又一代大理河流域的人。

大理河流域，有着重文厚学优良传统，苗家坪、双湖峪、周家硷在清末就创建有"两等小学堂";马岔、师坪、冯渠、马坪、双庙湾、马蹄沟、三皇峁等村庄,历来被称为"文化村"。1918 年,米脂知县华钟毓到西川禁烟,稽案筹款,支持地方兴学,创办了好多小学,马岔村至今竖立着当地民众给其敬立的"德政碑"。清末庠生张允中设馆授徒,颇有声名,学生给其立"德教碑"以显尊敬,此碑尚存于马岔村中醒目的地方。周家硷乡绅周文郁、周文治创办周家硷小学,受到陕西省政府通令嘉奖(嘉奖令由绥德知县焦振沧亲自制作)。学校创办,不仅使民间子弟受了教育,整个社会也人文渐启,风气大受影响。此后几十年间,凡尊师重教村庄,培养人才就多、参加工作的干部与工人也多,就是最好的佐证。

新时代,子洲人对陕北文化的研究,表现更为突出,更为热心。从 20 世纪 80 年代开始,子洲就创办了文化刊物《陕北文化》,文学刊物《子洲文艺》(原名为《大理河》),后来又增加了《子洲诗刊》,同时也涌现出一大批文学艺术创作人才,踊跃执笔,讴歌新时代,颂扬新精神,赞歌新生活,弘扬新能量。

尾　声

大理河流域,四季分明,冬天气温偏低,大理河水结冰,白茫茫一片。这个时候,山多干瘪,树多枯黄,风带着野性,恣意猖狂。大理河川却任其发威,静默包容。待到春风吹,山渐渐返青,树渐渐青翠,风渐渐柔软,大理河又破冰消融,缓缓流淌,宛如永不知疲倦的母亲,日夜兼行,去看望她的每一处庄院,去慰藉、去呵护、去滋养她的每一个儿女。

2019 年春　榆林静雅斋

雨中游翠华山

　　自从丈夫带动我跑步，每每跟随他一起参加马拉松赛，总要捎带游玩几处景色，这样才觉得不那么吃亏，好像他硬拽着我去跑步似的，其实不然，跑步纯粹是自愿，赏景只是为写出的文字，多一些情趣，多一些色彩，多一些韵味。

　　前两年参加西安马拉松，凭手环和身份证游玩过一些景点，比如大唐芙蓉园、寒窑、西安城墙、动物园等等。今年赛事结束，看见免费景点里居然有翠华山，免不了要去，适逢丈夫也有此意，刚好二姐也有时间、有兴致同去，刚从榆林来西安的大姐夫听说也要去。

　　如此一来，我们四人便驱车前往。二姐负责开车，我们仨负责乘坐与谈笑。

　　西安的天，大清早就阴沉沉、灰蒙蒙，是雨感觉不到，是雾湿浸浸，说不清楚究竟是雨还是雾。天公不作美，半道下起牛毛细雨，忽下或停，不像落在地上，倒像落在心里，心也便沉了起来，全不像之前出游的兴奋，反而有点儿担心，怕游不好。途中丈夫感慨，有好几次路过翠华山，却总是擦肩而过，感觉欠下秦岭山脉一笔债，但愿今天如愿，不再留遗憾。

　　我笑说丈夫酸文假醋，怎么也学起文化人了，他却说受我的影响。大姐夫和二姐齐声附和，说我俩现在是家里最幸福的人，儿子没有结婚，老人又不在身边，无须操心，趁着年轻有时间，好好游玩寻开心。

说的也是，今年10月20日的西安国际马拉松赛，全程雨中奔跑，感受了世界四大古都魅力的同时，也着实体会到一种心旷神怡的滋味，而赛后的游翠华山却因为天气的缘故，反而给人一种千载难逢的美。

雨雾弥漫中的翠华山美到了极致。

翠华山风景区位于秦岭北脉，海拔2132米，总占地面积1785公顷，以"终南独秀"和"中国地质地貌博物馆"著称。

翠华山原名太乙山，传说太乙真人在此修炼得名，更有民间传说——很久很久以前，泾阳县有位姑娘叫翠华，美丽善良，勤劳聪明，与邻村潘郎相爱，她的兄嫂却逼她嫁给富家子弟，临嫁前夜，"翠华忍泪无一语，月明三更悄离去"逃入终南山，她的哥哥闻讯赶来，追至太乙山中，见翠华坐在石洞中，急忙上去拉时，突然"霹雳一声山岳崩，地动山摇烟雾腾"，山间便出现太乙池，翠华却化为神仙而去。从此，人们就把这座山称为"翠华山"。

天气不好，游人不多。

游翠华山，得先游天池。

天池又称"太乙池"或"龙移湫"。雨雾缭绕，天水一色，沿湖绕一圈，发现有小瀑布，玲珑美丽。烟雨蒙蒙中的天池宛如少女，羞答答的，不肯敞开怀抱拥抱陌生的客人。我们便不能远眺，只能近观。

天池被雾气笼罩，缭绕，像天宫，如仙境。天池中泊了许多船，被锚拉在岸边。我和二姐快步登船。二姐兴奋，挥舞着纱巾，仙女一般，在船上轻盈曼舞，我便赶紧抓拍。

二姐正舞得起劲，我正抓拍得尽兴，听见有人呐喊"快下船，快下船"。声落人到，一个看上去很凶的女人跳到船上，把我们一顿训，不容我们有丝毫辩解，轰我们下了船。她声言监控抓拍到我们上船，景区管委会要罚她的款。我们问哪里买船票，说我们想划船游天池。女人更惊讶，瞪大眼睛看着我们，说湖水中有暗礁，雾大看不清，会出大乱子。

我们只好快快而去，前往翠华峰。

翠华峰深藏不露，峭壁台阶耸立在云雾中，犹如通天的云梯倒挂在眼前，大有险不可攀之势。

天雨石滑，大姐夫和二姐想得周全，建议去钻冰洞和风洞。丈夫却想登山，说他平日里恐高，正好雾大看不清楚悬崖，不易产生晕眩感。丈夫执拗，不听我们劝说，我们仨只好准许他去登山，免不了反复叮咛，要他小心，商量好在崩塌石海景点相会。

我们几人钻冰洞和风洞的时候，遇到很多学生模样的游客，走走停停。我以为学生熟悉道路，便建议紧跟其后。不承想，学生也不熟悉道，并带错了道，我们便在风洞里绕来绕去，浪费好多时间，才找到风洞出口，到达冰洞入口。冰洞和风洞堪称迷宫，全是乱石自然形成的天然通道，但风洞里无风，冰洞里也无冰。正纳闷，一个学生给另外一个学生介绍说，要是六月天来，冰洞里随处可见冰凌，风洞里则能感觉到冷风飕飕。我便遗憾来得不是时候。

我们从冰洞和风洞出来，没看见丈夫，我便扯开嗓子高喊。只叫了两声，他便应声。少顷，我们便在崩塌石海相会了。

丈夫说山上雾大得很，太乙真人石像隐藏在雾中，好像与他捉迷藏。雾中挺立的天松也披着朦胧的面纱，不让他看见真容。生有青苔的石台阶被雨水打湿，滑得吓人，不敢放开脚，迈开腿走，需一步一个小心，无异于登天梯。山上看不到别的游人，他怀疑到了天宫，惊扰到了天上的神仙，故意放出烟雾来迷惑他。他听见我的喊声，怕影响整体后续行程，便转身往下撤。下山的途中，碰见当地的老乡，才知他的折返点距离峰顶还很远很远，心里又新添了遗憾。

天稍稍放晴，云雾退到了一边。

崩塌石海的景色更加迷人。

石山全披上了彩衣，赤橙黄绿青蓝紫，交相辉映，加上冉冉升腾的白色雾气和奇形怪状的硕大石头，我的脚步便一步也不想移动了。如果可能，我真想化作翠华山上的一棵树，峭立于绝壁，临空俯瞰仙境般的人间景色。

真的是仙境，喜爱摆拍的二姐又变成了仙女，抖着轻盈的红纱，宛如织女下凡，在我眼前又翩翩起舞。

撤出崩塌石海，时间已到中午 12 点。遇一当地老乡，邀我们去他的农家小院吃饭。靠山吃山，靠水吃水，既靠山又靠水，老乡便做起了生意，开了一家农家小吃店。

我们牵挂着九天瀑布的奇景，担心坐下来吃饭影响行程，便婉拒了老乡的好意。

驱车来到终南山国家森林公园，路牌显示距离九天瀑布还有 3.5 公里，并且只能徒步。大家后悔没去吃饭，再折返去吃饭，显然不可能了。好在我们走时带了水果和月饼，每人吃一个苹果，吃一块月饼，继续前行。没走多远，天又开始下雨，而且一阵比一阵大，淅淅沥沥。

我们车上准备了雨披、雨伞，但吃东西的时候天没下雨，又嫌带着雨具走路繁累，全都抱着侥幸的心理没有带上。

雨越下越大，打在高大的植物叶子上，又落在头上、脸上、肩上，发出咚咚的声响，但不影响我们的游兴。我们游兴正浓，抱着头，勇往直前，大有"不到黄河誓不休"的气势。

大自然真美，通往九天瀑布的道路更是惊险而唯美。

青石板台阶，曲曲弯弯，沿着山体渐次升高，左右两边全是高大茂密的树木，树身苍劲挺拔，树叶五颜六色。道路置于半山腰，时而左边，时而右边，左右穿梭。道路下怪石重叠，悬崖峭壁，可见怪石间溪水流淌，可闻峭壁底水声滔滔。

青石板台阶上落了许多树叶，有红叶、有黄叶，也有极少的青色大叶。红叶与黄叶把青石板路装点得斑斑驳驳，如丹青画师的杰作，美轮美奂。走一阵青石板台阶，道路向右移，需通过铁链与木椽木棍连起来的吊桥。桥高而软，脚踩上去，桥便摇摇晃晃。低头向下看，沟深邃，沟底水声滔滔。过了桥，又是青石板道。石台阶两侧全是墨绿色的苔痕。我便想起唐代刘禹锡《陋室铭》中的诗句："苔痕上阶绿，草色入帘青。"再走一阵，道路又移向左侧，需穿过铁链串起的镂空铁板吊桥。

丈夫迈开腿一口气跑过了吊桥。二姐却使坏，开大姐夫的玩笑，站在吊桥上狠劲摇，吊桥便摇晃得更加厉害。大姐夫胆量本来就小，被二姐一整蛊，只好扶着铁链小步慢移。

我看见一路牌——鹰崖珠帘距此 100 米。走近便看见一挂瀑布，宽约 1 米，高约 10 米，倾泻而下的水被凸起的石头阻碍，成串珠状，一串串，拼成一帘。

鹰崖珠帘，名与景很贴切，有种小家碧玉的感觉，看起来属于瀑布之中最精致婉约的了，全没有我想象中的雄浑大气。

二姐和大姐夫误以为目的地到了，加之身体疲累，便不想继续前行，恣意摆拍。丈夫拍了两张风景照，沿着青石台阶继续向前。

我认为鹰崖珠帘绝非九天瀑布，便紧追丈夫，继续前行。

确实，九天瀑布还在高处。

灰蒙蒙的天，灰蒙蒙的石山，一股泉水从天而降，石壁和天空融为一色，泉水发了威，在怒吼。我感觉自己掉进了水洞。

瀑布汇聚而成的湫池被群山环峙，碧波荡漾，清明如镜，纤尘不染。我又感觉自己入了仙境。美哉！爽哉！

2019 年 11 月 21 日　西安和基居

庚子春游牡丹苑

　　欣闻西安牡丹苑牡丹花已盛开多日，唯恐错过花期，恰逢清明假期，惠风和畅，阳光满地，遂携家人前往。

　　牡丹苑位于昆明路与唐延路交叉口，距离我家很近，步行走过去，也就是几分钟的路程。

　　若是往年，赏牡丹花不必专程前往，借着晨练的机会，就能尽兴赏个够，但今年却不行，受"新冠病毒"影响，西安各大公园年初开始就一直关闭，最近才开门迎客。

　　此前一直就知，4 月中旬才是牡丹花盛开的时节，也是市民观赏牡丹花的最佳时机，可我去的时候，明明是 4 月 5 日，但有一小片牡丹花已经开败，花容不整，萎靡，想必花与人一样，也有发育过早的，性子急躁的，倒把青春挥发殆尽，落个惨不忍睹的模样，还好，大部分牡丹花是慢性子，花儿开得正盛，娇艳欲滴，姹紫嫣红。

　　园区从北向南有 5 个大花池——盛世丹花园区、六仙醉春园区、国花台园区、百芳争艳园区、溢香亭园区。我性子慢，不着急回家，碎步慢移，边走边观，遇见娇艳的花儿，宜人的景儿，或闻或看或拍照，自是一番怡情忘我。性急的丈夫却不同于我，信步走一阵，坐下来等我一阵，完全就是一副走马观花的样子。

　　整个园区划分为"一心、两轴、六区"的空间格局。以国花台为中心，东西、南北，两条轴线为"两轴"，东西两侧各有两个牡丹文化展示区和牡丹观赏区，展示物态的牡丹和人文化的牡丹，园区内不仅植物景石配置相映生辉，而且各种仿唐建筑如剪云池、溢香亭、史话林广场、国花台、牡丹图腾柱、仿唐牌楼、神道、盛世牡丹花广场全与牡丹为主题的各类植物巧妙结合，也确实彰显出了西安历史文化名城的园林景色。

赏花人真多，大概都和我一样，宅家里多日，进了花园，顿觉神清气爽。

赏花人大多戴着口罩，有个别人与牡丹花合影时，会把口罩摘下，也有人干脆戴着口罩与花拍合照。我打小自卑，总觉得自己的脸蛋年轻时也不如鲜花娇艳，更别说如今半老徐娘了，白头发也长出了不少，抬头纹也增加了几道，加之现在的手机像素极好，就更担心自己的丑容与牡丹花的华容搁置一起会不协调了，所以我就尽量不露脸，哪怕露个背影，或者偷拍个美女作数。

我除了看花，还看人，看熙熙攘攘的赏花者看牡丹花时的神态，个个眉飞色舞，脸上的笑容，宛如鲜花一样灿烂。看形形色色的赏花者在园区轻音乐的伴奏下走路的姿势，轻飘飘、慢悠悠，好像风摆杨柳，又宛如白鹅水上漂，完全就是优哉游哉的闲情节奏。

园区里有一处景致吸引住我的眼神和脚步。

一个戴帽子、戴口罩的男子正低头画牡丹，右后侧站一小女孩，左后侧站一小男孩，两孩童正目不转睛地看男子画牡丹，两孩童的家长则靠后一点儿站着，另外还有几个围观者。还别说，男子画的牡丹真好，与真牡丹不差样。

起先，我以为两孩童如我一样，也是赏花者，不承想，听了一会儿，听出两孩童竟是画画男子的徒儿，心中就不由得感慨：这么小的年龄就有这么高雅的爱好，长大了一定也是丹青高手。名师出高徒嘛！真好！

园区里最让我有感觉的景是几处"花中画"。

不知哪位聪明人想出的好办法，在数处独枝的牡丹花后面置了白底画框，竟把真花以真乱假在画框里了，很容易给人产生一种错觉，以为那是丹青高手画出来的一幅幅逼真的牡丹图。其中一幅画框上还用书法字体誊写了唐代诗人刘禹锡的《赏牡丹》："庭前芍药妖无格，池上芙蕖净少情。唯有牡丹真国色，花开时节动京城。"

2020 年 4 月 4 日　西安和基居

搬家十四次

结婚至今，已有28个年头，这28个年头里，细算下来，我与丈夫共搬家14次。这14次搬家，有的是借房住，有的是租房住，有的是买房住，无论哪一次，全都势在必行，也是不得已而为之。

1992年2月，我与丈夫结婚，婚房是用公公和婆婆在县城里住的房间，只有一间半房间，半间是厨房，一间是卧室与客厅，而所谓的卧室只摆一张1.5米的床，算是我新婚的洞房了。

其实，丈夫与我结婚前，家里曾给他在乡下准备好两孔窑洞作为婚房。我有话在先，不回乡下居住，也因当时婆婆刚住完医院，还要去医院复查。公公请他的司机朋友开着一辆平日里拉煤的皮卡车，由媒人带路，来到我家，把我和两个姐姐、哥哥、弟弟、侄儿，一同接过去。两家人围坐一张圆桌，吃了一顿较以往比较丰盛的饭菜，就算为我和丈夫办了结婚宴。婚宴之所以如此简单，我想大概是光景惨淡，实在没能力讲排场，加之我父亲爱省事，也没要求亲家应该如何。婚后，我在乡下教学，丈夫在乡政府上班。我们平日里两地分居，逢周天相遇，不是在娘家借宿，就是在婆家厨房里搁置的一张单人床上凑合。我怀孕，肚子显怀后，离开学校，回到婆婆家里。婆婆大概考虑到不能委屈我肚子里的孩子、她未来的孙子，便开始张罗着要我和丈夫出去单过。这正合我意。我是极要脸的人，早不好意思腆着大肚子在公婆面前晃荡了，便毫不思索，答应搬出去单过。

于是，我便与"搬家"这个词结缘了。

亲戚在县城里有一套单元房，置于半山腰，在6楼，且是顶楼，上下楼得走高高的楼梯。亲戚是有情调的有钱人，家里养了许多花草，去北京长住，房子闲置了，花草却不能闲置，便要婆婆帮忙打理。婆婆身体不好，爬不了高高的楼梯，就建议我和丈夫搬进去住，说既能帮亲戚打理花草，又能省了房租，一举两得的好事。我和丈夫当然愿意。

此为第一次搬家，拎包入住，极其简单。

住进亲戚家的楼房，母亲来看我，正是四月天。亲戚家的楼房属于正阳房，太阳一照，便开始闷热，需要开着窗子通风。母亲看着我的大肚子，便喃喃自语："七月天最热了，这楼房里坐月子，怎么能受得了！"开窗吧，大人、娃娃受不了，不开窗吧，又热得不行，这楼房指定坐不成月子，还是租孔窑洞吧。婆婆是明理人，采纳了母亲的建议。

于是，6月底，我待产前，我和丈夫又进行了第二次搬家。

我们搬进冯家沟后沟里的一孔靠着大山的窑洞。搬的东西全是必需品，衣物、被褥、简单的灶具、洗漱用品。房东在窑洞里搁置了旧柜子可以放衣物，睡觉则在窑洞里原先就有的土炕上。我当时就想，不用的东西尽量不搬，以免住不习惯再搬一次，万一有需要的可以让丈夫随时补充。

儿子出生体重8.2斤，身高63厘米，是个超级大的男孩，特能长个儿。一般女人坐月子都长身体，而我月子满了，却越发瘦弱。我的奶水多，儿子又能吃，月子里我吃进肚子里的营养几乎全部变成了奶水。但我的奶水质量却很差，儿子吃奶多，闹肚子次数也多，需三天两头看医生。丈夫多在工作少在家，瘦弱的我实在没办法把长得快的儿子独自抱去两公里外的县医

院。适逢有人说冯家沟又有一孔窑洞出租，距离街道不足 500
米。公公听说后便果断租了下来。于是，又有了第三次搬家。

因多了儿子，家里人全上手来帮忙，婆婆、公公、小叔子，
丈夫也专程从单位回来了。我只是抱着百天大的儿子，家里其
他人搬东西。3 个多月下来，累积了不少可搬的东西，不过大多
是吃的与用的，没有家具之类的大件，所以也没雇三轮车，一
家人肩挑背扛、自行车推，来来回回，跑了几趟。

儿子长到周岁半时，娘家村里开了淀粉厂，厂长是我的同
姓兄长，有意要我去淀粉厂上班，说是当出纳。我已经在家里
待了半年多，憋屈坏了，正想出去，便毫不犹豫地应承下来。
我去娘家村子里上班，便把断了奶水的儿子留给婆婆照看。不
承想，儿子走丢了，把婆家人差点儿全都急死。好在撒开人找
了 3 个多小时，最终在河对面的西瓜地里找到了。

儿子曾跟着爷爷去河对面的西瓜地里摘过西瓜，便记住了，
那天趁着奶奶不注意，便带着他的小伙伴溜出大门，去河对面
的西瓜地里摘西瓜了。刚学会走路的两个小男孩啊，家里人宝
贝一样疼爱，丢了能把两家人全都急死。婆婆说啥也不帮我看
儿子了。她一把鼻涕一把泪地对我说，倘若她找不见亲孙子，
她也跳河，不活了。就在这样的情况下，既不想丢工作，又得
关照儿子的我只能进行第四次搬家。

因要往娘家住的村里搬，距离县城大约 30 公里，需要搬的
东西自然也就多，铺盖、一家人的衣服、儿子的玩具、灶具、
餐桌、电视机、自行车，满满装了一辆皮卡车。我和儿子是坐
面包车过去的。

这次我把家安在同姓远门的一个嫂子家的窑洞里。嫂子是
教师，不常回家，嫂子的婆婆去二儿子家照看孩子了，嫂子就
让我住下，顺便看护院落，避免黄蒿蓬疯长荒了院子。农村的

窑洞空许多,不值钱,当然无须掏租金。窑洞在母亲家院坡下,很方便母亲帮我关照儿子。

那段时间,一早起来,给儿子喂了奶粉、饼干,我就把儿子送到母亲家看管。中午下班,我借故看儿子,就在母亲家里蹭午饭。下午下班,我便把儿子接回家,儿子玩耍,我做饭,娘俩把饭吃了,我把碗洗了,便与儿子洗漱,上炕睡觉。那段时间,我总盼望周末快点儿到来,全因只有周末,丈夫才能从乡政府赶回家来,既能帮我照看淘气的儿子,又能帮父亲干一点儿体力活。

双庙湾淀粉厂是民营企业,缺少专业的销售人才,产大于销。淀粉积压太多,资金周转不开,最终走向倒闭。已为人母的我,淀粉厂倒闭后,便不想继续住在双庙湾拖累父母了,又想回县城住,毕竟婆婆公公在县城,而丈夫上班的地方又距离县城近一点儿。但是上无片瓦,下无寸田,居无定所之人,想要搬家,必须先找到房子。丈夫回家说,他的同事可以腾出一孔窑洞借我们居住,我高兴坏了,接到消息的第三天便又搬了一次家。

第五次搬家,同样用的是四轮车。丈夫押送着皮卡车上的东西。我与儿子坐面包车。窑洞距离县城不足 2.5 公里,新门亮窗,绝对的向阳地方,敞亮而不喧闹,安静而不闭塞,是最适合娃娃住的地方。

不久,公公所在的单位开始集资修房。公公当时没心思集资修房,却又不想留人话柄,便建议我和丈夫以他的名义集资修房,房子将来归我和丈夫名下,他只图个好听的名声。其实,丈夫当时也可以集资修房,丈夫和公公属于同一个工作系统,集资修房也有份,只是排资论工龄,楼层差一点儿。一分钱能难倒英雄汉,更别说是一大笔钱。而公公、丈夫和我都非英雄,但爱面子的思想作祟，我又为了要个好楼层，加之我饱尝寄人篱下的艰难，太想要属于自己的住房了，便不等丈夫回来商量，果断拍板定案，决定帮公公一个忙，也为自己捞个好楼层。

集资修房绝非小事，需要把数万元先交进去，而我在决定修房的时候，丈夫还欠着 2000 元外债，是给儿子看病欠下朋友的。我豁出去了，为了拥有一套房子，宁愿舍脸求人借债，何其艰难啊，当时我的社交面窄得很，婚后除了丈夫，仅围绕婆家、娘家两家人转了。结果高筑的债台就让我全搭建在娘家了。欠债还钱，天经地义。我瘦小的双肩便扛上了负担。

那段时间，我感到双肩压得沉重，几乎喘不上气来。

我又想，鸟为了筑巢，也辛苦衔泥，我为何不能？

就在这个时候，听丈夫说中国人寿保险子洲支公司招募寿险营销员，我便立即前往应聘。毫无疑问，我被营销部主任看中。为了上班方便，也为了方便婆婆帮我照看还没上幼儿园的儿子，不得已，我又进行了一次搬家。

第六次搬家，我没有租房子，完全从精打细算的角度考虑。我把铺盖、衣服啥的全部寄存在婆婆家。晚上，我抱着儿子去公公的办公室里凑合着睡觉。白天，我就到处跑着卖保险单。办公室是一孔窑洞，公公和同事合用，按时上下班。我只能夜晚住宿，不能白日做饭。那段时间，我的嘴安在门外。寿险营销员的工作必须往外跑，跑出去才能遇见自己的一片艳阳天。当年（1997 年），没有网络一说，不存在网上营销，只能用老法子搞销售，简直就是跑断腿、磨破嘴。天不亮我就起床，匆匆洗漱，匆匆地把儿子送到婆婆家，匆匆地去公司签到、报业绩，继而领取当日保险单，又匆匆地开始新一天的销售工作。周而复始。

辛苦归辛苦，但功夫不负有心人，每天都有收获，囊中自然不羞涩，手中自然不差钱，即便嘴巴安在门外，心里也没觉得闹腾。但为了节省出更多的钱还清债务，我依旧尽可能把一个钱掰成两个花。我尽量找街边摊、小饭馆凑合着吃，1元钱能吃饱，绝不吃1.5元。1元钱的凉面是一顿饭，1元钱的羊杂碎也是一顿饭，吃稀饭、包子就算改善伙食，偶尔也跑去婆婆家蹭饭吃，但不好意思常去，尽量选择节假日去，带点儿简单的礼物。毕竟婆婆给我看着孩子，当媳妇的人，再怎么惜钱，该花还得花，人情礼仪总不能少。好在公公和婆婆也体谅我的难处，他们亲孙子，也极给我脸面。不过我也挺争气，挺给自己长脸。卖保险3年，我还清了所有的外债不算，还装修好分到手的单元房，苦尽甘来。

单元房楼层好，算是沾了公公的光，6层高的楼房，我的在3楼。单元房位置好，属于城中心，距离汽车站不足500米。单元房面积大，面积达124平方米。单元房结构好，纯板式楼房，前后通透，三室两厅一厨一卫。

第七次搬家，我终于住进了自己的房子，心情好极了。

当时的子洲，乔迁之喜，流行办暖房宴。我在公司也算做到了精英，便在众人的建议下，也随起了大流，举办了一次暖房宴。

然而，连我自己也没想到，我如燕子一样，花费心血，辛辛苦苦，在自己亲自筑起的爱巢中仅仅住了一年光景。

2000年，儿子上一年级了，心高气傲的我突然间就想到要给儿子一个更好的学习环境。并非我痴人说梦，我的想法完全可以实现，大姐和大姐夫都在榆林教学，我通过大姐的帮忙，顺利让儿子在榆师附小报名上了小学。

儿子先我一步到榆林，跟他奶奶我婆婆居住。其时，我的公公和婆婆已搬迁榆林居住。我担心奶奶溺爱孙子，舍不得管教，耽误了儿子的学业，便决定抛家舍业离开子洲奔赴榆林。如此一来，我就又开始了漂泊不定的租房生活。

第八次搬家，我没租民房，而是在榆林北大街租了一间小铺面，开了一间杂货店，地址就在儿子上小学的巷口不远处，我边做生意，边关照儿子上学。

我的杂货店地理位置不好，生意糟透了，半年下来，亏本耗时，我的生活又陷入尴尬之境。就在这当儿，校园内开门市的二姐给我透漏了一个消息——老五中（榆林市第一中学初中部）的小卖部公开招标。

校园内的小卖部一年要好几万的承包费。可我手头没资金了，我举棋不定。二姐是内行人，她极力鼓励我报名竞标。大姐也站出来说服我。在大姐和二姐的合力说服下，在二姐夫的资金支持下，我顺利地在老五中校园内开起了小卖部。如此一来，我就又要搬家了。

第九次搬家，我就把家安在校园内的小卖部里，吃睡全在小卖部里，过的是早起晚睡的快节奏生活。

那段时间，我的日子过得就像天天在打仗，而且打了胜仗，紧张而又喜悦，我不知道什么叫困乏与疲惫，不知道什么叫寂寞与无聊。那段时间，我的生活是充实的，心情是愉快的，日子是阳光的，岁月是美好的。

然而，好景不长。一年半后，学校就从我手里强行收回小卖部。新老板要进驻校园小卖部，学校限定时间让我撤货走人。我不得不又要搬家了。

第十次搬家，由于时间太仓促，容不得我精挑细选地看房子，当时只考虑距离上学的儿子近点儿，便仓促地在凯歌楼巷租了一间民房暂时安身。二层板式楼的二楼，楼顶超级薄，冬天房子里结着冰，穿多厚的皮袄，晚上睡下都怀疑自己第二天会冻死在房子里。夏天房子里像蒸笼，简直能把人烤熟，晚上光着身子睡床上，电风扇彻夜不停地转，身体依然像泡在水里。那是我有生以来，最难熬的一段时光。儿子也陪着受煎熬，我于心不忍啊！

生活，总是这般无常，无常到让人措手不及，有时它能让人感到幸福得飘飘然，而有时却又让人感到痛苦得生不如死。

实在不忍心让儿子受煎熬，我就前半夜坐在床头，拿着扇子，使劲给儿子扇风，我会尽量让儿子睡得安稳一些。他可是我此生唯一的亲骨肉啊，再说他还是祖国的花朵、祖国未来的栋梁，他才上小学，他要每日早起上学晨读，他必须休息好。

我随时准备进行下一次搬家，我在儿子上学走了后，继续四处看房，但总遇不到称心如意的，不是房子糟糕，就是房主糟糕。

挨过一个夏天，再挨过一个冬天，春暖花开的时候，花喜鹊报喜了。大姐搬进楼房住了，她住的平房腾了出来。

第十一次搬家，我就住进了大姐的平房，独门独院，两间正房，一间倒座的小房，也是储物房，院内一个小花池，花池里有架紫葡萄，夏天里葡萄藤蔓枝繁叶茂，浓荫密闭，遮蔽着小院凉爽宜人。这处院子太熟悉、太亲热了，我搬家来榆林之前，曾数次在这院子里住过。

榆林开始兴建商品房，饱受租房之苦的我决定用开门市赚来的钱在榆林再买一套房子，和丈夫达成共识后，便开始关注榆林的售楼广告，丈夫看准一处期房，就是现在的开发区，当时属于不毛之地，荒沙漫道，一望无际。

那年是 2005 年，榆林房价处于最低阶段，当然也是人民币最值钱的时候，一次性全款定下一套三室两厅，一厨双卫的纯板式向阳 5 楼，我的心算是彻底安稳了下来，接下来的日子，我便心心念念期盼交房。

时隔不久，二姐又告诉我一个好消息——制革厂家属院门口新修起一排10多间门面房公开拍卖。制革厂家属院距离老五中很近，可以说在一条路上，当时已经成为榆林市第一中学高中部，而我儿子就在榆林市第一中学初中部上学。我想，买一个门市自己开，钱也赚了，还能方便儿子将来上高中。为此，我果断卖掉子洲的房子，力压众人，以高出所有门市1万元的价格从制革厂办公室主任手里抢过来一间位于大门口的门面房。门面房一交工，我便火速装修，开起了小超市。为了给上初中的儿子一个更好的学习环境，不得不在制革厂家属院内租一套毛坯房，简单置办些家具，便搬进去住了下来。这是第十二次搬家。

2008年春季，开发区的房子交工，迫不及待装修，在北京奥运会开幕的那天，8月8日，新买一副刀案进房间，就算住进了新房。是为第十三次搬家，也是第二次乔迁之喜。

至此，我便结束了居无定所，漂泊不定的租房生活。在自己的房子里，安心安稳地一住就是12年，其间经历了儿子上大学、毕业、就业、上班一系列事情。

儿子在西安上班了，不回榆林住，将来结婚怎么办？问题一经出现，就得想办法解决，况且儿子已经到了谈婚论嫁的年龄。恰巧弟弟的投资公司投资了房地产项目，肥水不流外人田，便在弟弟的楼盘里按揭了一套房子。没有丝毫悬念，不光是我，我的娘家所有人全都沾了弟弟的光，连同母亲在内，全都住进弟弟开发的楼盘里，高层点式楼房，三室两厅，一厨双卫，房子交工，紧急装修，西安上班的儿子先住了进去。

男孩子懒得动手，加之工作的原因，顿顿饭叫外卖，加上母亲年迈，需要有人看护。娘在哪儿，家在哪儿。在西安，母亲的房间正好与我的房子门对门，我便干脆把榆林的房子租出去，搬来西安居住，名为关照儿子，实为陪护母亲。母亲已老，已经 84 岁高龄，虽然行动方便，但有诸多慢性病。娘养儿长大，儿陪娘终老，这是中华孝文化。

第十四次搬家，我与丈夫两人一起搬的，零零碎碎的小物件满满装了一小车，在榆林收拾了一天一夜，到了西安又整理了一夜一天。

我想，在不久的将来，也许就是一两年之后吧，还要经历一次搬家——第十五次搬家。儿子去年也购置了一套商品房，有意让我和丈夫将来住。正合我意。房子目前还在修建，较现在的面积偏小些，又是精装修，工程队选用的材料不见得环保，站在一位母亲的角度考虑，我当然不建议儿子去住。

前几日与同学聊起近期的搬家，同学笑我是房奴，不光自己奴，还影响了儿子。我当面没有反驳，内心里却想说，人往高处走，水往低处流。追求幸福美好的生活是人之向往，人性使然啊。

写到这儿，我又想说，但凡是人，难免有无尽的欲望和无法遏制的攀比心，人生在世不容易，谁不想让自己活得更精彩一些，更风光一些，更成功一些。不落人后总归是上进心，比别人强总归是好事情。我非圣人，又岂能脱俗。

2020 年 2 月 24 日　西安和基居

第三卷

思想之城

白杨树、 白杨林

——周家硷中学记忆

行行杨树插云天，拔拔师生续雅篇。最是当年春好处，絮花飘舞赛琼仙。

——题记

我学历不高，对于我来说，周中（周家硷中学）可以说是我求学生涯里的高等学府了。因此，周中的一草一木、一石一树，便像刀削斧刻过似的，印刻在我的脑海中，存于我的记忆里。在这些记忆里，最让我难忘，并经常会说起的便是周中校园里的白杨树了。在我看来，二十世纪八九十年代，白杨树可谓周中校园里的景观树，是亮点设计。

我在周中上学那会儿，周中校园只有围墙，没有大门。大门就是一个敞开的豁口，应该是经费短缺，准备将来补修大门的。从豁口进去，是一个巨大的长方形操场，干净平整，略比公路高些，有一点儿小坡度。远路的师生大多是骑着"二八"自行车上下学，到了豁口处，脚下稍一用力，就骑进校园了，径直骑过操场正中的黄土路，然后才下车，推着车踏上一条用碎石块铺成的长长的慢坡路。

许是碎石块的缘故，许是为了道路更结实的缘故，慢坡路极不平整，推着车极不好走，但我并不觉得，反而会产生一种惬意感。全因那条慢坡路两侧有两排茂盛的白杨树，树干粗壮，树身高大，树梢直插云霄。在炎热的夏季里，在那条慢坡路上仰头望，可见云端处一个个巨大的树冠，仿佛伞盖一样，把整条路遮挡得浓荫密闭。

我在周中上学期间，学校有高中班和初中班，每一个年级至少3个班，高三和初三另外增设一个补习班，每个班学生不少于60名。这样算下来，全校学生不少于1200名。

我家住在双庙湾后湾，距离周中4公里的路程，属跑校生（即走读生）。每天放学，我就见那条慢坡路上的师生一涌一涌，潮水一般。

我上学的时候，庄户人都不流行吃早餐，每日两餐饭——中餐和晚餐，跑校生都回自己家里吃饭。这么一来，跑校生每日就要从那两排白杨树之间至少穿行4次。不，准确地说，应该是6次。因为每天还有30分钟的课间操时间，必须全校师生集中在操场上做广播体操。

这么推算下来，6年时间里，我在那两排白杨树之间至少穿行了10800次。而这还是保守的数字。那个时候学生需要买作业本、笔记本、钢笔、圆规、三角板、量角器等文具，全要跑出豁口，到校外的小卖部去买。不少女生就因为经常被男生恶作剧，总是在课间10分钟飞跑出校外，去买短缺的文具。

在周中上学期间，对于文化课的学习，我比较喜欢语文，而在语文这门功课里，我尤其喜欢写作文。因此，那两排白杨树便常常出现在我的作文里，成为我赞美周中校园最有说服力的景观之一。

周中校园里的另一处景观，是一大片极茂密的白杨树。树干笔直、修长、纤细，像前面那两排白杨树的孙辈，年轻了许多，但枝繁叶茂，长势正好。位于通往厕所的路上。我管它叫"白杨林"。

离开周中，到了不惑之年，我迷恋上了文学创作，鬼使神差，周中校园里的白杨树便像一尾尾鱼儿，一只只蝴蝶，或在我脑海里畅游，或在我眼前飞舞，有时又会像一只只鸟儿，在我的笔尖飞翔，落在我的文章里，继续生根发芽，继续枝繁叶茂。

在我的文学作品里，周中校园里的白杨树是作为母版出现的。我会把它们搬进我想让它们出现的任何场所里。我会赋予它们灵魂、思想、故事，我会让它们生动鲜活、有张力，我要让它们被人记住，并存入记忆深处。

当然，周中校园里的白杨树原本就是有故事的，是实实在在发生在周中师生们中间的故事。现在，请允许我讲一个——

那是1984年初夏，正是白杨树枝繁叶茂的时候，我们班的"万事通"（某同学的外号）得到一个确切的消息。他说我们班主任的未婚妻要在某日某时来我们学校给我们班主任拆洗被子。少年时期，我认为这是一个相当感人的事情，通过这件即将发生的事情，很容易就让我推断出班主任的未婚妻是一个多么贤惠，多么可爱的女子啊。若是现在，这样的消息也许不会引起任何人的注意，但在没有任何课外娱乐的年代，这样的消息无异于一声惊雷，当即便在校园里炸响一片。我们班主任在周中当数英俊潇洒的代表人物，同学们当然会和我一样去联想，联想班主任的未婚妻会是多么国色天香，多么花容月貌。好奇是少年的天性，在好奇心的促使下，同学们免不了想要尽一切办法去目睹班主任的未婚妻的美丽容貌了。非常凑巧的是，当班主任牵着未婚妻的手，出现在白杨林路上的那一刻，正好赶上课间休息10分钟。于是乎，周中校园里便出现了有史以来第一次欢迎贵宾到来般隆重的景象，声势浩大堪比首长阅兵。班主任的未婚妻绝对对得起同学们的盛情迎接。她漂亮大方，时不时地把手伸进肩膀上挂着的红色小皮包里，掏出一把又一把的水果糖，递给前来围观和笑闹的同学们。

这件事情在我们学生间的影响是相当美好的。那时，我们班的同学都认为，我们班主任和他的未婚妻堪比神仙眷侣。因此在好长一段时间里，同学们热议的话题便是班主任和他的未婚妻。

我天生孤僻，不喜欢群娱。在周中上学的那些年，我把校园里的那片白杨林当作我的精神乐园。早读时，我偶尔会漫步其中，诵读唐诗宋词元散曲；课间操后，我偶尔会徜徉其中，构思一篇作文应该如何完成，或者思考一道数学题应该如何解答；下午放学，我偶尔不着急回家，斜倚一棵白杨树，对它深情款款，或者对它诉说我的小秘密。

我天生多愁善感，林黛玉一样的个性。在周中上学的那些年，我无数次地对周中校园里的白杨树动感情。春天到来，我会对飞落在地的杨絮长吁短叹，我慨叹它的无私奉献，我惋惜它生命的短暂；夏天到来，我又感恩白杨树的枝繁叶茂，因为有它，我的夏天少了许多闷热，多了许多凉爽；秋天到来，我捡拾片片杨树叶做成书签，或夹在我的日记本里，纪念我的懵懂、我的梦想、我的未来；冬天到来，脱落了树叶的白杨树更加挺拔，我便时常望着白杨树发呆，我惊异它的向上精神，我惊诧它的耐风耐旱，我甚至在心底里暗暗将白杨树当作我的榜样，警示自己要自强自立、坚忍不拔。

说真心话，我的文学创作之所以能坚持到现在，从某种程度上说，是离不开周中对我的教育、熏陶、启蒙，离不开周中的白杨树与白杨林对我的启发与启示，所以说我是从心底里由衷地感谢我的母校——周中，以及周中那一株株白杨树、那一片白杨林。

可是，如今的周中校园里，却再也看不到当年的白杨树了。它们去了哪里？它们是在我离开周中之后，为周中的一次次阔建与改造，永远地献身了。

30 年弹指一挥间。于斯，我情有独钟！于斯，我心存感激！

因此，书成此文，希望周中的白杨树、白杨林永远存活于我的文字里，铭刻在周中学子的记忆里，也算是在母校编写《周家硙中学校志》之际，我对周中校园里曾有的白杨树、白杨林的追忆与祭奠。

2022 年 8 月 6 日　家乡双庙湾

我是一个幸福的小女人

童年，我总是柔弱多病，病不离身，药不离口，一日三餐的主食，不是饭，而是药。那时，我常常想，我何时才能像别人家的孩子一样，该吃就吃，想玩就玩，那该是多么幸福呀。

我的这个愿望直到结婚之后才慢慢实现。

儿子降生后，我彻底像变了个人，能干能睡，能吃能喝，饭量大得像母牛。有人又说，那是因为我当了妈妈，为母则刚，为母则强。我却隐约觉着，那是因为我找到了幸福的密码，我掌握了幸福的技巧。

上小学时，三年级开始学写作文，老师布置作文题目《我的理想》。同学们挖空心思想象自己的理想，大都却想不出来。当初语文课本里的作者简介给了同学们很大启发，于是同学们就想到了怎么规划自己的理想。有的写长大要当科学家，有的写长大要当地质学家，有的写长大要当教育家，有的写长大要当飞行员。同学们的理想，都很伟大，却也很抽象。我连这其中的一个也想象不来，却也不敢说自己想象不来，怕同学们笑话。我当时也要交作文的，可把我愁上了，也挖空心思想象自己的理想，却不想随波逐流，猛然间想起姐姐的语文课本上有鲁迅先生的《三味书屋》，并且知道鲁迅先生有一个名头是作家。谢天谢地，我终于想到一个与别的同学不同的理想——我长大要当一名作家。那时，我为能完成老师的一道作文题目而感到幸福。

　　我的父母曾经都是教师，母亲因为我们做儿女的拖累，不得不丢开教鞭，回家相夫教子，但即便如此，母亲文化人的派头却永远不倒，她忙里偷闲还要挤时间看书，尤其是看小说。父亲更是，他隔三岔五就把报纸和文学刊物拿回家里看，有时竟然和母亲为了争抢一本小说，不得不用"剪刀石头布"来决定。在那样的氛围下，我难免不受影响。上了初中，我竟然迷上了看小说，但父母均不让我看，说是怕影响学习，我便背着父母看，想办法看。有时，我会等父母入睡后，再悄悄起来看；有时，我会用手电筒的光照着书，在被窝里看；有时，我在听不喜欢的课程时偷偷地看；有时，我会借着拔羊草歪在山坳坳里看。逢周末，我会看一个通宵，第二天装着头疼，赖在被窝里不起床，补个回笼觉。那时，我就感觉能让我看小说就是幸福的，哪怕因为看小说被母亲打、被父亲训、被老师批评，我也感觉是幸福的。

　　上高中时，学校搞越野赛，全校师生都参加，结果我是最后一个跑回来的，挨老师批评、被同学笑话，次日双腿酸困得连路也不会走。那时，我就想，什么时候我也能轻松完成越野赛，那就是幸福。冲着这个愿望，不惑之年的我，央求丈夫带领我跑步。结果，我用了一年的时间，把自己训练成一个能跑完42.195公里的业余马拉松选手。在第一场马拉松完赛的时候，我真正体会到了幸福的滋味——那是用持久的恒心交织不屈的毅力，勾兑出咸涩的汗水，调配而成的混合味道，是绝对纯正的幸福味道。

　　此后，我就再也不知道痛苦是什么滋味了。

　　再后来，在丈夫的支持下，我组建了长跑团队，成立了长跑协会。当我带领着协会会员去参加北京马拉松赛，听着国歌，从天安门广场跑过的时候；当我在极度疲惫，听到路边的观众为我呐喊助威的时候；当我跑完每一场马拉松赛，冲过终点线的时候。那种幸福的感觉，则是没办法用语言形容了。

我是一个幸福的小女人，不是因为我没有痛苦，而是因为我不害怕痛苦。痛苦也是上天对我的眷顾，痛苦是让我更加追求幸福的动力，痛苦是让我更加珍惜幸福的来之不易。人生如果没有痛苦，又怎么能体会到幸福！

我之所以说我是一个幸福的小女人，全因我是一个容易满足的女人。我不要求老公拼了命地为我赚钱，我只要他健康快乐，只要他记着家里有我，只要他回到家里就会搂着我入睡。

我之所以说我是一个幸福的小女人，是因为我是一个善解人意的女人。我懂得工薪阶层的辛苦，我清楚每个人都有赡养老人的义务，我明白普通人也会有伟大的理想，我知道天生我才必有用的道理。

我之所以说我是一个幸福的小女人，是因为我是一个会捕捉幸福的女人。幸福在日常烦琐的生活里；幸福在爱人细微的爱抚里，在爱人温暖的眼神里，在爱人浅浅的笑意里；幸福在靠着爱人臂弯看落日余晖的悠闲时光里；幸福在无法用语言形容的感觉里。

2014 年 6 月 6 日　榆林静雅斋

我的理想

最初接触这个题目，是在小学三年级，老师布置的作文，要求同学们在一节作文课，40分钟内写好，交到讲桌上。现在想，小屁孩，刚开始学写作文，哪里懂得什么理想，再说那时很多人吃都吃不饱，还谈什么理想。我是肯定吃不饱的，父母生了我们5个娃，一家人7张嘴，吃饱穿暖都难。然而，人不可无理想，尤其是少年，不仅要有，而且要远大。"少年强则国强，少年智则国智"这是千年古训。老师在布置作文时，进行了一番思想训导与思维演练，并且要求40分钟内必须完成作文，不可以一句话交差，要有前因后果，要以60到100字的篇幅，形成有说服力的理想。很多同学就展开想象去想理想。后来，老师站在讲桌上读了全班12个同学的理想，我才知道同学们的理想都可谓远大，科学家、教育家、飞行员、解放军、艺术家等等，大部分同学的理想都离不开"××家"那时根本不敢把理想写成工人、售货员之类的，会觉得太平凡。把理想写成科学家的最多，而事实呢？我们当年12个同学，连上大学的都没有，一个都没有。

要按真实的想法去写，那时的小屁孩的理想是简单的，只是吃饱和穿暖，也只有吃饱和穿暖才是最切合实际的理想。

小学毕业之后，老师也布置作文，但再没有《我的理想》这样的题目了。后来，我就想，这大概就是所谓的少年志了。

少年志，当然就要少年立了，我当年的理想是什么呢？我当然记得，并且前面有提到，现在却羞于点破。话不重说，水不倒流，现在回归主题，谈谈我现在的理想。

我小学三年级的理想，就是我现在的理想。熟知我的人，也许会说，不是实现了吗？我却认为并没有实现，别说理想原本是可以放大的。再说，我当年的理想也是可谓远大，说实现了，是自欺欺人。

这些年来，我一直沿着既定的目标在前进，历经泪水与艰难自不必提，我心甘情愿。就如高建群老师在《榆钱谣》的序文里写的一样"这是一个被打发到世界上来的艺术家，受苦受难是她的宿命。在这个崎岖的小路上跋涉是她的宿命。除了文学，大约世界上再没有什么事情，能够让这个在榆林城中开一个小杂货店的女孩子高兴"。高老师太懂我了，堪称知音，这段话，无论何时看到我都会感动到哭，热泪盈眶，喉头哽咽。

今天，我在丰庆公园跑步，又见着高老师了。我在跑。他在走。我们迎面而遇，擦肩而过。他没有注意到我，而我却看得真真切切。我的第一反应是要与他打招呼，但是反应过来时我们已经距离很远了，全因我在跑步。我折跑回去，准备和他边走边说一会儿话，却又想到跑步距离还不够，不想临时停下，就超过他很远，又折跑回来，原想打个招呼就行了。待我要和他打招呼时，却看见他昂首阔步，大踏步直走。我便临时取消打招呼的念头，再次与他擦肩而过。我不认为我这是没礼貌，我宁可用不想打扰他正在思考的事情来为自己辩解，我甚至想他也许根本没有看到我，或者他已经不认识我，毕竟他为我写序是6年前的事情了。

跑步结束，回来的路上，我突然就想写这篇文字，我等不到回家，更担心我回家会变卦，还在往家走的路上就在朋友圈昭告天下，督促我一定兑现自己的诺言。

我的理想，我现在的理想是什么呢？

理想是志向，应该是少年或者青年就设立的目标，而我显然已经超龄，却想到谈理想，岂不贻笑大方。笑就笑吧！我全不在乎。

能想到谈理想的人，我以为还很年轻，很有朝气，很有活力，生命力还很旺盛，富有激情，敢于创造，敢于挑战，敢于面对。

真的！有时我觉着自己比我的儿子都年轻，我的儿子已经上班了，也已过了谈理想的年龄，而我却天真地要谈理想。

去年，2017 年春天，我写了篇小说《那年我四十》，短篇，不足 5000 字，发表在自己的微信公众号"玲珑山花"里，点击量还不错。小说写的是一个 40 岁的女人，在文学院学习的 3 个月时间内，产生的一段单相思。这篇属于情感小说，主要写的是心理活动。

后来有人就问我小说是不是我的亲身经历，更有许多人认为那就是我的亲身经历，我不怪他们。他们能这样高估我，真是我的荣幸，万分荣幸。他们的疑惑却也不无道理，他们完全相信我是经过专业培训的作家。事实却并非如此，这是我长久以来的最不想告知人的秘密，我甚至把理想嫁接于小说的女主人公。

——去一个专业的文学院学习一段时间，譬如鲁院。

这就是我的理想，非常简单的理想，非常切合实际的理想，也是最有希望能实现的理想，然而就是没有实现，而我却一直在努力。

依然用一段跑马拉松的语录来警示自己，并以此作为本文的结尾——

在追求理想的道路上，我要用持久的毅力与恒心来追赶超越，即使被关在理想的大门外，也不会自暴自弃，毕竟一路跑来，赢得了许多观众的呐喊助威、加油鼓励，必须坚持到底，绝不愧对观众。

　　这段语录的创造者就是我。

2018 年 1 月 19 日　西安和基居

蛙

　　看到这个标题，立即想到莫言的《蛙》，同时也想到了家乡的河。莫言的《蛙》，喜欢文学的，应该都看过。家乡的河，熟知的却只有家乡人了。所以，我有必要在这里说说家乡的河。

　　儿时，我对任何事物都没有明确的认知，思想也单纯，总认为河最大的魅力，就是在夏天，在河水清澈见底的时候。所以，在我的记忆里，许多关于河的记忆，都是在夏天。

　　家乡在陕北黄土高原，大理河沿川而过，河水时清时浊。

　　吃过晌午饭，一群孩童就像约好了一样从各自家跑向河，河水里有蛙，也有蝌蚪。我们赤脚蹚过河水，在一块大青石板上驻足，把脚和小腿全部放进水里泡着。青石板温热，水也温热，身体却凉爽下来，极其舒爽。在我们女孩泡脚的时候，男孩则到上游深水处去打水仗了，也有个别比较小的男孩就跟我们女孩子一起玩。这时蝌蚪就肆无忌惮地跑过来和我们玩耍，它们把我们的脚丫子当作吃食了，一股子酥酥麻麻，像电流一样的感觉从脚心、脚背、脚脖子、腿肚子一直漫上心扉，这时，笑声就像小河流水一样哗啦啦响起了。

　　当时，我已经知道蝌蚪就是蛙的孩子了，但是很好奇，怎么蛙的孩子和蛙不是一个样？而是一条细尾巴顶着大脑袋的蝌蚪。我盼望小蝌蚪长大，我要看它怎么蜕变成一只披着绿衣或彩衣的蛙。然而，最终没能观察到，因为一觉睡醒，再去河边，依然是蝌蚪与蛙的世界。

　　蛙的柔韧度超级好，四肢灵活，伸展自如，就是那些蛙泳冠军也不及它的动作柔美。有的男孩子会把小青蛙捉在手里玩耍，让它仰卧，让它下腰。看着让人心疼，要是一不小心弄伤了怎么办？于是，女孩子就用手撩起水泼向使坏的男孩，紧接着一场水仗便在河里沸腾起来。

　　一日，爸爸去挑水，不小心就把一只小青蛙带回了家倒进水缸。妈妈做饭，一马勺就把小青蛙舀起倒进锅里，盖锅的时候，猛然看见锅里有一只小青蛙正欢喜地游泳，妈妈就露出啼笑皆非的表情。她要把那一锅水，甚至那一缸水全部倒掉。爸爸硬是不让，说水井里的青蛙干净，水也干净，这才留住了一锅、一缸水。后来，那只青蛙就被我养了起来，我是想研究它怎么繁殖，但是几天过去却不见动静。爸爸告诉我青蛙换了环境不会繁殖小蝌蚪。无奈我就把青蛙又送回井里。

　　儿时的世界总是如童话般美好，在物资匮乏的年代里，每天除了早上听广播，就再也听不到任何音乐了，这时蛙的叫声就犹如悦耳的歌声，尤为动听了。无数个夜晚，是那一声声空灵而美妙的声音陪伴着我入眠，像妈妈哼唱的摇篮曲。

　　长大后，有了思想，我就把"蛙"和"娃"联想在一起。事实上，莫言早就把二者联想在一起了，所以他就写出了获得诺贝尔文学奖的作品《蛙》。

　　突然间就想唱我曾经写的一首儿歌《小青蛙》：

　　小青蛙，呱呱叫，傍晚时分真热闹。

　　一蹦一蹦岸上跳，争先恐后来赛跑。

　　小青蛙，穿绿袍，眼睛圆圆像灯泡。

　　忽明忽暗在闪耀，看见飞虫就蹦高。

　　唱着儿歌，感觉自己又回到童年了。月光下，槐树旁，黄土院，石板床，伴着徐徐的柔风，听着蛙声一片，那甜甜的梦就随着夜的清凉温馨起来。

2017 年 3 月 9 日　西安和基居

十字绣

黛玉那两弯似蹙非蹙罥烟眉，一双似喜非喜含情目，随着我针线飞绕，渐渐在我眼前明朗起来，她一手蒲扇，一手书，落寞在一边，专注地阅读。一只蝴蝶飞来，在她的眉宇前盘旋，似乎要与书中的文字争风吃醋。这可爱的蝴蝶，闯进了黛玉的眼帘，她欲挥扇扑之，又恐伤了蝴蝶翅膀，便为自己一时的意念局促不安。

我一针一线绣得认真，针线拉过时，似乎听到了黛玉低声抽泣，是我扎疼她了吗？还是宝玉伤了她的心？想着时，再一针落下，我的心便觉着隐隐地疼，心想，这么动人的一个美人儿，怎能经受得了针尖刺身啊！我放下针线，到书房写文字，心却静不下来，满脑子都是绣图上的美人，复又折回客厅，坐在绣案前端详着绣图上的人物。

绣图上有 12 位女性人物，风采各异，错落有致。她们或低眉深思、或对弈棋艺、或赏画指点、或抚琴、或站、或坐、或观、或舞，形态、服饰各异而且图案颜色靓丽，人物眉目有神，栩栩如生。背景搭配清新的绿荷塘，有蜂蝶飞舞于其间。整幅画面充满了诗情画意，展现出了夏日里的生活情趣，是十字绣作品中的上乘图案。除此之外，在人物、头饰、配饰的局部设计上独具匠心地运用了珠饰的概念，使之从视觉上更具真实感。琴、棋、书、画这 4 种中国文化悠远至深的瑰宝，被林黛玉、薛宝钗、王熙凤、史湘云、贾元春、贾迎春、贾探春、贾惜春、妙玉、巧姐、秦可卿、李纨这 12 位美人优雅的姿态衬托得更加引人入胜。

　　我虽不是红学研究者，但《红楼梦》也读过几遍，也曾细细做过一本笔记，曾把 120 回的目录诗文一字不差抄于笔记本上，但对其中的众多人物，我只是模糊的概念，有的甚至在大脑里都没有储存，而这 12 位美人的名字我却都能叫得出来，她们之间错综复杂的关系也还知道一些。所以，当 2013 年的夏天，我陪朋友逛街，看到这幅十字绣图案时，不听朋友的劝阻，毫不犹豫就买下了。朋友当时说我，写文章就专心写文章，这些玩意儿已经不流行了，况且这么大的一幅绣图，要浪费很多时间，并且说不等绣完它，我就会患上颈椎病。我哪里听得进朋友的话，果断买下，并且当着朋友的面说："我一年绣不好，绣两年，两年绣不好，绣三年，三年时间，我必须要绣好它，而且还要挂在我书房的墙壁上。"

　　我是一个能把自己安静下来的人，那段时间，我推掉了所有约会与邀请，就连刚刚熟悉的文学圈人士都尽量不来往，我一下变成了一个生活特别有规律的人，一天除了每日的晨跑与在电脑上两小时的写作之外，其余时间便埋头于绣案上。

　　平日里在电脑前坐上一天也不觉着累，可绣花刚刚第一天下来，我就肩胛酸困，脊椎发麻，好像立马就患上了颈椎病。还好，每天早晨我安排自己一小时的晨跑时间，晨跑结束，我会做一些缓解颈椎困乏的肢体动作，这样我就不至于颈椎劳损。

　　很多妇女说过，绣十字绣极易上瘾。我之前是无论如何不会相信的，待我绣了一段时间后，便彻底相信了。绣十字绣真的能上瘾，如同晨跑、打球、登山各种爱好是一样的，其中的趣事自然是有的。

　　一日，我绣着绣着，探春便向我走来。探春削肩细腰，高挑身材，鸭蛋脸面，俊眼修眉，顾盼神飞。她从黛玉身边轻移莲步，飘飘然就到了秦可卿的身旁，然后紧挨着秦可卿站着，观看李纨和巧姐对弈棋艺。李纨一颗棋子下去，巧姐没了应付，便急急央告身后的凤姐支着儿。凤姐何等聪明，一个眼神，机灵的巧姐便把处于下风的棋局峰回路转。

我感觉自己就像置身于大观园中，似乎变成了宝玉的替身，被这些美人簇拥着，一会儿去扑蝴蝶，一会儿去赶蜜蜂，一会儿去填诗文，一会儿去赏荷花，一会儿望着林妹妹兀自发呆，一会儿看着宝姐姐黯然神伤，一会儿又情不自禁地偷偷读《西厢记》。

不知不觉，我的十字绣就绣了一半，时间过去也有半年了。忙碌而又喜庆的春节过后，市作家协会召集开了一次会议，会议后，我便有了想要再写一部长篇小说的冲动，接下来就是收集资料，做准备工作，我把十字绣收起来，装在盒子里，然后束之高阁，整整一年半没有过问它。

临近 2015 年中秋节，我陪母亲去西安居住，来西安时，我把没有完工的十字绣带到西安母亲的家里。做事有始有终的母亲，看到我绣了一半的十字绣，便时不时催我赶紧绣完它，说摆着不做，她闹心，我便又开始绣。此后，母亲便每日监督我，要我每日必须绣上两三个小时，才肯让我用电脑，看手机。母亲为了鼓励我早些完工，家里一来人，她便开始炫耀我的绣工手艺，来人便啧啧赞叹我手艺了得。我心想，我家祖传的手艺啊！到我这一辈，虽然谈不上继承与传承，但无论如何我也要做出点儿什么，就像奶奶当年留下的枕头顶顶一样。这样想的时候，我便又安心于我的绣图上了。

母亲家里时常有人来，我便把作息时间调整了。调整后的时间变为凌晨 4 点起床，然后开始写作，8 点开始晨跑，10 公里结束后，吃早餐，接下来便是家庭主妇一天的日程安排了。在白天的空余时间里，即使来了客人，在与之拉话的时间里也不影响绣花，晚上 10 点准时上床休息。

那段时间，母亲看着我作践自己一般，起早睡晚，一天睡眠不够，眼圈发黑，很是心疼。但是，我清楚自己在做什么，总觉得一个人坐在无人打扰的房间里敲打文字也是一种享受，总觉得有母亲督促着一针一线绣花也是一种温馨。

随着时间的推移，绣图上另一半的人物便一个个生动鲜活起来。集贤孝才德于一身的贾元春，放下高贵的身份，雍容大度地与贾迎春、贾惜春、妙玉一起专注地品评一幅山水画。史湘云踏着莲花海棠步，正翩翩起舞于轻弹浅唱的宝钗面前。宝钗头上绾着漆黑油光的纂儿，蜜合色棉袄，玫瑰紫二色金银鼠披肩褂，葱黄绫棉裙，唇不点而红，眉不画而翠，脸若银盆，眼如水杏，颔首微笑，目沉静，神飘逸。

宝玉说过，宝姐姐是绝色的人物，因这，我喜欢宝钗更胜于黛玉了。按理说，宝钗应该是生活阔绰悠闲、没有任何烦恼的贵族小姐，然而，她却从不矫情，她是一个衣着朴实、不讲究富丽闲妆的女子，她不喜欢铺张浪费，也从不在衣服上熏香。出身富贵却并不沉迷于富贵本质，使她散发出不一样的人格魅力，吸引着我，一针一针细致描绘，生怕对她有半点儿闪失。

如今，我这浩繁的十字绣工程终于完工。看着我刚刚完工的绣图，自己飘飘然就像进了大观园一般，幻境中，我与那些美人儿一起吟诗下棋，读书赏画，忽而一番怡乐，忽而一番伤感。

2016 年 10 月 23 日　西安和基居

饺子宴

之前常听人说无酒不成宴，后来还听人说无酒不成欢。我不知道这是古人总结的，还是现代人总结的。我想人们之所以这样说，大概是认为酒乃待客必备了。至于说无酒不成欢，我的理解是要么酒壮怂人胆，要么酒壮英雄胆。其结果呢？要么做鬼也风流，要么难过美人关，要么不服老婆管，毕竟上山打老虎的人只听说过武松一人，还是小说中的人物，现实生活里真的有吗？但是，今天，我却想推翻这无酒不成宴和无酒不成欢一说，我就只想摆一桌饺子宴让大家欢喜一回、畅快一回、温馨一回。

我宴请的对象是 60 名来自不同职业、不同级别、不同身份、不同层次、不同年龄的男人和女人。他们是榆林市长跑运动协会的会员，是一群积极向上、热情、正气的人。

今天是礼拜天，我们组织了一次"绿色出行，抗击雾霾"的精品活动。我们 60 个人，举着旗帜，打着横幅，戴着防雾霾口罩，在寒冷的榆林街头列队步行，静音行走 5.5 公里，然后在晴空万里的榆林古城高新开发区"榆林饭店"的门口，与饭店的厨师和服务员们举行了一场别开生面的拔河比赛，之后我们就到榆林饭店自己动手包饺子。当然，饺子面是饭店厨师和好的，饺子馅也是他们拌好的。饺子面是三色面，菠菜面、南瓜面、紫薯面；饺子馅是两种馅，羊肉馅和猪肉馅。

如果是当过兵的或者是从事餐饮业的或许还有过这种群体

包饺子的经历，除此之外，我想很难遇到这种情景了。

那是怎样壮观的一场饺子宴啊！有我意想不到的精彩！

60名会员里，除了不会包饺子的部分男士之外，其余的人，男女搭配，都系着围裙，围着一个大操作台共同作业。有揉面的、有擀皮的、有包馅的、有装盘的。另外还有拍照的、摄像的，逗笑的、表演的，端茶递水的。

我也加入了其中，我是负责包馅的，我在包的间隙里，向操作台上的兄弟姐妹们多瞭了几眼。我看见有袖子挽起老高的，有白脸蛋上粘上菠菜面的，有擀皮麻利的，有包馅娴熟的。我看见他们有的聚精会神，有的面带微笑，有的边说边做，有的边做边笑。看着，看着，我不禁暗自叫绝，好一幅"后厨群乐图"啊！

在揉的揉、擀的擀、包的包、装的装，一组组的紧密配合下，不到1个小时，饺子就全部包好了，这真是人多力量大啊！

待我们各自把手头的工作都做干净利索后，再看操作台上，啊！那饺子，好像一只只待飞的蝴蝶，又似一片片翠绿的树叶，那黄的、紫的、绿的，搭配在一起，像水纹、像花朵、像荷叶。

太美了，太养眼了，不擅厨艺的我，从来没有见过，也从来不知道，这饺子可以这样包，这饺子竟然可以包得这样精美、这样艳丽！

饺子包好了，我们60个人，分坐6张圆桌，然后我们就坐等饭店厨师为我们下锅煮饺子了。

在上饺子前，我们的6张桌子上，各放一壶饭店提供的苦荞茶。我们喝着香香的茶，说着开心的话，唱着欢乐的歌，那种愉悦，那种快乐！如回到了久别重逢的亲人身边，如遇见了多年不见的亲密朋友，似作家写出了成功作品时的激动心情，似摄影师抓拍到了优美镜头时的满心欢喜。

我们的饺子分两种吃法：一种汤吃，汤叫紫菜汤；一种蘸汁吃，汁为大蒜汁。

饺子端上来了，每桌 4 大盘。在人们都开始畅吃的时候，不妨端起自己的饺子碗，边吃边观察一圈，顿时，那个眼福啊！那是我从来没见过的浪漫。

有男士给女士夹饺子往碗里放的，有女士夹起饺子给男士往嘴里喂的，有羞羞答答不敢夹也不敢喂互传秋波的。

真好！

绿色出行，简约生活。我以为真的要比豪车与烧酒带给人们的好处多。

不是吗？"活着真好！健康才是王道"，我想不起这是谁说的了。

谁说无酒不成宴？我们是 60 个人啊！在饭店坐了整整 6 张桌子。谁说无酒不成欢？我们过了一个欢乐的下午，我们玩得很开心！玩出年轻人的朝气，玩出了中年人的正气；我们吃得很香！吃出了一团和气、一场喜气，吃出了友爱与团结，欢乐开怀的浓浓暖意。

2016 年 11 月 27 日　榆林静雅斋

火车上

火车上翻看朋友圈，发现一张图片，即刻就抓住了我的眼球。

那是一张美到极致的图片，使得我整个旅程都没有感到一丝困顿，并且文思如泉涌。

红彤彤的夕阳余晖下，一个男人骑着自行车，后座上是一个扎着马尾辫的小姑娘。那轮圆的红太阳正好滚落到男人的自行车前轮前面，给我的感觉就是自行车在推着太阳走。

图片上那令我窒息的画面当即就把我带回从前。

打从我记事起，就见爸爸有一辆自行车，但我却很少坐。而经常坐爸爸自行车的却是我的哥哥和两个姐姐，以及弟弟。他们都是坐着爸爸的自行车去上学。

噢！爸爸是教师。哥哥、姐姐和弟弟是跟爸爸去他任教的距离家很远的学校去上学。晚上不回家，住学校，跟爸爸睡一个炕，吃爸爸做的饭。

为此，我羡慕嫉妒，甚至怪怨爸爸不疼我。

长大后，我才慢慢懂得那是爸爸对我的爱，全因我从小体弱多病，离不开妈妈的呵护。

我第一次坐爸爸的自行车已经很大了，上初中了。

那是非常炎热的六月天。太阳很大，很红，很毒辣。

古路崖坡上，爸爸穿着露着肩膀的汗褂、露着小腿的短裤骑着自行车，屁股离座，弓着腰，低着头，用力蹬车，脖颈里汗水淋漓，脊背上的褂子已经湿透，却不让我下来走一步，时不时还说上一句："手抓紧，坐稳，再坚持一会儿，马上就到医院了。"

那次我的病很严重，周家硷镇医院没办法治疗，后来又转去县医院住了半个多月，一直是爸爸陪着我，给我做饭，每天买一个大大的西瓜，他却不舍得吃一口。

这件事已经过去好多年了，每每想起，却恍如昨日。

2017 年 3 月 7 日　火车上

人的潜力是可挖的

在追求理想的道路上，总有一些人面对自己想干而又不熟悉的事会表现出犹犹豫豫，瞻前顾后，做不出决定，下不了决心，到最后延误了大好时机，荒废了青春，一生无所作为，遗憾终身。人往往就是这样，总习惯于表现自己所熟悉、擅长的领域。但如果愿意回首，细细检视，将会恍然大悟，只要充满自信，加倍努力，就会取得连自己都意想不到的收获。

柏拉图曾指出："人类具有天生的智慧，人类可以掌握的知识是无限的。"人类大约有90%~95%的潜力都没有得到很好的利用和开发。我是有切身体会的。

上学时，因成绩偏科，我无缘高校，自然也就无缘公职。1994年7月，儿子降生后，家中光景惨淡，入不敷出，丈夫一个人的工资无法应付日常开支，偏逢丈夫单位集资修房，我又不想错过机会。于是，我就向兄弟姐妹借钱，以至于债台高筑，压力很大，导致儿子因此营养不良、面黄肌瘦。如此状况下，我便开始了打工生涯，成为名副其实的打工族。一度为了拿到更多的工资，我在不同的行业里兼职，酒水促销、超市导购、酒店出纳。我把自己一天24小时分成4份，属于我自己的只有6小时，而其中两小时我还要往返在上班的路上。

累吗？累，但也熬过来了。为了还清外债，为了过上更好的生活，我把自己的潜力就像橡皮筋一样往长拉，我知道，在弹性限度内，橡皮筋可以拉到足够长；我把自己的潜力就像金子一样，从沙子里往出挖，我知道，只要愿意，沙子里总会挖出金的。后来，积蓄了足够的资金，我买了一个铺面，开了自己的超市，做起了小老板。

2012 年 8 月，儿子考上大学，我的物质生活稳步小康，我却不能满足于现状了。我惶惶不可终日，觉着过着安逸舒心的日子，似乎成了一种罪过。我不想把自己埋进世俗的生活，我想做一些自己喜欢的事，自认为能充实内心、安慰灵魂的事。

于是，我盘掉超市，开始了一种全新的生活——写作、绣十字绣、跑步。

写作，是少年就有的爱好，当时我已经出版了自己的两部作品；绣十字绣，是临时的决定，我想要在正在装修的新房客厅里挂一幅亲手绣的图，抑或是为了实现我冥冥之中喜欢《红楼梦》的情结；跑步，是听从马拉松业余选手，也就是我的丈夫的建议，其一是为强身健体，其二是为丰富自己的阅历，其三是为创作出更好的文学作品。

当时，很多人试图阻止我的决定。他们认为我就是在胡闹，但我意已决，不可动摇，并执意孤行。还好，丈夫始终支持我，做了我的精神后盾。

于是，我和丈夫就一起向着目标的方向一步一步靠近。一年后，积累了一定跑步资历的我，便与丈夫开始了说走就走的旅行。我们奔跑于全国各地的马拉松赛场，我们陶醉于激情与汗水带来的快乐之中，我们享受诗和远方的温情拥抱，我们咀嚼疲惫时渗透在脸上的咸涩味道，我们品尝崩溃之后迎来的激情飞扬。

我们嘴唇咸咸，内心甜甜；我们汗水连连，心情翩翩。

有时候，我自己也惊奇，我这个曾经连疾走都喘气的人，竟然用了不到一年的时间就把自己训练成一个能跑完 42.195 公里的马拉松选手，这简直出乎我的意料，我的家人当然觉得不可思议。

然而，事实就是如此。如我这种现象在马拉松赛呈井喷速度递增的时候，并不算奇迹，反而比比皆是。我一直纳闷，找不出一个合理的解释，直到参加了"贯彻党的十九大精神，推动文学事业发展，全省市县行业作协主席培训"，我才终于明白，其原因在于人类追求梦想的精神自信。

我说，我写作不仅仅是一种情怀，而是一种责任、一种担当，我如果不写，一定会惶恐不安；我说，我绣的不仅仅是十字绣，而是文化；我说，我跑步不仅仅是为了强身健体，而是磨炼意志，挑战自我，更重要的是为了挖掘历史、追求真谛。

我之前总是羞于表达，总以为这是在炫耀，现在我认为这是精神自信的表现。我之前总以为作家创作只是兴趣与爱好，从来不去想会不会名垂青史，今天才明白，作家是肩负着责任在写作，是为实现中华民族伟大复兴的中国梦而写作；我之前总以为但凡女人肯定都会绣十字绣，而朋友却说不会的大有人在；我之前总以为跑步就是脚抬起来，分分秒秒可以完成的事，殊不知上了赛场才知道其中滋味。

我想，读者们读到此处，一定会为我助威、呐喊、喝彩，并鼓励我坚持到底。

现在，回想我当时绣十字绣的情形，我一针扎下，唯恐那些美人儿会被我扎得泪水涟涟，当我把她们绣鲜活的时候，我又觉得自己成了刘姥姥，进了大观园，满眼新奇、满心欢喜。现在，回想之前跑西马（西安国际马拉松赛）的情形，我头上的汗水滴下，似乎溅起欢快的音符在脑海里荡漾，当时一种奇妙的感觉在内心里升腾，我在心里不由得呐喊——西安，有3100多年的建城史，已融入国际；西安，有1100多年的建都史，又健步起航；西安，十三朝古都的魅力，我一往情深。现在，我用我手写我心，心无旁骛，与世隔绝一般。

其实我从小体弱，疾病缠身，疾走气喘，当初只是为了健身才开始跑步，不承想竟然成了一名马拉松爱好者，成为一名全民健身的推广大使；其实我读书不多，但天生一种悲悯情怀，又让我爱上了文学，并且在文学的道路上踽踽独行。我心存感激，感谢父母赐我生命。我敬畏生命，感觉活着真好。我热爱文学，力求进步。

回想我这些年来，一直向前奔跑，之前为了生计奔跑，现在为了健康奔跑。即便我永远跑在路上，但我却总也忘不了向往的诗和远方。

我想说，这是一个自信的时代，观念自信、体制自信、市场自信、方法自信必将会锻造出一批自信的中国人。我用跑马拉松的毅力来创作，即使不能名垂青史，也无愧于自己的人生。我想说，人的潜力是可挖的，如果我们满怀自信阳光的心态，用饱满的激情，以伟大的丝路精神自信追赶超越，一定会早日实现中华民族伟大复兴的中国梦。

2017 年 9 月 1 日　雍村饭店

第四卷

亲情至上

母亲为我包粽子

　　端午节前四五天，我决定去看母亲，专门跑到火车站买票，原想买个卧铺下铺，不承想卧铺票早已卖光，只有硬座。心想，再买卧铺票就要推迟几天，说不准会把节日错过了，于是横了心，买了一张硬座。一夜火车坐到西安，原以为一定又困又乏，奇怪的是，一点儿都不觉得困乏。我想，许是父亲成仙得道，已经知道我去看母亲，冥冥之中，给了我一种神奇的力量。

　　说起父亲，想到一件事：父亲过世后，灵柩还停放在院中的灵堂里，一日清晨，母亲却要去她的姐姐家走一回。我便开车带她前往。走至半路，她却要给外婆上坟，还说再过几天到了父亲出殡的日子家里必定忙乱，忘了此事。还说父亲抚上山后，我们姊妹也会各忙各的，即便逢时过节给父亲上坟，也没时间专程绕道来外婆的坟头。还说她一年比一年老，担心日后登不上埋外婆的高山。我想，父亲过世，母亲心情不好，许是她想在外婆坟头哭一场。毕竟外婆在母亲家里居住了整整二十年，是我的父母养老并抚上山的，而且父亲对外婆的孝顺也是人尽皆知。我没有多说，也没有阻拦母亲，更没有去想当年已经七十二岁的母亲究竟能不能登上那高高的山，顺利到达外婆的坟头。我当时只是抱着一种孝女的心态，尽量满足母亲的一切心愿。她要怎么，我就陪她怎么。我把车泊在马蹄沟镇子里街道的宽阔处，带母亲去买了香纸冥币、水果糕点，然后搀扶着母亲沿着一条窄窄长长的沟一直走进去，上了高高的坝堤，穿进深深的坝滩，然后开始登山。说也奇怪，母亲一路步履矫健，气平神定，我和她都没有出现平日里登山的那种上气不接下气的现象来。我以为下山会艰难些，毕竟老话说"上山容易下山难"，加之母亲有严重的腿病。然而，让我料想不到的是，下山途中母亲也是一路平稳地行走，她只是让我走在前面，她一手扶着我的肩膀，把我当作一个手杖拄着缓缓下山。

到了车上，我问母亲累吗？

母亲说不累，怎么会累？敬神与行孝会有神灵搀扶着走。

我心说：外婆成仙了，她在搀扶着我们上山呢！

至此，我便相信有神灵存在了。

到了母亲居住的楼下，她正在小区院子里跳着老年操，当时一缕阳光透过树叶正好洒在她身上，显得她一脸祥和，仪态优雅。噢！我认为全天下的女人，我的母亲最优雅端庄。不过，这应该是天下所有子女对自己母亲的真诚评价。我一直走至母亲面前叫了一声"妈"。母亲才注意到我，她看见我欣喜至极，立即停止跳操，要随我上楼，说要为我弄早点。我执意说要先洗脸，她才留下继续跳操。

我刚洗漱结束。母亲就上楼了，她急忙拿出一袋牛奶，在微波炉里加热，要我就着亲戚送来的果馅吃，而后，她坐在我对面，满脸慈祥地看着我吃。早点后，一直陪母亲拉话。保姆来了打扫卫生、做饭，我依然和母亲拉话。陪母亲午饭后，我接到一个电话，应邀去参加一个签约仪式，便临时离开母亲。待我下午回家，母亲把粽叶（去年从家乡带来的）、红枣、软米都摆放在餐桌上，她说要包粽子给我吃。我对粽子历来可有可无，并不馋。但我知道，包粽子这一规矩在母亲这必定会一直延续下去并且严格执行。然而，母亲已经八十一岁了，她平日里吃饭端碗手抖得厉害。我心疼母亲，不想让她包，而我却帮不上她的忙。我是母亲的五个孩子里最笨的一个，竟然连包粽子都没学会。

第二日凌晨五点，闹钟叫醒我后，才知母亲已经起床去泡软米，她已经把包粽子的前奏拉响了。上午我与几个文友小聚，没有与母亲一起吃饭，饭后回到母亲家里感觉昨夜的困意袭来，上下眼皮直打架，躺在床上和母亲拉话间竟然睡了过去。蒙蒙眬眬门铃响，母亲起床开门。我继续睡觉。待我一觉醒来，出了卧室，走进客厅，发现母亲和平日里跳操的一个陕北老姐妹已经把粽子包好了，满满的一锅子、一盆子。我甚是惊奇她们包粽子的神速，我要给母亲和阿姨与粽子拍一张合影。母亲和阿姨却立即走开，还打趣说，她们是老太婆了，倒了人们吃粽子的胃口。我只好拍了一张单独的粽子图，留作纪念。

母亲忙不迭地把包好的粽子安顿在锅里调慢火煮上，待四五个小时过去，粽子出锅，母亲把粽子分在很多陶瓷盘里，她说要给二姐的儿子媳妇送去一盘，给大姐的儿子媳妇送去一盘，给大哥的女儿女婿送去一盘，要我给儿子也带去一盘，还要给帮她包粽子的老姐妹送去一盘。分好这些，她端详着粽子自言自语："小区里住着的亲家也该送去几个，亲家礼道。你五姨家也该送去几个，前些日子你五姨的儿媳妇还送我新烤的月饼。"分来分去，就所剩无几了。

我看着分好的粽子，怪她道："要你不要包，你偏要包，辛辛苦苦一整天，这样分来分去，你自己爱吃，却没留几个，我不要你这么多心意，你说要给这些人送，他们谁有你年老？再说这粽子，老早就有卖了，谁爱吃买几个不就得了！"

　　母亲连连说:"不一样,不一样,买的和我包的怎么会一样?"

　　我想,是啊!买来的粽子怎么能和母亲亲手包的粽子相比呢!母亲的粽子里包着浓浓的情意、深深的爱意。

2017 年 5 月 30 日　西安和基居

母亲八十一

八十一岁的母亲以为她一十八岁了，一早起来就在菜园里忙，早餐叫几回也不来吃，像个不听话的八岁孩子。我得像个耐心的妈妈一样哄她，否则她会与我翻脸。

——题记

引　子

八十一岁的母亲像神仙一样，她似乎预测出今年的高温天气将持续不下，在高温天还没到来之时，她就怎么也不住西安有电梯乘坐、有保姆照顾的楼房了。她在我不知情的情况下，决定跟随到西安开会的姐夫回榆林，只是在临出行前给我打了一个电话，说她一会儿就跟姐夫坐火车回榆林，到了榆林火车站估计是晚上十点钟。我说去火车站接她，她又说不用，说有姐姐接，并且晚上也住姐姐家。姐夫、姐姐上班忙，尤其是姐姐，用母亲的话说，就像疯子一样，一天也不在家里吃一顿热饭，半夜躺在床上还没完没了打电话。母亲在姐姐家自是住不习惯的，况且榆林并不是母亲此行的终点站。第二天，母亲又给我打电话，一半商量一半命令的口气，要我腾出两天时间，大后天就陪她回老家住。我是有家的人，有丈夫，有工作啊！母亲说我的工作可以带回老家搞。唉！谁让我是母亲的女儿啊！她了解我从来没吃过公家饭，自己的工作自己说了算，况且我现在的工作也仅仅是玩玩爱好，写写文章。适逢子洲政协召开文史会，要我回去参会，我便开车提前一天回到家乡双庙湾。我正与母亲一起打扫卫生，却又接到省文厅的消息，要我务必于十日内将长篇小说《五季》的文稿快递于文艺处，说要进行终审。可我的《五季》还在校稿期啊！我必须要在子洲文史会结束后立即赶回榆林，挑灯夜战，火速校稿，然后打印出来再快递，否则这千载难逢的好机会错过岂不遗憾。可我刚把母亲接回家乡，接回她的根据地，她的避暑山庄啊！我面露难色。如果留母亲一个人在家，她已年迈，手抖做不了饭，我不放心。如果再带她回榆林，住在我家没有电梯的五楼，等于把母亲当一只鸟儿圈在笼子，我于心不忍。没有一个院子，是母亲不想在我们家住的真实原因，因为母亲有严重的腿病，要她登楼梯无异于登天梯一样艰难。然而母亲知道了却立即说："送我去你三姨家住几日，我们老姐妹也多时不见了，这样你可以放心回榆林，手头的工作搞完再回来。"我听了如释重负。天下母亲为了儿女有出息，拔锅卖瓮，吞糠咽菜，受尽艰难都会支持呢！我的母亲又怎么会拖我的后腿。

正　文

杜甫诗《曲江二首》（其二）里有一句"人生七十古来稀"。意思是七十岁高龄的人从古以来就不多见，而我母亲今年八十一岁了，要是在古时候，母亲的年龄堪称奇迹了。但是如今科学发达了，人们注重养生了，"人生七十古来稀"的说法已不适应了。就我熟知的，我外婆活了九十六岁，我奶奶活了八十六岁，而我母亲老屋左面邻居大婶也活了九十一岁，右面邻居现在还住着一位九十四岁的婶婶，耳聪目明，行动自如。

母亲比起这位邻居婶婶当然很年轻，阳光的日子还在后头呢！这是我这次陪母亲回家乡，刚刚居住了几天就得来的结论。

也许有人会问："八十一岁的母亲，现在还能干啥？"

营务菜园呀！母亲虽然八十一岁了，但依然是营务菜园的高手。

母亲有一句口头禅："等等我，在忙呢！"

母亲每天凌晨五点就起床。起床后的第二件事就是看她的菜园。我在窑里喊："妈妈，回来先喝一杯水再干活。"她在菜院里回答："等等我，在忙呢！"我只好把水杯端进菜园里，我看见她拿着锄，正给玉米苗锄草呢！她看见我端来水杯，不说什么，接过水杯把水喝了，把杯子递给我，接着开始锄草，有一种不把草锄完誓不停止的劲头。我把早餐做好，在窑里喊："妈妈，快回来洗洗，吃早餐。"她在菜园里回答："等等我，在忙呢！"我跑出院子，她正给玉米苗浇水呢！她是把水桶拿到菜园里，用塑料软管把自来水接在水桶里，然后用马勺舀起，一勺一勺浇在玉米苗上，因为菜园的地不平，直接放水，高处的玉米苗够不到水，必须用这办法补浇了。母亲说那些直接放不到水的玉米苗，就像班里的差等生，必须给补课，否则学习永远赶不上。

我看着母亲的执着与认真，突然间就想感慨几句，于是随手拍了一张她在菜园里干活的照片，贴在朋友圈，附了一段话，发了出去："八十一岁的老娘以为她一十八岁了，一早起来就在菜园里忙，早餐叫几回也不来吃，像个不听话的八岁孩子。我得像个耐心的妈妈一样哄她，否则她会与我翻脸。"

我刚刚发出去，有人就留言说母亲是返老还童。我认为母亲压根就没老，她还很年轻，即便她也承认自己已经年迈，却一点儿不服老。

今年，母亲只是回来避暑，她的菜园里也没有种花花样样的蔬菜，现有的玉米、红豆、丝瓜这几样只是家乡居住的嫂子给种上的。去年母亲清明节就回了家乡，她把菜园营务得星罗棋布，如同花园一般，美不胜收。去年母亲的菜园是水萝卜一行、芹菜一行、青椒一行、西红柿一行、茄子一行、豆角一行、黄瓜一行、架瓜一行、玉米一行、芫荽一行、水葱一行、大蒜一行，最后围绕着菜园还种了一圈菊花。而这些都是母亲亲自种，亲手营务。当然种之前的翻土、施肥是嫂子帮忙弄的。母亲总说自己种的蔬菜绿色无添加，营养又放心，吃起来味道好。

其实，母亲种那么多蔬菜她根本吃不了，她就一箱一箱给我们往城里捎。我们心疼她，怕她太劳累。她反而说："我不营务这些我闲不住嘛！我心慌啊！我吃饭不香啊！我睡觉不踏实啊！"有时她反过来教导我们，"人不能闲，闲能闲出病。"

是啊！母亲说得很对，人必须要忙点儿，忙点儿生活才充实，才有意义。现在有的年轻人讲饥饿健康，我想肯定没有母亲说的劳动健康科学。

母亲还会绣花，绣十字绣。母亲戴着老花镜飞针走线，一坐，两个小时就过去了，要山是山，要水是水，无论花草、美女，都能栩栩如生。

知道母亲还能绣花是去年的事。去年母亲到我家，看见我把绣了一半的十字绣搁置起来不绣了，她就要我教一教她，说她可以帮我完工。我完全不相信，连端碗都手抖的母亲还能绣花，尽管我知道母亲年轻时就是好裁缝。我担心母亲绣坏了图，反而要我返工，我不让她绣，说我有空了自己会绣。可母亲执意要绣，说她肯定能绣好。母亲还教导我说："任何人做自己喜欢做的事，都一定能做好。"随后，母亲说她可以试着绣一绣，如果绣的图我确实验收不过关，她就不绣了。母亲有这样的决心，这样的姿态，我只好教她看图纸，教她配线。母亲年轻时是公认的心灵手巧，她很快就掌握了看图纸和配线。她绣起来了，头不抬，眼不眨，手不抖，而且绣出来的图极为精致，我欣喜至极，母亲终于可以安心待一段时间了。最后那幅绣图的后半部分工程在我和母亲的齐心协力下完美竣工。我向好友炫耀我和母亲的手艺，好友赞不绝口，母亲听了甚是欢喜。如今那幅绣图挂在我家的客厅里，所见之人无不称赞八十岁的母亲手艺了得。

母亲还看书，看名家小说。母亲戴着老花镜，捧着贾平凹的《秦腔》看，一看，两个小时过去了。母亲看入迷了，进入角色了，时而抿嘴笑，时而皱眉哭，时而哼哼唧唧低声唱。

母亲年轻时当过教师，她为了抚养我们姊妹五人长大，不得不丢下教鞭。后来我们姊妹五人各自成家，都业有所成。母亲便不再过度操劳，偶有空余时间便会捧起厚厚的小说默读。中国的、外国的，通俗的、严肃的，古代的、当代的，武侠的、言情的、悬疑的等等母亲都读。母亲读过的书有《红楼梦》《红与黑》《射雕英雄传》《创业史》《平凡的世界》《白鹿原》等等，不胜枚举。当然母亲也读过我写的书和文章，譬如我的《大漠流韵》和《榆钱谣》，母亲竟然读过好几遍。后来我总想，我的这点儿文学基因大概是遗传母亲了，或者可以说，我之所以喜欢上写作并坚持了下来，很大程度是受了母亲爱读小说和做事执着的影响。

母亲还会扭秧歌，是住在西安没有菜园营务的情况下，纯粹是为了锻炼身体，不拿扇子，穿着很随意的便装，跟着鼓点走而已。母亲偶尔打麻将，也是住在西安没有菜园营务的情况下，家里来了串门的老婆婆，用几颗杏核做输赢，纯粹是为了消遣，为了娱乐。

母亲八十一岁，能干这些，我认为已经很厉害，很了不起了。

　　我想，全天下这样年龄，这样能干的母亲一定很多，这是我们做儿女的福祉和荣耀。我想，全天下的儿女们，大概都和我一样，不求母亲活得多么伟大、多么精彩，但求母亲一辈子健康快乐、幸福永远。

2017 年 7 月 17 日　家乡双庙湾

母亲老了

算一算，到了今年九月，母亲就满八十一岁了。

母亲行动虽然自如，但走路开始蹒跚。身体虽然硬朗，但身板不再挺直，膝关节莫名肿胀，腿时常疼，夜间经常口渴，白日里却不辞辛劳，把自己一个人的居室收拾得一尘不染。

母亲的头发不再稠密乌黑，不再长发及腰，花白成银灰，根根却凝聚爱心；母亲的眼睛突然间不聚光了，看着也没有精气神了，却戴着老花镜，每日坚持看书；母亲的脸不再精致亮丽，不知从何时开始长满了黑斑，岁月在她的脸上刻下经纬纵横的"年轮"，生活在她的脸上留下饱经沧桑的印记。

母亲的手不再柔软细嫩，硬茧满指尖，老斑上手背。她用手抚摸我的脸颊，我的心能感到一种生生地疼。

母亲的心经历岁月的累积，越来越满了。她会时常惦记她的儿女，隔三岔五就给她的娃儿们打一个电话，哪怕电话打通，只是听听对方的声音。她说，听听声音就放心了。

母亲就像我小时候依恋她一样，她也开始依恋起我了，每每见着我，就不舍得我离开，哪怕母女俩只是静静地坐着，一句话也不说，她也觉着幸福。

今日是母亲节，我不在母亲的身边，一整天说给母亲打个电话，却因敲键盘忘了时光，直到深夜才想起来。

人老早睡。母亲肯定已经睡下了。我不能打扰老人家休息。

在这夜深人静的时刻，怀着深深的歉意，我只能用这苍白的文字，表达我对母亲的养育之恩。遂成此文。

2017 年 5 月 14 日　榆林静雅斋

陪母亲逛公园

一夜的细雨让数伏以来的高温一下子降了下来。

晨起，我和母亲还在吃早餐的时候，二姐发来视频电话，她说趁着这难得的好天气，想带我和母亲去劳动公园转转。当然，同去的还有二姐夫和他的两个宝贝孙子。

劳动公园距离我家有一小段距离，母亲走不了那么远的路，二姐的两个孙子也小，顽皮得很，走远路更不安全。因此，二姐选择开车前往。

劳动公园，我和母亲均已去过。是年前的事情了。一次是我带着母亲去逛，一次是我和丈夫去跑步，两次都遭逢公园维修，建筑器械到处堆放，走路都转不开道。

现在好了，修缮后的劳动公园让人耳目一新，神清气爽。

其实，劳动公园一"出生"便与"劳动"结缘，它是劳动人民所建，在劳动节开放，为劳动人民服务，更以"劳动"为名，它浑身上下都散发着朴实无华的劳动者气息。有人说"劳动公园"这个名字太过时、太硬朗，不柔软、不优雅，然而了解劳动公园的人则会说"劳动"二字放在它身上再合适不过。坐落在西安市西郊的劳动公园，是 1964 年从一个苗圃改造而成，专门为了西郊的工厂所建。走过几十年的风雨后，劳动公园早已成为西郊老厂职工们分不开的"老伙计""老兄弟"了。

母亲病后第一次来公园转，兴致极高，心情极好，到了公园，拄着棍儿，自己在前面信步前行。我在后面紧跟，遇见台阶，慢坡，才疾步上前搀扶。

二姐夫追着他的两个孙子走在母亲前面。两个"小淘气"，人手一个捞鱼网，说是要去公园河里捞小鱼，捞小蝌蚪。孩子到了广阔天地，淘气得不行，走路不看路，二姐夫跑一阵，喊一阵，总算到了河边，支起渔网才安稳下来，男孩子天性如此。

二姐起先走在我和母亲后面，她给我和母亲拍照、拍视频。二姐喜欢摆拍，以为我和母亲也喜欢，其实不然。不过，这样的场合，有二姐在也好，气氛活跃一些，母亲的心情更好了。二姐为我和母亲摆拍一阵，就去关照她的两个淘气孙子了。女人总是心细，二姐更心细，她担心二姐夫一个人关照不来。

我寸步不离母亲，我为母亲提包，包里装有母亲吃的药、水杯、清凉油、扇子、坐垫。

人老活药，尤其到了母亲这般状况，药必须按时吃，否则她的身体会"撂挑子"。清凉油是蚊子叮后第一时间要涂抹的。扇子是夏日出行的必备品，坐下来歇息的时候，既是为了扇风，又是为了驱蚊。坐垫是母亲一年四季出行必须带的，她早就养成了这习惯，走累了，要随处坐下来歇息，而不至于脏了裤子，硌疼屁股。

母亲毕竟老了，加之腰椎骨折之后，她总说自己的腿走起路来不像之前一样，现在轻飘飘、软晃晃，好像不是长在自己身上似的，所以现在的母亲不能和常人相提并论。

转了一会儿，我想起母亲每日上午十时左右还要睡一觉，提醒二姐该回家去让母亲睡觉了，没想到我的话被母亲听到。她说，兴师动众地出来转，再转一会儿，睡觉不要紧，中午饭后多睡点儿。

真是返老还童啊！我和二姐相视一笑。

我们一直转到要吃中午饭了。二姐提议买饭吃，在小区门口吃水盆羊肉。我说我已经安排丈夫蒸好米饭，备好菜料了。母亲听后便不肯去饭馆吃了，一说她不想为吃饭去饭馆坐着等半天，又说她转累了，想回家躺一会儿再吃饭，还说家里有做好的猪肉片，回去做大烩菜和大家一起吃，就是多放点儿菜的事情。

二姐不肯，她不想劳烦我，但她好说歹说，母亲就说不想买着吃，见母亲和二姐僵持不下，我便提议，我和母亲回去吃，二姐和二姐夫与他们两个孙子去饭馆吃。二姐却又心疼母亲累了，说那样的话，母亲还要走几百米的路程才能回到家里。于是他们便放弃了去饭馆吃饭。

我做大烩菜完全得母亲真传，而非饭馆里卖的大烩菜。土豆切片、莲花白切方块、洋葱切斜块、青椒切斜块、生姜大蒜大葱切沫。土豆片和莲花白焯水备用。起锅烧油，生姜大蒜大葱沫炸锅，倒入洋葱和青椒，淋点香醋，翻炒两下，加入先前做好的小炒猪肉片，备好的土豆片和莲花白，下适量调味料，倒入适量生抽、耗油，翻炒片刻，出锅前放点盐面与鸡精，出锅后撒点葱花，制作完成！

二姐怕两个孙子吃饭时吵着母亲，端了一盆菜，一些米饭，上十九楼——她家去吃了。我和丈夫陪母亲一起吃。母亲吃两口，眉头一皱，说今日的菜不及昨日的香。

母亲这样说，说明她的味觉尚好，这让我很高兴。

昨日丈夫回来迟了，我和母亲先吃，吃得少，只炒了一盘，用的是刚做好的小炒猪肉，味道当然好，人少好吃嘛！今天就不同了，五个大人、两个娃娃，加起来算七个人的菜，肉少，炒一大锅，味道肯定不及昨日，再说我原本就不善烹饪，下厨炒菜纯属被迫行为。

但尽管母亲如此点评，丈夫却说挺好吃的。丈夫变聪明了，学会说鼓励人的话了。

不过，丈夫也极能体谅我，体谅我作为母亲专职陪护的辛苦，也会尽力帮我。

2021 年 7 月 19 日　西安和基居

为母亲洗澡

这是篇陪护日记，感觉有点儿长，似乎超出了日记的范畴，便给它加了一个标题。

——题记

晨起，拉开窗帘，发现天已放晴。室内的气温刚刚好。

数伏以来难得的凉爽天气，昨夜没开空调，在自然凉风的吹拂下，母亲睡得异常安然。

看了下手机时间，五点三十分，我便轻手轻脚地起床，但还是惊醒了母亲。

母亲不像之前那样贪睡了，睡觉容易醒，是那次跌跤后开始的。母亲早晨六点准时起床，偶尔会睡到六点半，睁开眼睛就要吃，所以，我就要比母亲早起十几分钟，为的是赶在母亲醒来前就把早餐做好。早晨起床后，我的第一个习惯动作是上卫生间，清理自己的肠道垃圾和洗脸刷牙，然后才开始做早餐。其实，母亲的早餐做起来非常简单，无非就是蒸或煮一颗鸡蛋，热一杯牛奶，焐一个小花卷，或者包子，或者啥也不焐，牛奶里泡点儿干馍片就行了，主要是我的个人卫生清理起来比较费时，十几分钟还是保守数字呢。

后来，母亲就像个小娃娃，早晨醒来，第一句话就是问我吃什么，但今天却是个例外。

"我昨天看了篇小说，好像叫《为母亲洗澡》，有好几页呢，你看没看?"

这是母亲今早醒来跟我说的第一句话，完全出乎我的意料。

小说《为母亲洗澡》是个中篇，刊登在某一期的《小说选刊》上。作者是谁，我不记得了，但小说内容我却记得清清楚楚，写的是一个女儿为她已经年迈的母亲第一次洗澡的全过程，着重描写了老母亲初次把自己暴露在女儿面前的羞涩感、惊慌感、无助感，细腻、形象、逼真。我拿到刊物的第一眼便是看的此篇，印象极为深刻。

母亲自从跌跤之后，我就再没见她看过任何书。她说她看不了几页，眼睛就犯困、酸涩、难受得不行，昨天一整天我守在她身边，并没发现她看过什么书。她是什么时间看的呢? 我把这个疑问抛向母亲，没想到母亲却说是在我下午睡觉的时候，她怕看电视吵醒我，就戴着老花镜看我丢在床头柜上的书了，竟被吸引住了，一口气就看完了。

我想母亲大概是想洗澡了。通常情况下，我一礼拜洗一次澡，夏天会勤点儿，三五日不等，但自从陪护母亲以来，我的洗澡日期由母亲来决定，她想洗了，我就得洗，娘俩一同洗。但母亲却从来不直接说她想洗澡了，总会用一些巧妙的由头，比如头痒、身子热……

想到这儿，我便问母亲:"妈，你是不是又想洗澡了?"

母亲只是抿嘴笑。

"妈，你要是想洗澡，我抓紧做早餐，我们吃了就洗。"我又说。

"就现在洗，洗了再吃，我现在不饿。"母亲说。

"妈，空腹洗澡不好，还是吃了再洗，少吃点儿，行不?"我说。

"那我只喝一杯奶，先不吃鸡蛋了，准不?"母亲用商量的口气问我。

"昨夜那么凉爽，怎就一刻也等不及了呢?"我有点儿奇怪母亲今日的表现。

"我也想体会书中描写的那种感觉。"母亲说完，抿嘴笑了一下。

我被母亲的有趣逗笑了，却不敢真的笑出来，更无话可说，我只能顺着母亲，顺父母者为孝，母亲的腰伤还不好，我不能惹母亲有半点儿不高兴。

其实，为母亲洗澡，我已经不记得有过多少次了，是从父亲去世后开始的? 十几年了吧! 或许是从母亲患上高血压开始的? 也差不多十年了! 父亲去世后，母亲就搬来城里居住，起先住在弟弟家里，她住不习惯，没事做，感觉憋屈，总闹着要回家乡，弟弟便请五姨陪母亲在家乡老屋里住。两个老姐妹都失了丈夫，住一块相互陪伴，不失为一种好办法，但没住两年，或许是一年，五姨身体不舒服，就被姨表哥接去孝顺了。适逢此时弟弟在城里为母亲置办了单元房，已经装修完，也闲置了半年时光，便回家乡强行把母亲接来城里，单住，但必须有人陪住。母亲生我们姊妹五个，哥哥为大，弟弟为小，中间三个姐妹，我排行老四。弟弟在我们姊妹五人里年龄虽小，能耐却大，对大家庭里的贡献也大，哥哥姐姐们全听他的，能力决定话语权嘛! 弟弟不放心母亲一人生活，怕母亲孤单，选来选去选出我陪伴母亲，住母亲家里，吃母亲家里。可我不是单纯的家庭妇女，总有琐事缠身，总是"身在曹营心在汉"，总不能尽职尽责，陪伴母亲没有几年，我就又央求弟弟给母亲请保姆。两年换了好几个保姆。有的怨怼母亲节俭，没油水可捞; 有的确实想干，却因家里出了状况，不得已走人。后来，母亲坚决不用保姆了。用母亲的话说，她养我们五个娃，难道就换不来我们五个娃轮流陪伴她吗？言下之意必须要亲儿女来孝顺她。如此一来，哥哥便站了出来，承担起陪伴母亲的责任，直到母亲腰椎骨折。在我们这个大家庭里，为母亲洗澡的人，不只我一个。母亲的三个女儿和两个媳妇，都为母亲洗过澡。总的来说，母亲算得上是幸福的老太太了，虽说年轻时受尽生活的煎熬，但老年时生活好了，坐过飞机、出过国，祖国的大好河山没少看。归根结底，全因母亲培养出来一个有能耐的儿子（我们最小的弟弟），以及母亲的言传身教影响并感染到了她的儿女。就连外姓人生的，做了母亲的儿媳妇和女婿，也都个个对母亲如亲娘一般孝顺。

我像往常一样，先把热水调出，等水温适中了，这才唤母亲进来。

母亲的皮肤异常脆弱，我只是轻轻地搓，她就喊疼。母亲的皮肉松弛，下垂，没有质感，我稍稍用力，肉皮就会出现红血印，或者黑乌一片。我便不敢再用搓澡布搓了，我用搓澡布里面那层绒面搓，却也不能叫搓，应该叫抚摸。

我用热水把母亲的身体淋湿，然后打一遍香皂，再用搓澡布的绒面抚摸一遍，然后冲水，待全身的香皂沫全部冲净，再用沐浴露沐浴一遍，等身体洗好了，再洗头，最后洗脚。如此洗澡顺序是母亲跌跤之后，需要我服侍，才开始实行的。

母亲一贯节俭，洗澡怕浪费水。如果由着她的性子，是绝不允许我如此洗法。

她说："先洗头，头洗好了，身体上的污垢也就泡起来了，一搓就掉。"

母亲说的对是对，但不全对。老年人洗澡忌讳先洗头，尤其是在大清早上，患有高血压的人，最容易热晕摔跤，甚至会脑出血，后果十分可怕。这点常识是我早几年就清楚了的，但一个人的习惯很难在短时间内纠正过来，母亲也是。她起初总不配合我，我便要费口舌跟她讲道理。人老惜命，母亲也是，慢慢便配合我了。

母亲的前脖颈里有一串小瘊子，麻豆子一样，摸上去扎手，很难看。早些年，我就建议母亲用激光把那些难看的瘊子去掉。母亲却不允，宝贝似的护着，还说那是一串"福猴子"，扛着她活了这么大的岁数，要是没那串"福猴子"，说不准她早跟我爸走了。我当时无言以对，只好沉默不语，母亲却又提醒我说，人身上长的瘊子，无论大小，都是"福猴"，能让拥有者逢凶化吉，遇难成祥。

现在回想起母亲曾经的经历，她说的"福猴"，似乎还真起了一定作用。

母亲的肚脐眼下面有一条疤，很长，很宽，摸上去凸凹不平，看上去疙疙瘩瘩，煞是难看。初次看见母亲那道疤，我以为是手术刀口。我见到很多剖宫产的女人，因为疤痕体质，肚皮上的手术刀口愈合后，就会留下一道很明显的疤痕，并且越长越长越粗越壮越难看，但仔细想一想，我就把自己的想法否定了。母亲生我们兄妹五人全是顺产，连医院都没进，生大哥时连个接生婆都没有，独自完成生产。

母亲说那条疤痕有个名字，叫"顶头鱼"，差点儿要了她的命。

据母亲说她六岁的时候，两条腿根一夜之间就长出两条"红鱼"。

其实就是红疹子，形状像鱼，老人们却管它叫"红鱼"。那两条"鱼"不到半个月时光，就窜向母亲的腰间。当时，母亲憨娃娃一个，啥事不懂，又遇上我的外婆正在坐月子，管不了她的死活，她就只能听天由命，白天有同龄娃娃一起嬉闹，感觉不到啥，一到晚上，红疹子开始发威，母亲便死命地号哭，简直求生不能，求死不成。外公心疼不过，便请来医生。医生看后吓得脸色都变了，立马出门，唤外公到院子里，悄声说要外公有所准备，说那两条"鱼"的头要是顶在一起，娃娃就没命了。可母亲命大，眼看着那两条"鱼"头就要顶在一起了，家里却来了一个满头白发的老婆婆，给外公留下一个偏方——用炒红的沙子烫"红鱼"。说是"红鱼"遇到红沙，必死。外公半信半疑，死马当活马医，不承想，几天下来，母亲腰间的红疹子便渐渐隐去了，又过了半个月，腰间就现出一道硬痂，等硬痂掉了，便成了现在的这道缠腰疤。现在想来，母亲确实命大。

洗好母亲的身体，然后再开始给母亲洗头。

母亲曾有一头乌黑明亮，人见人爱的头发。记忆中，年轻时的母亲，长发及腰，犹如黑色绸缎迎风飘，扎成双辫，走起路来，酷似风摆杨柳，煞是迷人，可如今，母亲满头成银丝，根根干枯无光泽。年轻时的母亲，脸蛋精致洁白，是我们村里数一数二的美少妇，可如今，微笑时，脸上的皱纹宛如菊花盛开，悲伤时，脸上的气色恰似黄沙漫道。我抚摸着母亲苍老的容颜，一时间五味杂陈。

洗干净母亲的头发，最后为母亲洗脚。

母亲的两只脚，完全变了形，大拇脚指头下的骨头外凸，导致鞋子总被她穿走样。母亲的脚板上，时常会生出一层硬茧子，既顽皮，又顽固。之前我每次为母亲洗完脚，总要扳起她的脚，为她修脚上的茧子，有时用剪子刃刮，有时也用小刀刃刮。有一次，用力过大，把脚上的好肉刮掉了，鲜血直流，小半天都止不住，打那以后，我便再也不敢亲自为母亲修脚了。不过，我带母亲去修脚店。修脚店师傅服务态度好，不仅修脚，还给按摩。我便借着给母亲修脚的机会，也学会了享受生活。这样说来，我真还沾了母亲的不少光。

母亲脚板上的硬茧，全是勤劳所致。从我记事起，母亲就把房前屋后全都开垦成菜园，披星戴月地营务庄稼，就连母亲这次腰椎骨折，却也是因为拔她亲自种植的水萝卜所致。

唉！母亲就是闲不住的一个人。她本来在省城里住得好好的，却执意要跟哥哥回阔别多年的家乡小住。回去住就住吧。适逢春暖花开，喜欢劳动的母亲，看见土地便不由她自己了，她的手就痒痒了，又是种地，又是营务庄稼。人老不禁摔，一跤跌倒，就闯下这么一个乱子来。全怪母亲太勤劳，勤劳惹的祸啊！

为母亲洗澡，如今天这般细致用心，一寸一寸地抚摸，小心翼翼地侍弄，是母亲腰椎骨折后才开始的。之前为母亲洗澡，说真心话，只是担个名而已。

实际情况是，我也需要母亲帮我搓背。

为母亲从头到脚洗好以后，我便扶母亲出去穿衣服。

母亲却止步不前。她说："我给你把背搓了，我再出去穿衣服。"

"不可以的，起床这么久了，再不吃早餐，会饿坏身体的。"我像哄孩子似的哄母亲。

按以往的惯例，这个时候，轮到母亲给我搓背了，但母亲跌跤后，我再也不能，也不敢指望母亲给我搓背了。母亲的腰伤还没痊愈，不能久站，更不能久坐。

母亲才不听我的，干脆坐在凳子上不走了，还说："我又不是憨了，还能不知道饿吗？"

母亲把搓澡布拿手里，示意我立马蹲下，我便不再执拗，听话地蹲在她身前。母亲只能用右手为我搓背，她的左手需要扳住洗脸池沿来支撑身体。

母亲确实老了，手上没劲，搓上去极其温柔。我低着头，闭着眼睛，尽力配合母亲为我搓背，尽情享受母亲的疼爱，仿佛回到了少女时代。

懂得了羞耻，我便再也不能去大理河里洗身体了，而是自己在大铁锅里热一锅水，舀在一个大铁洗盆里，放在地中央，脱光衣服蹲进去，自己够得着的地方自己洗，自己够不着的地方唤母亲为我洗。那时，没有搓澡布，用毛巾搓，肥皂抹上，一下，两下，三下……一遍，两遍，三遍……那时，母亲手上有力，一通搓下来，能把我的背搓得红红的、爽爽的。

如今，母亲搓背，根本不能叫作搓背了，纯粹就是抚摸脊背。

2021 年 11 月 11 日　西安和基居

奶奶的手

奶奶已经作古多年。

其实，关于奶奶的文字我写了不少，但每篇都觉得不甚满意，觉得没有写出奶奶的灵魂，故今天再忆奶奶。

奶奶是子洲县三皇峁孙家之女，名曰孙万珍，家中排行为六，其上有三兄两姐，下有一妹。奶奶幼年裹足，"三寸金莲"，走路如弱柳扶风。奶奶生于清末宣统年间，即 1909 年，逝于 1996 年 12 月 20 日，寿终正寝，享年八十六岁。奶奶养育三子一女，皆有建树并儿孙满堂。奶奶在世时辈序有五，辞世时玄孙玄女都能披麻戴孝于灵前跪泣。

奶奶有一双巧手。十里八乡的人都知道。

1974 年爷爷染病身故。是年，奶奶六十四岁，她不愿给儿子添烦累，一人居住，单过。

记忆中，每逢时节，母亲会打发我给奶奶送一些比较爽口的吃食，比如我们过生日吃的炸糕、六月六蒸的新麦子馒头、冬至炒熟的羊下水。

那时，每每我到奶奶家，就会发现她在绣花。

奶奶的手看起来青筋突暴，粗糙如树皮，但特别灵巧，她用很小很小的针，穿上极细极细的各色丝线，然后在大小不等、颜色不同的硬布块上穿针引线。如果细细观察，就会发现，一朵荷花、一尾金鱼、一片树叶或一条藤蔓，不到三五分钟，便能跃然在眼前。奶奶绣花不画底图，也不贴样图，那些花花草草就在她脑子里，在她的心里，只要她飞针走线，不出一个时辰，一幅惟妙惟肖的图案就出现了。奶奶的绣花制品种类繁多，比如枕头顶顶、荷包、肚兜、香囊、小包、童鞋、童帽、鞋垫等。

我那时年龄尚小，不太懂奶奶一天头也不抬地绣那些玩意是要做什么。问了母亲才知道是谁家的姑娘长大了，快要嫁人了，大人特意请奶奶帮忙做添箱的。那时，姑娘出嫁，娘家必须准备好足够与婆家人结缘的物件，要给婆家奶奶、婆婆、七大姑八大姨、婶娘、嫂嫂、姐姐，也要准备娘家这面的添箱物件，也要给奶奶、姑姑、姨姨、嫂嫂、姐姐，当然还要准备好新郎和新娘的，尤其新娘的会更多，这是村俗，普通的人家不会违背。那时，常听一句哩语"要知家中妻，看夫身上衣"，所以娘家妈妈如果养下了手拙不细致的女儿，势必就要请奶奶这样的巧手帮着做这些物件了，好给自己的女儿以及自己长脸。

奶奶的绣花手艺是祖传的，据说奶奶嫁给爷爷的时候，那一应针线活都是奶奶亲手做的，左邻右舍看了都眼馋得不得了，只是后来忙于家务，便把手艺给搁置了。

奶奶的绣花手艺，起初仅限于给村里人和亲戚帮忙而已。奶奶说，乡间邻里，亲戚里道，谁还不用谁！可是，一传十，十传百，后来奶奶的绣花手艺就远播四乡。

后来，得了奶奶帮忙的外村人便给奶奶送一些生活必需品，比如半升小米、一升黑豆、二斤食盐、几尺白布。起先人们给奶奶送礼的时候，奶奶总要推让半天，后来便不怎么推让了，只是非常客气、礼貌地踮着"三寸金莲"陪他们到坡下，目送着他们从自己的视线里消失，才会转身回家。

奶奶从未读书识字，但她懂花之习性，知道看人绣花，以花喻女人。奶奶知牡丹喻富贵，故为富贵之人绣牡丹图；知莲花喻纯洁，故为心善之人绣莲花图；知菊花喻高洁，故为知书达礼之人绣菊花图等等。

我毕业后，曾一度和奶奶学绣花，也能绣出鸳鸯戏水、龙凤呈祥、花开富贵的图案来，然终因觉其枯燥，不能坚持，后来便日渐生疏，直至淡忘。

奶奶给别人家姑娘绣添箱物件的时候，也曾给姐姐绣过两对枕头顶顶，那花儿简直是鲜活的一般。我幼年时曾爱不释手，央告母亲给我缝成枕头，枕着享受。而母亲却严肃地说，那是奶奶送给姐姐的陪嫁，怎么可以给我。然而，姐姐学成归来，崇尚新风，转送那对枕头顶顶于父母，现在一直收藏在家乡老屋母亲的躺柜里。

随着社会的日新月异，那些绣花的荷包、童帽、枕头顶顶已经不再流行，奶奶也便没有了绣花营生，清闲的日子倒让她不适起来，加之年岁增大，阴阴晴晴，偶有小疾，需要药物养着。于是，我就要半月给奶奶送一些药过去。

一日，我又去看奶奶，奶奶便拿出一双精致而小巧的绣花鞋让我看，并且问我好不好看？我看着那双只有奶奶的"三寸金莲"才能穿的精致的绣花鞋笑着说道："奶奶，你穿着这样的鞋走路吗？"奶奶便大笑起来，告诉我说，这鞋名曰"老鞋"，是奶奶为自己死了之后要穿而做的。听了奶奶的话，我当即便大哭不止，以为奶奶快要死了。于是奶奶就哄我，一会儿后，我方才止住哭。回家后，我把这事学说给母亲，母亲便笑我是傻丫头。不承想，几日后，母亲手里也有了一双小巧的绣花鞋。母亲告诉我，是奶奶帮母亲给外婆做的。

母亲告诉我说，家乡农间有个乡俗：有年迈老人的家庭，后人要偷偷为老人做好"老鞋"，缝好"老衣"，备好棺木，其意是福佑老人长命百岁。

"老鞋"乃人去世后穿的鞋，各地风俗不同，其做法也不同，陕北的"老鞋"是一种红布底绸帮面的绣花鞋。要求鞋底绣花，但男鞋面不绣花，女鞋面绣花。男鞋与女鞋帮面有区分，一般男鞋帮面采用藏蓝色、蓝色、深紫色，女鞋帮面采用粉红色、淡紫色、浅黄色。男鞋与女鞋所绣花样图案有区分，一般男鞋绣龙凤鱼水图，女鞋绣富贵花草图。做工力求简洁清晰。寓意：保佑后世之人富贵吉祥，锦上添花。

母亲逢人便炫耀奶奶给外婆做的绣花"老鞋"，这样一传十，十传百，奶奶会做绣花"老鞋"的手艺便传播开来，由村及镇，由镇及县，由县及省，也就是那时，绣花可以给奶奶换来三元五元的医药钱。奶奶把绣花当作一种职业后，她的精神居然好了起来，小病不胫而走。

写到这儿，我突然想到，奶奶大概是把绣花当作寂寞岁月中的精神寄托了，当作慢慢长夜的知己了，当作怡情逸致的乐趣了，否则二十二年的清苦岁月。噢！我亲爱的奶奶，我相信她去世时已经修炼成神了！

今年清明，回家乡祭祖，跪在奶奶的坟头点燃冥币，又忆奶奶。突然间，我就像得到奶奶点化一样，一首藏头七言绝句《孙万珍福》便从脑海里飞了出来——

孙氏女儿手灵巧，万花蕊中线飞绕。珍品人间传百年，福佑后辈走康道。

2016 年 10 月 14 日　西安和基居

外婆的"三寸金莲"

　　总想给外婆写点儿文字，却总是开不了头，有时甚至连标题都拿不准，记得多年前的那个早晨，我刚有点儿眉目，却接到母亲打来的电话，说外婆于黎明时分走了。听了母亲带着颤音的话，我后背发冷，一股寒意漫过全身。

　　外婆走了，母亲的妈妈走了。顿时我就被悲伤裹挟，眼泪不由得掉了下来。外婆和我的感情相当好，母亲就更不必说。我知道这意味着什么，因为当时我已经是一个小学生的母亲了，但我想象不来当时的母亲是怎样地手忙脚乱与悲痛万分，我赶紧收起稿纸，匆匆与老公通话后，就急忙奔向汽车站，直奔家乡，帮母亲料理外婆的后事了。至此，关于写外婆的文字就搁浅了，一搁就是十一年。

　　前段时间出去采风，在家乡周家硷镇的百年历史展馆里，一双古时候女人的"三寸金莲"穿的绣花鞋让我想起了外婆。

　　外婆生于清末宣统年间，即1909年5月23日，逝于2005年2月13日，寿终正寝，享年九十六岁。

　　外婆一生命运多舛，总共生育八次，但只抚养了二姨一个亲生女儿。我的母亲是外婆的养女，是外婆第七个孩子夭折后才抱养的。外婆抱养了母亲五年后，生下了二姨，并抚养成人，现健在。

　　外婆给我讲过，她早夭的七个孩子，有的是死于现在认为的很普通的感冒发烧，有的是死于麻疹，有的是死于痢疾。第七个孩子是腊月滚碾子时，被转碾道的驴踢死的。那七个夭折的孩子没有一个活到十二岁，他们夭折的年龄从两岁到十岁。

母亲六岁那年，外公染病亡故，于是外婆便靠"三寸金莲"为母亲和二姨撑起了一片天。母亲和父亲结婚后，外婆改嫁了，说是对方答应供二姨上学。而对方当时的状况是，有一个儿子、一个媳妇、七个孙子。外婆嫁过去的第三年，那媳妇生第八个孩子的时候撒手人寰，一命归天。此后，外婆就靠一双"三寸金莲"帮着那个男人支撑着这个大家庭。

我真的想象不来，在那些年月里，外婆仅靠一双小脚，是怎样扛起肩膀上的重担，又是怎么承受精神上的数次打击。

"三寸金莲"，又称裹脚、缠小脚、裹小脚，是中国古代的一种习俗，一种变态习俗。史料记载，唐代已有裹足，始于南唐后主李煜。唐镐诗曰："莲中花更好，云里月长新。"就是以好花喻人，新月喻足，来描写李煜的妃子窅娘裹足的美丽。宋朝开始盛行裹脚，女子以脚小为美，开始流行于上流社会，后来走入黎民百姓家，女子学会走路立即开始裹足。直到二十世纪此陋习才正式废止。

外婆的脚刚好三寸，是淘气的我用母亲量布的木尺细心量过的。记得，我上小学后，外婆来我家，她就踮着"三寸金莲"，一早上从她家出发，先过一条河，须从木椽搭起的简易桥上慢慢走来，再翻一座有着九曲十八弯的大土山，然后在307国道上走足足2.5公里长的公路，于下午时分才到我家。我下午放学一回家，看到了外婆，甚是欢喜，于是就黏着她问长问短。这时母亲就会让外婆上炕歇息，毕竟她走了很长的路，此时肯定很困很乏的了。外婆上炕后，慢慢脱下穿在她"三寸金莲"上的小鞋，在石炕栏上轻轻磕几下，搁在前炕的炕栏边，然后盘腿坐在后炕热锅头。这时，我就会拿来母亲的木尺，扳起外婆的一只脚，细心地量起来。之所以细心地量，我是想看外婆的脚有没有比前一次我见到时长大一点点。然而每次都是三寸，不长不短，刚刚好。

外婆的脚是用裹脚布裹起来的，经常裹着，就连晚上睡觉也裹着，我看不到她的脚丫子。那时，我还是一个好奇心特强的女孩，好奇心促使着我就想看看外婆的脚究竟长什么样。机会来了，是母亲正给外婆洗脚，让我撞见了。外婆看到我走进门时，慌忙用围裙挡在洗脚盆上。我哪里肯放过这机会，我把坐在小凳子上的母亲拉起来，说我要给外婆洗脚，让母亲去干别的活。外婆听到我的话，震惊地看着我，然后微笑着问我："你不嫌外婆的脚脏？"

我怎么会嫌外婆的脚脏！这是怎样的一双小脚啊！我终于看到了，我得仔细研究下。外婆的脚，脚弓特高，脚面的皮肤是柔软、细嫩、白皙的，脚底后跟处有一层厚厚的茧，从上面看去，只能看到大拇脚趾，其余的四个脚指头被挤压在脚掌心里，呈里扣状，但每个脚指头上依然有脚指甲。外婆之所以要洗脚，是因为脚指甲长了，刺到脚心里难受，要剪脚指甲。待我帮外婆洗好脚，修了老茧，剪了脚指甲后，再看那双脚，我突然觉得外婆实在是伟大的女人。待我把洗脚水倒了，返回家里的时候，外婆就开始往脚上缠裹脚布了，裹好之后，又把鞋穿上，然后站起来，微笑着说："真舒服！以后还给外婆洗脚吗？"我点点头。外婆就轻飘飘地走出了院子。

一双本该自由生长的脚，被人为地捆绑束缚，让其扭曲变形，长成这般畸形的样子，让我看了着实可怜，而古人却说这是一种美，是美女的首要标志。说心里话，外婆的脚一点儿都不美，甚至难看极了，但爱屋及乌的心理作祟，看到外婆的脚后，我只有对她心疼与同情了。

　　临近年关，我跟着母亲去外婆家。到了外婆家，母亲在院子里帮外婆碾磨，我就黏着外婆跑进跑出。我观察了一天，发现外婆家的驴、猪、羊、鸡、狗、猫，就像我一样，也喜欢黏着外婆，它们早上看见外婆就又是摇头，又是摆尾，讨好献媚个没完。外婆便踮着"三寸金莲"，给驴倒上一筐料，给猪喂上一盆食，给羊添上一捆草，给鸡撒下一把谷，之后，才开始做早饭。一个大铁锅，上面蒸上一锅玉米窝头，下面熬上半锅洋芋块块，灶前小铁锅里炒上一锅酸菜，然后舀来一小瓢黑面，和起，揉好，用擀面杖擀开，用刀切成斜块，然后揭开大铁锅上的锅盖，拾出玉米馒头，把小锅里的酸菜，面案上的黑面，慢慢逐次倒进蓄了清水滚得正欢的大铁锅里。这时，早饭就熟了，名曰：和酸菜面、玉米窝头。那酸菜面一点儿都不好吃，没油少料。我把面和洋芋挑了吃，酸菜偷偷倒进猪食里。然而，外婆吃得很香。外婆吃饭时，狗就一直蹲在她的腿边，伸出舌头舔她的小脚，外婆把她的"三寸金莲"一扬，狗停止了舔，可过一会儿，它就又伸出舌头舔去了，外婆就不再理会。外婆在晚上睡觉时，猫就卧在外婆的脚边，也伸出舌头舔外婆的小脚，外婆依然会扬起她的"三寸金莲"或者用笤帚把猫儿赶下地。一会儿，猫就又跳上炕来，又卧在外婆的脚边，把头靠在外婆的脚上打呼噜。

　　外婆七十岁那年，她的那个男人去世了。其时，她抚养大的八个孙子都已结婚，分门单过，母亲便把外婆接到我家居住。

　　外婆住进我家后，和我睡一个炕，我便时常让她给我讲一些过去的事情，其中有一句话道出了外婆裹脚时的感受：裹一次脚，哭一碗泪。

2016 年 9 月 29 日　　家乡双庙湾

清明节前写给两个爸爸

算一算，明天（2017 年 4 月 2 日）就是丈夫的爸爸三周年忌日了，而大后天（2017 年 4 月 4 日）则是我的爸爸离开我的第十个清明节了。

——题记

两个爸爸，一个是我的爸爸，一个是丈夫的爸爸。

我的爸爸，我从学说话开始就呼他为爸爸，叫起来非常亲热、上口。哪怕被他打了，被他骂了，也叫，从来不含糊，一直叫到他永远地离开我。后来，我改在梦里叫，文章里叫，心里叫。

丈夫的爸爸，我嫁给丈夫的那天起，我开始呼他为爸爸，但语气上不及叫我的爸爸那么亲热、那么上口。我内心深处感觉之所以叫他为爸爸，是出于礼节，出于对丈夫的尊重，出于对中国几千年前流传下来的人伦称呼的遵守。

刚结婚的日子里，我总感觉叫丈夫的爸爸为爸爸有点儿别扭，叫不出口，每次要叫出这两个字眼，仿佛演员一样，又要酝酿语气，又要酝酿情感。后来，叫着叫着，也就叫习惯了，不需要事前酝酿，也能叫出口了，但叫的次数极少，是不得不叫的时候，才肯叫出口。

我的爸爸，活着的时候，我看他亲得很，婚后每次吃好点儿的饭菜，我就会想到他；丈夫的爸爸，活着的时候，他看我们亲得很，虽然不曾用言语表达，逢年过节，却总把我们一家三口叫去家里，摆上一桌子好吃的，让我们随便吃。

我在娘家行四，上有哥哥、姐姐，下有弟弟。爸爸刚走，我只负责悲痛与伤心，整天哭泣，丧事的料理无须我操心半点儿。丈夫在家行大，我是长子媳妇，丈夫只有一个弟弟。丈夫的爸爸刚走，我有种天塌地陷的感觉。婆婆体弱，伤心得昏天黑地。弟媳妇还在月子中，又不在现场。我作为长子媳妇却要顶起家里的一切琐碎，小到一根针的购买，大到出殡前的诸多事宜，白日里跑前跑后，忙里忙外，晚上还要沉下心来，挑灯熬夜写《祭父文》。

我幼时体弱，爸爸疼我最多。爸爸去世后，逢年过节，丈夫陪我去上坟，跪在爸爸坟头，哪怕不哭不说话，只是点燃几张冥币，送上一些吃的，静静默哀一会儿，我就心安了。

婚后，婆婆身体患病，我需要帮料理一日三餐。丈夫的爸爸，每每吃过第一口饭，总夸奖我做的饭好吃。丈夫的爸爸去世后，逢年过节，我陪丈夫去上坟，跪在坟头，也不哭不说话，点燃几张冥币，送上一些吃的，静静默哀一会儿，丈夫就心安了。

我的爸爸去世之后，我才开始做文章，第一篇文章写《回忆父亲》，我把写好的文稿拿在父亲的坟头，默默诵读了一遍。丈夫的爸爸，每每知道我出书，就向我索要，说要给家里来的客人看。我知道他高兴，他认可我，他是向客人显摆、炫耀，夸我。他去世后，我写了《祭父文》，拿在灵柩前，亲自诵读给前来吊唁的人听。我要他一路走好，我要他知道，我是一个内心柔软、情感细腻的好儿媳，能让他的儿孙幸福快乐、他的遗孀安度晚年。

现在，我改用同样亲热的称呼，用同样顺口的语气，跟两个爸爸说话，说同样的话——

　　爸爸，您留了一份想念给我，让我偶尔想起，总要伤感，总要落泪。还好，有妈妈陪着我，也让我能敬一份孝心，减少了许多遗憾。

　　爸爸，在我的开导下，妈妈已从失去您的痛苦中走了出来。妈妈现在身体还算健康，白日里，要么在家里看电视，要么找熟知的姐妹们打打麻将、逛逛公园，每天傍晚还在小区院子里扭扭陕北秧歌，锻炼身体。总的来说，妈妈生活得很好，您泉下有知，尽管放心。

　　爸爸，清明节，我会亲自去给您扫墓、送夏衣。今夜，您就安心等待。您泉下有知，就赐福于我，让凡间的人——您的至亲，能长长久久地相守，平平安安地度日，快快乐乐地生活。

　　爸爸，夜已深，就此搁笔。跪安！

2017 年 4 月 1 日　榆林静雅斋

父亲节的思念

逝者如斯夫，不舍昼夜。

我本来正写着小说，突然就想到了父亲。是小区广播音乐里传出来的关于父亲节的歌曲，让我想到了父亲。于是，我停止写小说，沉浸在思念父亲的情绪中。

明天就是父亲节。有父亲的孩子，自然会向父亲有所表示。而我的父亲，他已经离开我，整整十一年了。有谁知道，天堂里有父亲节吗？

我的父亲，他肯定看到我现在的问题了，只是他不想回答我，他怕打扰到我的工作，他怕分了我的心。

尘世间，总是有许多俗务缠绕着，使得萦绕在心头的思绪在风云变幻中，逐渐散落成声声叹息。此刻，红日当头，正午时刻，窗外不知名的鸟儿正在低矮的景观树上欢叫。而我，在这声声鸟鸣中想起要给天堂里的父亲过个特别的节日。

不需要下楼买礼物，不需要回家乡上坟，凭我的记忆，就用这键盘，把父亲与我在一起的点点滴滴，浓缩，浓缩，再浓缩，浓缩成一首精短的诗歌，权作礼物送给父亲，算是给天堂里的父亲过个节。

父亲和我是心灵相通的，他这时，一定已经听到我默默地诵读——

父亲的教诲

孩提时/父亲总是坐在煤油灯下/为我织毛袜子、毛手套/他说/手脚保护好/一辈子暖到老/上学后/父亲总是板着一副凶脸孔/把我写下的作业撕掉/他说/写方方正正的中国字/做堂堂正正的中国人/出嫁时/父亲送我三个红纸包/里面有三张字条/字条上分别写着/与朋友相处，吃亏是福/与公婆相处，能忍自安/与丈夫相处，难得糊涂。

　　父亲，您的教诲，我定谨记不忘。做个宽宏大度，堂堂正正的中国人，一辈子幸福快乐到老。

2017 年 6 月 17 日　榆林静雅斋

第五卷

悠悠乡愁

陕北黄土

　　陕北黄土，柔如脂粉，捧于掌心，温软如纱，馨香四溢；陕北黄土，妙如药粉，敷于疡处，消肿止痛，温凉舒爽。

　　赤足于绵绵黄土里，一种踏实油然而来，像骑在爸爸背上，又像躺在妈妈怀里，暖意漫过心扉。多么想回到童年，想赤足跑在黄土地里，跑在大自然的温暖里。

　　抓一把黄土，抹在脸上，扮个鬼脸，在黑灯瞎火的晚上，踮起脚尖，爬上邻居家的窗台，对着邻居家妹妹傻笑。妹妹吓哭了。我的屁股挨揍了，可我的心里还乐滋滋的。

　　后来，邻家妹妹成了我的"初恋"。我拉着邻家妹妹的手，我们在黄土地里徜徉，欢笑，奔跑。我们从村口一直跑进后山，拔草、摘酸枣、摘野果子。我们跑进《朝花夕拾》里，我们做起了藤野先生的学生，我们在百草园里捉蛐蛐，我们在"三味书屋"里学习，我们和少年闰土交朋友；我们跑进唐诗宋词里，我们携手"渡远荆门外，来从楚国游"，我们相互依偎着"泪湿罗衣脂粉满"，我们相拥着，头枕着黄土，在后山的大树下睡着了，进入了甜美的梦，梦里邻家妹妹成了我的"新娘"，一袭红装，妩媚动人，我把脸埋在软绵绵的黄土上，任黄土轻抚我的脸庞，任黄土熨帖我的心灵。

　　如果时间可以倒转，我真的想重回少年时代，我真想与邻家妹妹一起在黄土地里玩耍，嬉闹，感受绵绵黄土的温暖。

　　生活在喧嚣的城市里，时常思念黄土地里的安静与祥和，清新与明亮。

　　清晨，村姑挎着小筐走进庄稼地里，掬一捧露水，涂抹于脸颊，露水渗入肌肤，亮光浮于脸颊，那清新脱俗的美，那自然天成的美，全然地流露在十八岁姑娘的脸上、胸上、臀上，以及小蛮腰上。我喜欢黄土地里长大的姑娘，她们憨厚，实诚，不矫揉造作。她们会像刘巧珍疼爱高家林一样，疼爱她们的恋人，她们有着天下伟大母亲的贤惠与善良。如果，如果时间真的可以倒转，我愿意重新选择，我愿意与黄土地里长大的邻居妹妹来谈一场轰轰烈烈的恋爱，然后进入婚姻殿堂，相守到老。

　　旅游景区叫不出名的树木，怎么看也不及村头的老槐树顺眼。我的眼睛看着那些树，思想却飞回家乡的村口。

　　村口老槐树上的喜鹊叫声悦耳极了。听到喜鹊叫，人们便开始期盼喜事的到来。那种幸福感荡漾在人们的眉宇间，脸颊上。老槐树上的喜鹊叫声，激活了姑娘的心思，颠簸了姑娘的意志，羞红了姑娘的脸颊，带来了姑娘的幸福。喜鹊叫声给全村人带来了喜庆。隆重而热闹的婚礼让寂静的小村沸腾了。新娘坐着花轿，盖着红盖头，在欢快悦耳的唢呐声中，羞羞答答地被新郎抱下了花轿，抱入了洞房，在亲戚朋友的祝福与嬉闹之后进入温馨浪漫的时刻。

　　黄土情深。黄土地里的景观以古老驰名，黄土地里的故事以红色著称。杨家岭上飘枣香，延河故事长又长；马氏庄园建筑美，一代伟人功勋伟；南丰寨塔神峰奇，李子洲筹备会议。黄土地里的故事，韵味悠长，保留着黄土的温度，蕴含着黄土的馨香，演绎着黄土的魅力，释放着黄土的情长。听着黄土地里的故事，即使在严寒的冬天，暖流也会传遍全身。

　　黄土厚重。陕北的黄土，培育出一代军事家，韩世忠抗击金兵，解救高宗，围困兀术，斥责秦桧；李子洲，播撒火种，名流千古；谢子长，民族英雄，虽死犹生；刘志丹，追求真理，救国救民。他们都是杰出的军事家，他们用鲜血写出了陕北的历史，他们的伟大事迹永远温暖着生活在陕北黄土地里一代又一代的陕北人。

黄土温暖。邻居家妹妹慵懒地躺在黄土地里，怀里是她憨态可掬的小婴儿正在埋头吃奶。那温暖的画面、温暖的眼神、温暖的微笑，温暖着我。

黄土多情人更娇。关住回忆的阀门，脱掉袜子，把双脚埋进黄土里，再一次让自己亲身感受黄土的温度。黄土的温度从脚心开始往上传，一直往上传，感受到了，真真切切地感受到了，我心灵的伤口开始愈合。一种幸福感漫过全身，在我的中枢神经里回旋。我情不自禁地就躺在黄土地宽厚的怀抱里了，黄土地长长的双臂环抱着我，紧拥着我。我把脸颊伏在黄土地温暖的胸膛上，温热、温热的感觉；我把鼻子凑近黄土地的臂弯下，那陕北男子阳刚的气息进入了我的嗅觉，我沉醉了。

沉醉，我想沉醉不醒。

陕北黄土地啊！我想一直被你拥着，我要感觉你的心跳，我要聆听你的心声，无论喜怒哀乐，痛苦忧愁，都要听，要听。陕北黄土地啊！我会永远守着你，不离开你，无论春夏秋冬，待我百年之后，请赐我黄土一堆！

2016 年夏　榆林静雅斋

洋芋花开

我不善养花，也不喜赏花。我总以为花代表着女人，自有多情男子去养，去赏，去精心呵护，与我无关。然而，子洲作协主席拓毅发在群里的一张洋芋花图片，却让我的眼睛为之一亮。我从没想到，洋芋花开，竟有如此动人心魄的美。

许是过了不惑之年的缘故，许是近日来被新诗熏染的缘故，看着那张洋芋花图片，我竟然对它产生了一种前所未有的挚爱之情。于是前段时间去采风，我便特意关注了满山遍野的洋芋花。

洋芋花真的很美！如一幅幅波澜壮阔的图画，迅速吸引了我的视线。这绝不亚于我第一次看到西安牡丹园里大片大片牡丹花时眼中的惊艳与悸动。

洋芋花简洁大方、文静、淡雅、朴素，正如它低调的果实一样，成长成熟在土地下，不显山露水，默默无闻。

洋芋花为聚伞花序，开成一簇一簇的。花冠合瓣，呈三角形，小喇叭状。有浅白、淡红和紫蓝等颜色。洋芋花之所以有不同的颜色，是因为洋芋品种颜色不同的缘故。大多数洋芋品种，一生只开一次花，晚熟品种，花序下面的侧芽生育成花芽，会形成第二次开花，花期可达一个月。

当洋芋花形成规模怒放的时候，它那低调的美，是那么悠然、协调、雅致。

陕北独特的气候，为洋芋的生长创造了良好的条件。那一大片绿得发亮的秧，像叠涌而至的层层碧浪。待到一簇一簇的洋芋花开了，犹如撒在碧绿地毯上的五彩珍珠，美不胜收。

洋芋花，在花的世界里，算不上美丽和娇贵，但在农民的心中，却是一年中丰收的希冀；在苍茫而邈远的黄土地里，不失为一道靓丽的风景；在贫瘠而落后的大山深处，具有诗一样的柔美的色彩；在陕北男儿眼中，洋溢着母性般伟大的情怀。

陕北的洋芋分两期播种，一期在清明前后，叫夏洋芋，即夏季可以吃到成熟的洋芋；一期在芒种前后，叫秋洋芋，即入冬前可以吃到成熟的洋芋。

陕北的洋芋，是当作主食来吃的，在饥饿的年代里，它是穷苦农民一年四季赖以生存的唯一吃食。陕北的洋芋，吃法可谓繁多，花样百出。曾有外地人调侃陕北人的饭菜：早上蒸洋芋擦擦，中午炒洋芋片片，下午钱钱饭煮洋芋，一年四季天天吃洋芋，餐餐离不开洋芋，就连大年夜吃的"黄河菜"里还以洋芋为主料。真的，一点儿不假。陕北人离开洋芋做不了饭，陕北人不吃洋芋，恐怕活不成了。

陕北人会把洋芋进行深加工，做成洋芋粉条。家乡双庙湾盛产洋芋粉条，远销国内外。一年四季，家乡的粉条就像内蒙古草原洁白的哈达一样，一条条、一挂挂、一帘帘，在村庄里成为一道靓丽而独特的风景。

小时候，清明前后与芒种前后，总要帮家里下到阴冷地窖里用红条筐把陈洋芋一筐一筐抬上来，倒在院子里，然后坐在小板凳上，用镰刀刃将洋芋带芽的部分切成三菱形状的洋芋块，曰"洋芋籽"。待一场细雨过后，放眼望去，山坡陡洼里，梯田坝滩里，或者川道良田里，那景象，便成为一幅绝美的农忙图。

洋芋籽种进地里后，如遇墒情好，天气暖，洋芋苗十天后就可以破土而出。待到大片绿油油的洋芋秧成气候的时候，就好像波浪一样随风翻滚着，从山顶一直蔓延到山沟。待洋芋花开得正盛的时候，那浅白的、淡紫的、浅红的、紫蓝的小花，酷似蹿跳的火焰，噼里啪啦烧得整个山坡直响。待到花期过去，再低头看去，那地皮便像孕妇的肚皮了，鼓鼓的、胀胀的。待洋芋成熟的时候，再看那漫山遍野，大人娃娃土里翻，洋芋泡蛋蛋。这时往往会有人扯起拦羊嗓子高声唱道："水清清，天蓝蓝，洋芋花开泡蛋蛋；妹妹在山上笑格盈盈，哥哥呀沟底好心情；看着那地皮胀鼓鼓，哥哥就想起妹妹那绵肚肚，绵肚肚……"这质朴的山村野调，野性而有张力，迷人而亲切，是人性最原始的情感宣泄，在枯燥而乏味的劳作中如一丝亮光，让黄土地里刨挖的农民对生活有了一种温暖的向往，对情感有了一种独特的追求。

从小吃洋芋长大，今天依然爱吃，三天两头不吃洋芋，总觉得缺少什么。回想我吃洋芋的人生履历，可见我的成长过程，可见时代的变迁。陕北人离不开洋芋。洋芋是陕北的特产，是陕北人一生的依恋，一生的歌。而开放在陕北大地上的洋芋花，香味带着泥土的气息，熨帖和温暖着一代又一代的陕北人，也熨帖和温暖着我。

2016 年 9 月 15 日　于家乡双庙湾

挖苦菜

老妈想吃苦菜了，在我面前念叨了几回。

老妈八十岁了，有腿病，膝盖不能打弯，她的话自是说给我听，我想自己无论有多么要紧的事，也要搁在一边，先给老妈挖苦菜才是正事。

于是，凌晨五点，我就起床，取消了跑步晨练，改去挖苦菜。

挖苦菜，是童年的事情了，三十五年过去，难免有点儿不适应。家里没有儿时挖苦菜用的红条筐子，顺手拿了两个大塑料袋子姑且装拔下的苦菜。走到坡下，碰到家中务农的大嫂，打问到后坝滩玉米地里就有苦菜生长，便直奔目的地了。

到了坝滩，远远望见玉米地里已经有两人正锄玉米。

我本不想打招呼，又觉着不合适，便上前寒暄了几句，就匆匆离开，朝后坝滩走去。我喜欢独来独往，这是与生俱来的个性。尽管是在乡间田地，我也不愿让人打扰我放飞思绪。

离开农人几百米远，我走进玉米地里。天旱缺雨，玉米还不齐腰高，苦菜却很多，一簇一簇，煞是鲜嫩可爱。

玉米苗矮，有利于我挖苦菜。待我正要挖时，又看见竟有两种不同样子的苦菜。一种色泽绿亮，叶子偏宽；一种色泽暗绿，叶子偏窄。我有点儿疑惑，怎么会有两种？我挖了两棵不一样的走出玉米地，跑向锄地的农人，问后我才搞清楚，原来叶子偏宽的叫甜苣。

唉！好久没有挖苦菜了，眼都生了。

坝滩两面的山上有许多杏树，杏子已经熟透，金黄的杏子挂满树枝。很多农人把杏子用棍子敲下来，然后捡起，说回家后直接拿掉杏肉，卖杏核（不是杏仁），两元钱一斤。

捡杏的农人喊我吃杏，要我带些回家给老妈吃。我大声回答他们我不爱吃杏。你说怪不怪。站在满山的杏树下，我竟然没有一丁点儿吃杏的欲望。我当时唯一的想法是快点拔完这片玉米地里的苦菜，回家还要赶稿子呢。当然，苦菜与杏子相比，老妈更喜欢吃苦菜。

人一年老，胃往往罢工，便对瓜桃李枣提出抗议，老妈也是。

苦菜真鲜、真嫩。我管不了露水和泥土弄湿裤腿，两手并用，埋头开挖。

不知不觉太阳出来了，渐渐身上出汗，头上冒火，头发里的汗水便顺着额头流下来，流进眉毛里，滑入眼睛里，眼睛便酸涩酸涩地难受。我抬起手，想用手擦擦汗水，却看见双手十指都被苦菜汁染得绿污绿污的，没办法，用袖口稍稍擦擦汗水。膝盖开始发麻，是下蹲时间太久的缘故，腰也感觉到酸困，是不停弯腰的缘故，站在玉米地里顶着大太阳做了几个活动腰腿的动作，不适感慢慢消失了，继续挖。不知不觉，两个大塑料袋子就装满了苦菜，而玉米地里的苦菜却还有很多。

说心里话，挖苦菜不比跑马拉松出汗少，却别有一番滋味在心头。

满载而归，路上遇到肩挑杏担子回家的农人。农人问："拔这么多苦菜能吃完吗？"我答："处理好放在冰箱里慢慢吃。"

走到大门口，脚还没踏进院，我便兴奋地大声喊老妈出院来看我拔的鲜嫩苦菜，那欣喜劲儿，宛如上小学时，在学校得了奖，回到家迫不及待地想让爹娘看见一样，又如同要得到大人的嘉奖一般。

老妈看着我提回去的两大袋苦菜，顿时眉开眼笑，嘴里却说："还以为你又跑步去了呢。"

我心说：妈妈，您喜欢吃，就尽管吃，吃完我再给您拔，其实挖苦菜也是锻炼，也能上瘾，还能找回童年的回忆。

饭后，睡在窑里凉爽的炕上，回想着早上挖苦菜的情形，脑子里便跳出一首《挖苦菜》的打油诗来，一并附上，分享给大家。

> 家乡清晨空气好，提着筐筐上山峁。
> 一眼望见玉米地，鲜嫩苦菜苗间绕。
> 不管露水湿裤腿，埋头用手土里掏。
> 不知不觉太阳晒，头上汗水涩眼角。
> 恋恋不舍朝后望，满载而归喊娘笑。

2016 年 6 月 15 日　家乡双庙湾

一棵刺槐

　　墙角，有一棵刺槐，几年不见，竟然长得高大威猛起来，枝枝权权有一部分斜伸出墙外，墙内的一片空地上，即便到了炎热的盛夏，也是一处纳凉的绝佳所在。

　　几年前，弟弟翻修庭院，要把刺槐连根挖掉，妈妈不允，让他把围墙向外挪了一尺，就把刺槐留在院内墙角。既然把刺槐留下了，弟弟就托人从外地买来一个石桌和两个石凳，安放在刺槐下面，说是供人夏天纳凉。妈妈看到后，甚是欢喜，于是每逢回到家乡居住，总要把饭菜端到石桌上吃，有时也会戴着老花镜，坐在石凳上看我带回家的小说，或者与我闲聊拉家常。

　　我偶尔会在夜幕降临后，坐在刺槐下的石凳上浮想联翩。

　　家乡的夜晚除了能听到哐当哐当的火车声之外，就是飞驰而过的汽车声了，其他就剩宁静了。每到这时，我会感觉刺槐就是一个深沉而庄重的男人，它笔直的树干俨然就是男人笔挺的后背。我走到跟前，双手环绕住刺槐的树干搂抱着它，然后把我的脸靠上去。每每这个时候，我会感觉到刺槐的树干是温热的，要是抱久一点儿，树干就会发烫，那温度会传递给我，让我的周身也跟着发烫，心就开始跳，乱了思绪。于是，我就放下胳膊，背靠着树干，然后闭着眼睛假寐。幻境里，刺槐伸出胳膊拥抱我，或者伸出手指抚摸我的头发、脸颊。然而，这仅仅是我的幻境。现实中的刺槐无动于衷，矗立在夜里纹丝不动，我只能听到自己在树下急促的呼吸声。

每到夏季，刺槐会开一种乳白色的小花，一串一串，甚是可爱，香气袭人，那花儿一开，满院便是花香弥漫。

花儿开了的时候，我会选择在有月光的夜晚坐在树下整理思绪，或者寻找灵感。但是每每坐在花下，灵感便跑得无影无踪，我只会陶醉，醉得神魂颠倒，忘了时光，忘了性别。这时，在我的意识里，自己已经变成了一个男人，而那散发着幽香的刺槐分明就是一个少妇了，那皎洁的月光，让它披了一件朦胧的晚礼服，在我眼前风姿绰约，姿态万千。那一朵朵乳白色的小花这时会偷偷亲吻我的脸颊，有时也会亲吻我的眉毛、鼻尖、发梢、耳朵。那花儿从来都不亲吻我的嘴唇，大概担心会被我融化掉。事实上，花儿已经把我融化了，我的思想、我的情感，已经融进了那醉人的芳香里。

槐花盛开的时候，母亲要我摘一些蒸着吃。我本是不忍心的，但为了让八十岁的母亲欢喜，便勉为其难去摘槐花。在摘槐花前，我要在心里默默对刺槐说上一串话，大概意思就是让它理解我的为难处境，让它理解"忠孝不能两全"这句千古名言。刺槐只是听，从来不说话。我摘它头上戴的那些花儿的时候，它连低低的哀鸣声都没有，它是心甘情愿要给我吃的吗？我不得而知。

待母亲把那些槐花蒸熟了，用香油在铁锅里炒过后，我便没有了半点儿要忏悔的意思，迫不及待就大口大口地咀嚼。母亲做的蒸槐花真香！一种淡淡的甜、清清的香含在嘴里。城里是无论如何吃不到这美味的，这是家乡的味道，是母亲的味道！

母亲说，待在家乡，到了春天，即便不种菜也饿不着。刚开春可以吃白、黄蒿，再过一段时间可以吃嫩苜蓿，然后是苦菜，再往后就是槐花，等槐花败了，接着再去吃苦菜，还有甜苣，而苦菜和甜苣是从春一直可以吃到秋的。

吃着，吃着，我忽然想到曾经读过的一段文字，大概意思是：在饥饿年代，富人吃肉，穷人吃菜，而现在恰恰相反，是富人吃菜，穷人吃肉。我想补充的是，现在这时代，贵人应该吃草。不是我胡说，现在有好多食品不健康，而母亲所说的这些草却是纯天然，是大自然的馈赠。

母亲是我们家的贵人，她生育六次，早夭一子，一生含辛茹苦，抚养我们两子三女，都事业有成，母亲功不可没。母亲说，她住不习惯城里，城里没有蓝天白云，没有绵绵黄土，没有白、黄蒿，没有嫩苜蓿，没有甜槐花，没有从春吃到秋的苦菜，也没有老窑洞，还没有可以让她纳凉的刺槐，更没有想种啥就可以种啥的院子。

母亲给我絮叨这些的时候，我再抬头看刺槐，分明看见那刺槐就是我已经作古多年的父亲又复活在我的眼前了。那树皮上的点点斑驳像极了父亲有神的眼睛，慈祥而有所希望地望着我。那随风摇曳的槐叶像极了父亲的手指，轻轻拂过我额前的一缕细发。那遮天蔽日的树冠像极了父亲的胸膛，为我和母亲纳凉挡雨。

看着，看着，我突然间醒悟，任何生物，有了生命，也就有了使命。既然来到红尘，就要接受盛开的怒放、情感的洗礼、甘心的付出、世俗的湮灭、痛苦的煎熬、死亡的超脱。

是啊！母亲给了我生命的同时也给了我使命。在夏季，陪她回家乡避暑，就是我的使命！写到这里，我在心里暗暗想：妈妈！待明年槐花盛开，我再带您回家乡避暑，在刺槐下悠闲纳凉，开心拉家常！

2016 年 9 月 27 日　家乡双庙湾

站在杏花林里想桃花

昨夜睡下之后想到的标题，我兴奋了半宿，早晨起来忙着处理别的事情，把写作这回事就耽搁到现在。打开电脑，再看这个标题，依然激情澎湃，好像多情的男子，遇到了心仪的女子一样激动。

——题记

自古花儿深得文人骚客的喜爱，每到春天便以此吟诵抒发情感，今年也是，很多人拿花儿做诗文，篇篇诗文如朵朵花儿，在手机微信里一浪一浪翻滚，婀娜多姿，妩媚招摇，让人应接不暇，眼花缭乱。

前不久，县作家协会组织赏桃花采风活动，其目的也要我们拿桃花做文章。诸多原因，我没能一同前往。恰好在这期间，市里有为期一个月的"2017·大美榆阳·杏树旅游月系列活动"，于是我择日驱车前往榆阳区赵家峁赏杏花，用意不言而喻了。

准确地说，我没仔仔细细观察一朵杏花。天公不作美啊！我连走马观花都做不到，我是开车观花。车离开市区向南走，变道三鱼路后，看不到毛乌素沙地的踪迹了，随之而来的是黄土高原地貌。放眼望去，路两边连绵起伏的群山，像静卧的骆驼驼峰一样，向远处无限延伸。汽车接近古塔镇那道曲曲弯弯的高坡时，我视线的正前方已经是一辆接着一辆的车，密密麻麻。必须低挡行驶，还要不停地踩刹车，否则会与前面如蜗牛一样行驶的车亲密接触。上坡路，弯道多，驾驶员必须要小心谨慎了。正是："坡又陡来路又窄，窄处相逢不能挨；道又弯来车又多，弯道处会车需慢挪；天又糟来风又大，坐在车里观杏花。"明白了吧！那一峁一峁、一浪一浪的杏花林随着我汽车的行进，向后隐去，隐去。

主会场在赵家峁，在一个山坳里：知青窑洞，历史印迹；王震窑洞，凝聚人文；小桥流水，碧亮清幽；佳人荡舟，悠然怡乐；水车漂流，顽童欢唱；戏曲快书，活跃小村；风味小吃，香飘杏林。真乃一个世外"杏"源啊！

风很大，我不想下车，也不敢开车窗，我远远地看，那娇弱的杏枝，在风中摇曳，摇曳。以至于那薄柔的花瓣脱落了母体，飘飘，飘飘，迷失了方向，错乱向四面八方，没入大地，点点滴滴，白晃晃。我的心开始隐隐地疼，痴痴的眼神望向远方，像一个多情的公子，面对自己没有保护好的情人一样，仓皇、迷茫、懊悔、难过。

我真的开始懊悔！我不该一时兴起，选了这么一个糟糕的天气来看杏花。我把车子泊在停车场，遥望着满山的杏花林梳理我纷乱的头绪，我想捋捋，让自己心情尽量平静，找到一种绝佳的状态，然后好好赏杏花，然而，我满脑子却是家乡子洲的桃花。

杏花与桃花，要我选择，我还是更爱桃花一些。桃花是粉色的花瓣，能联想到粉红色的恋情，那是一种纯纯、真真、清清、甜甜的少女味道，让人回味、怀想，心旷神怡，浮想联翩。杏花却不同，它的颜色白里透着浅粉，如病恹恹的女人脸色，似林黛玉一样，羸弱、幽怨，看着让人心疼、担忧、怜惜。真的！这是我真实的感觉。如果用桃花与杏花形容两种不同年龄的女人，显然桃花是少女，而杏花只能是少妇了。少女冰清玉洁，不含一丝杂质，是"春风有意艳桃花，桃花无意惹诗情"；少妇历经家庭与社会的浸染，难免染上尘埃，不甘寂寞，才有可能"春色满园关不住，一枝红杏出墙来"。

家乡的桃花在四月盛开。那一片桃林在乍暖还寒的四月天蛰伏，现在正如少女一样含苞待放，它羞怯、期待、凝神静听、闭目深思，它正酝酿着一场粉嘟嘟的心事，等待一个男孩的爱。此刻，我好想变成那个男孩，静立在风中，在一朵花骨朵还没打开身姿之前，陪它一起感受空气的颤抖，在它打开身姿的瞬间，我要深情地呼喊一声，喊到它感到生生地疼，生生地疼。

我突然发现，能以桃花写出优美诗文并流传下来，往往是男人。有情调善诗文的男人最容易交上桃花运，最有可能用一朵桃花寄托对一个女子柔肠百结的情思，最有可能用一朵桃花捎去对一个女子欲罢不能的爱意，最有可能用一朵桃花传达对一个女子温情绵延的情怀，也最有可能像观察女人一样观察一朵桃花，爱女人一样爱一朵桃花，写女人一样写一朵桃花。

而我只是一个女人，梦想变成一朵桃花，幻想多情男人的爱，自然是写不出脍炙人口的桃花文了。但是，我虽为女身，却有男性的情怀，我血液里流淌着热爱桃花的激情，促使我爱上了家乡子洲的十里桃林。

遥想家乡的十里桃林，爱上一朵桃花，这里没有"桃花运"的说法，只有一个柔情女子把自己幻想成一个多情男子对桃花的渴慕，它的气息，它的清纯，它的春风不度，凡尘不染的心音。噢！要让一朵桃花，在魂销香断后记住你的姓名，就要在开春之前，把前世藏匿的所有红豆，种在桃塬。

2017 年 4 月 26 日　家乡双庙湾

大秧歌舞出陕北风

唢鼓笙歌彩浪翻，红男绿女舞春安。元宵节日全民乐，人寿年丰老少欢。

这是陕北秧歌闹元宵的热闹场景，也是家乡子洲在元宵佳节用扭秧歌的方式庆祝新春到来的独特方式。

陕北秧歌是我国汉族民间舞蹈的主要流派之一，是一种自娱自乐的广场群众舞蹈，集歌、舞、诗、乐为一体，起源于拜祭天地神灵，祈保风调雨顺的民间祭祀活动，经过长久的历史演变，逐渐发展形成现在这种以庆典和娱乐为主要目的的群众文化活动。

"上到九十九，下到刚会走"，扭秧歌成为陕北人生命里的一个重要组成部分。陕北人把扭秧歌称为"闹红火"，一个"闹"字足以表现出这块土地上人们的性情。大多数人压根就没有思考过艺术是什么？表演为何物？往往是通过甩胳膊、踢腿来展示一种风采，宣泄一种情绪，通过娱乐的形式获取日常生活里难以找到的乐趣。

陕北秧歌是陕北文化的华章，陕北"踢场子"秧歌又是陕北秧歌里的精髓。

陕北秧歌分为大场子、小场子。具体区县的大、小场子，其表现形式均有所不同。

子洲秧歌在着装上堪称讲究，男子清一色蓝绸缎衣服，头上扎着白羊肚手巾，腰里系着红腰带，一手扇子，一手红绸挽成的火弹；女子清一色红袄袄，绿裤裤，花围裙，双手扇子。男女统一穿白球鞋，全要描眉画眼上场，以示正规，以图壮观。

　　子洲秧歌扭大场子，要在"伞头"的带领下，全体秧歌队员整齐出场，其声势浩大，壮观无比。大场子名目繁多，花样百出，古以九曲、五角星、勾连万字、芝麻开花居多，现代又增加了花开富贵、山丹丹花开红艳艳等创新场子。子洲秧歌小场子则分八人场子、四人场子、二人场子。八人场子，四男四女为一组；四人场子，两男两女为一组；二人场子，一男一女为一组。无论几人场子，均为群舞，即全体秧歌队员上场，按事先排好的小组，扭出相同而又千变万化的舞姿。如果用现在的航拍，在空中拍摄，然后在视频里播出观看，看起来就不单单是养眼，更养心、怡情、逸致。

　　陕北"踢场子"秧歌，是陕北秧歌的派生产物，兴起于明末清初，是为了反抗封建礼教所压迫的婚姻制度的束缚，根据新婚男女生活中相互传递感情的肢体语言编创而形成的一种艺术表现形式，表达了人们对甜蜜爱情和幸福生活的追求。

　　"踢场子"秧歌中，男女动作均有区分。女子有拜新人、打灯扇、扑浪花等舞蹈技巧性极强的动作，看起来婀娜多姿、柔美飘逸、娇媚可爱、优柔婉转、眉目传神、细腻形象、动感自如；男子有踢飞脚、放大叉、三脚不落地等武术表演性极强的动作，看起来潇洒自如、粗犷奔放、敏捷明快、阳刚昂扬、勇敢强健、气势恢宏、大气磅礴。

　　"踢场子"秧歌中，女子双扇子扇起来，旋、绕、抖、颤、扬、甩、飘等动作轻盈灵秀；身体动起来，转、跳、闪、抱、扑、拜、请、邀、送、推等动作皆韵动灵巧。男子手里的红绸火弹舞起来，简直炫、酷、帅、美，手里的扇子扇起来强劲、霸气、直率、有力，下肢动作更张扬、果断，无论扭、摇、摆、踢、腾、扫、跪、跳、飞等动作皆流畅动感。男女动作均结合表演者的气、意、神、韵，诸多传神的表情把内心中的那种只可意会无法言传的情感，惟妙惟肖地呈现在广大观众面前，让观众无不赏心悦目。

陕北秧歌，舞到极致之境，舞着能产生一种酣畅淋漓的快感，观者能产生一种如沐春风的舒爽。无论舞者和观者，哪怕心有多么大的纠结，多么深的愁肠，也会得以舒展，得以愉悦，哪怕再怎么孤冷的心灵，也能得以慰藉，得以温暖。

2019 年 3 月 3 日　家乡双庙湾

思过中秋

秋思一抹上心头，月下千杯独饮秋。

翻阅着消瘦的日历，如翻过那满是泪痕的记忆，月圆的中秋，挂着晶莹的银露，在日子的扉页上，滑进眼眸，溅起层层苍白的酸楚。

又一个中秋，又一个不得不在窗前伫望嫦娥，守候美丽的月圆之夜。

秋之洁爽，月之铅华，夜之静谧，心之潮涌。

为儿时的岁月潮涌。儿时的玩伴，河边的脚印，手中散发着香味的月饼。那是让人酸楚的回忆。儿时的中秋节，每每妈妈把月饼馅拌好，我就开始嘴馋，趁着妈妈揉面时，悄悄地偷吃上一口。那香味是要在嘴里逗留好长时间才慢慢散去的。每每妈妈把烤熟了的月饼放进簸箕里，搁在我够不着的、挂着大铜锁的红门箱顶上时，我心里那个怨啊，真是无法表达。我曾几次欲爬上凳子偷吃，却均不能得逞，便只能抱着一种"望饼解馋"的心情等待时间的过去。那时，妈妈是要把月饼全部烤熟，然后分发，每人五个。月饼的个头宛如象棋一般大小，精致而娇小。说真心话，只能解馋，不能顶饱。即便如此，我却总想回忆，哪怕勾起内心深处的酸楚。

为少年的羞涩潮涌。校园的林荫小道，手牵手的背影，书包里散发出那幽香的水果香味以及那醉人的晚霞。曾经陶醉过的歌声，仿佛还在耳边回响；曾经收到的小纸条，似乎还散发着墨香；曾经丢失的橡皮擦，好似在暗示着什么，不经意间回眸，触动了那颗羞涩的心。那带着密码锁的日记本里，永远暗藏着粉红色的梦。记忆的阀门打开，无邪日子里的点点滴滴便潮涌而来。少年时，我已经开始懂事，不再像馋嘴猫一样围在妈妈做月饼的灶台边了。少年时，我已经有了小小的心事，那小小的心事凝聚起来，如同月饼馅一样丰富而香甜、绵长。

为青年的激情潮涌。篮球场上飞跑的背影，电影院里的秘密约会，老槐树下的窃窃私语以及那满含着柔情蜜意的信笺。又到中秋，你还好吗？去年的中秋节，我写了一首诗遥寄了对你刻骨的思念。今年的中秋节，我却对着圆圆的月亮不知要诉说什么？诉说久别的思念、诉说揪心的牵挂，诉说内心的烦躁、不安以及无法言表的忧伤心情。我在月缺月圆中等待，等待你翩然而至；我在岁月轮回间等待，等待你与我偶遇；我在风雨之夜等待，等待你紧紧拥着我。

青年时的我，每到中秋，就会用意念做一个又大又圆的月饼，文字为皮，思念为馅，摆在圆圆的月亮下，遥想一瓶红酒，两杯相思，然后举杯邀明月。不知天上明月，还有何人邀？

为中年的淡定潮涌。步入中年的我，视写作为寄托，视运动为享受，视健康为财富。不再雾里看花，不再水中望月，不再三心二意。学会了谦恭孝顺，学会了宽容大度，学会了淡定从容。城市喧嚣耳边过，人间名利抛身后，淡看风月多运动，怡情逸致写文章。然而，中年的夜晚，偶尔会滋生相思，思念远方的亲人，思念久别的朋友。形单影只，独自回家，扶窗遥望苍穹悬挂一轮满月，侧耳倾听琴声悠扬，笙歌阵阵，手机信息，牵动相思，引来牵挂，带出幽怨，便开始对天倾诉，对月抒发——满天相思写柔情，街灯阑珊影单行。忽闻楼台亭榭曲，心动盼君随我听。皓月空悬淡群星，满天相思写柔情。楚楚感伤烟柳中，屡屡寒辉孤影清。共约良宵观月明，笙歌未休夜不宁。遥问琼酿君安醉，满天相思写柔情。

中年的中秋，会莫名感伤，牵出丝丝惆怅，在孤月的惨淡里，怅然横亘一片苍白的思念。思念家乡的山，思念远方的水，思念梦中的情遗。问月，月不语，问自己，只有"露从今夜白，月是故乡明"的诗句在哭泣。只有亘古的月亮，剥落思乡的内衣。

曾痴迷携手相伴的中秋之夜，曾执迷月下依偎的暖暖体温，曾陶醉月光流动与温情呢喃。迷离而痛楚的中秋，伤落了几许的忧愁。愁，淡淡相思孤立无助；愁，淋漓尽致的绝离；愁，月下孑然衰落的花影。在苍茫的夜色中，无声亦无语。

远去的日子，披着彩色的童真，荡着梦幻色的激情，燃烧着青春的火焰，青年后无数次的挫折与泪水在这中秋之夜里潮涌而来。

秋思在这满世界飘香的中秋夜里愈来愈浓，愈来愈浓。

孤独，时刻会陪伴着，因为落寞。落寞不是寂寞，而是一种心灵的超脱。谁能与我分享这孤独的美好意境，谁将会成为我的圣人。

喜欢孤独，享受孤独。在孤独中感悟，在孤独中快乐，在孤独中品味人生。唯有这月圆之夜更能让孤独升华，更能让孤独富有诗意。孤独是我独有的狂欢时刻。

我在举杯，在中秋之夜举杯邀明月。走过了爱的河流，越过了情的执着，谁在寂寞的月光下？守着那千年的清秋。

苍凉的秋景被夜的精灵吞噬了，被幽香的果味覆盖了，被飘香的中秋拥抱了。苍凉便成了一句句诗，写出心底的暗伤；成了一杯杯酒，醉了西风，醉了日子；成了一首首歌，唱尽成功与失败；成了一碗碗茶，飘着淡淡的香；成了一个个月饼，包容了人生的酸甜苦辣。

居室里到处散发着中秋的香味，这浓浓的香味陶醉了看球赛的老公，陶醉了戴着老花镜看小说的老妈，陶醉了在书房里学习的儿子，陶醉了在电脑键盘上急速移动手指的我。

突发奇想，假如房子成了月饼皮的话，房子里的人便成了甜蜜的月饼馅了。

是这样吗？看小说的老妈说是。安享晚年的老妈现在很幸福！我也很幸福！

但生活有时会让人泪流不止，抑或是幸福，抑或是痛苦，但更多的是无奈。

一年一度的中秋悄然而过，岁月让中秋的意义放大，放大，再放大，也让更多的人迷茫，迷茫，更迷茫。现时的中秋夜已经不兴赏月了，赏月成了孤独者独有的寄情风格。

我也寄情，故书成此文！

2016 年 9 月 15 日　榆林静雅斋

再唱童年的歌谣（上）
——挖苦菜、偷青杏、溜洼洼

区作家协会组织采风活动了，我接到通知，倍感欣喜，赶着时间，到了集合点。

一辆大车满载着熟悉的脸孔，车厢里不时荡漾起友好的问候和幽默的逗趣声，我也夹杂在其中，冒充一个识文断字的人，装腔作势。其实，我比起他们，无论从文化，还是学识都相差甚远，只是遗传了一丁点儿父母的书香气息。

漂亮女秘书长靠在车前的靠椅上给我们介绍此次采风的主要途径和目的，我分了一下心，她的话还没来得及进我耳朵，就从耳边飘过，被车厢内一阵愉快的笑声淹没。

第一站，我们参观了元大滩战役红色文化展馆，展馆位于榆林城西北29公里处，榆阳区巴拉素镇元大滩村乔家峁。对于红色文化，像我这样才疏学浅，不懂政治，不问历史的人，脑海只能飘过一个字——"过"。

后来我变得贪玩不爱学习了，就像童年时代一样，按部就班的事情我一律不感兴趣。我留意到漂亮女秘书长说到后面有很诱人的节目：吃香瓜、摘杏、滑沙、漂流。

我期待着下面节目的到来。

天居然出奇地热了起来，下雨前的闷热。

好久没有顶着大太阳，坐着大巴车，结伴而行了。

原以为我们会到一大片香瓜地自己摘瓜吃，不承想，我们是去吃果农摘好洗净的香瓜，这一点让很多人感到有点儿遗憾。还好，让我感到欣慰的是，吃完香瓜，我们听了陕北说书。那说书艺人居然就是我们其中的一员，这让我大感意外。艺人说书绝对好听，许多同仁都掏出相机、手机开始拍摄、录音。然而，由于时间有限，很多听众还处于意犹未尽的时候，说书节目宣布告终。

之后，作协主席就邀请我们到他家的杏树上摘杏。我以为这个节目可以算是此次采风活动的最大亮点了，因为这让许多成年人的心态都回到了童年。

杏树高大而威猛，像一把巨伞，枝枝叶叶向四周披散下来，密密麻麻的黄色杏子全然不管树枝是否可以承受它们的热情与妖娆，呼朋邀友，三五成群聚拢在一片片杏叶间。杏叶原本单薄，极力忍让杏子的霸道与强势，斜着身子挤在杏子群里。

我们一行五十几个文化人，站在杏树下，忘记了吟诗作赋，全露出人的本性，一拥而上，就把巨大无比的杏树给包围了。个子高的，把手直接伸向黄色的杏子。个子低的，跳跃起抓住杏树枝采摘。会爬树的，干脆爬上杏树采摘。那些既不会爬树，又跳不起来的人，便只能呐喊着让爬上树的赶快摇树枝，好让他们在树下捡杏子吃。

"卫生"二字，对于我们这些平时对吃喝都要咬文嚼字的穷酸文人已经成为浮云，个个就像馋嘴孩童，迫不及待地把到手的杏子在手心里擦擦，然后就送入嘴里咂巴起来。

杏子口感极好，酸里面透着甜。

写到这儿，想起一件事来，很有必要穿插进来。

前些日子，朋友送来两包青杏，用精美的礼品袋包着，说是家乡的树上摘来的。打开一包，把它洗净装入一个瓷盘，当即便上了档次，看之眼馋，吃了三两颗，胃里开始翻江倒海，随之便有拙诗三首诞生，贴此权当笑谈。（一）有果未熟小娇贵，圆溜光滑如翡翠。妇人食之甜心肺，男子望见翻酸水。（二）二月花开白山坡，五月入口酸几多。姑娘媳妇稀罕物，朝思暮想青杏果。（三）青杏虽酸侬喜欢，含在嘴里酸在肝。食进此物胃里酸，不食此物难解馋。

我对吃杏并无多大兴趣，但看到许多人竟然把帽子当作袋子来装杏子，又想到新近认识了一些爱吃杏的妹妹后，便也把自己的小提包塞得鼓鼓囊囊。

滑沙和漂流是在榆阳区正在开发旅游区的红石桥镇的旅游景点，刚刚踏入景点，还感觉极好——碧水长长缓缓流，原木桥上荡悠悠。丹霞地貌景妖娆，滑沙漂流感觉好。然而，这种极好的感觉并没有维持多久，因为该景区还在开发中，所以正在施工的场地让人有种颇为凌乱的感觉，更让我感到揪心的是景区最里面的一大片高大的钻天杨似乎生病了，树上的每一片叶子中间都有一个洞，树叶的颜色也不是翠绿，反而有种灰败的感觉，我想这也许是树林里人们烧烤所致。

看到已经生病的这一大片钻天杨，我想起好多大城市公园里的树木，育林工人们会定期给树木输液。我想这一片钻天杨要是能有育林工人的精心呵护和广大人民的爱护，也一定会重现活力，还给游客一片生机盎然、苍翠茂盛的景象。那样的话，这里就会成为一个非常不错的原生态休闲娱乐场所，无论孩童玩耍游戏，还是年轻人谈情说爱，或者人们怡情逸致，都可以在其中无拘无束，尽情享受。

由于天气闷热，采风活动全部结束后，返程的途中，好多人都感到疲惫，一下子坐在有空调冷风吹着的大巴车里，竟然都舒服地呼呼睡去。

我的头脑异常清晰，脑海里闪现着采风途中的景象，目光飘向车窗外，忽然看见车轮滚过的路边竟然生长着些许苦菜。苦菜虽然在太阳的炙烤下显得有点儿灰败，却昂首挺胸，目视天宇。这些极具坚强毅力的苦菜，带着我的思绪飞回童年时期。

我的童年时期，我家的光景很是惨淡，"糠菜半年粮"在我幼小的脑海里留下了很深的记忆，尤其是青黄不接的三四月。那时，每天下午妈妈会让姐姐带着我去挖苦菜。那苦菜不是用来喂羊，是我家当时的主要吃食。于是，我就像模像样地提着草筐跟着姐姐一起去后山。姐姐比我有经验，她总是能找到苦菜丛生的山坡陡洼。然而，姐姐能找到苦菜丛生的地方，别人家的孩子也能找到。于是，在那种情况下，谁的手法快，谁身手敏捷，谁就能抢到肥嫩的苦菜。那时，我跟着姐姐还揪过春天的嫩苜蓿，揪过白、黄蒿。这些经过妈妈的手之后，都能变成家里的美味。在那些年月里，上山挖苦菜成了我的一大乐趣，因为我们不只是挖苦菜，我们在挖苦菜的时间里还可以偷摘别人家树上的青杏。虽然青杏吃起来会感觉酸涩，但在那年月里却极能让我解馋，极能满足我的胃口。记得有一次，由于贪恋树上极多的青杏，姐姐和我忘记了挖苦菜，导致晚上姐姐和我的屁股都挨了打，第二天早上我们只能吃稀米汤，一整天肚子都呱呱叫。童年时期，我是比较喜欢秋天的，因为秋天是丰收的季节啊！秋天的山野里只要细心，会捡拾到不少麦穗、谷穗、高粱穗，尤其是刨挖洋芋后的黄土地，那时姐姐会带着我在软绵绵的黄土地里捡那一两个别人不小心落下的洋芋，有时我们会惊喜地发现一大片刨挖过洋芋的地里会遗留下三四颗没有挖走的洋芋。每每出现这样的情形，我和姐姐就感到大获丰收，在返回的途中会欢喜地从山顶往山底溜。童年时，我们叫溜洼（ma）洼（ma），我不知道是否是这两个字，但读音的确如此。

童年时期的溜洼（ma）洼（ma）与刚刚目睹过的滑沙如出

一辙，但区分是前者在黄土坡上，后者在沙坡上。前者是屁股坐在土里溜，后者是屁股坐在滑沙车里溜。前者给人的感觉是安全舒适，后者给人的感觉是惊险刺激。

童年时期的青杏与刚刚采摘的熟透的黄杏从本质上是毫无分别的，但意义却大有不同。前者属于年幼无知的行为，后者是成年后的闲情雅致。前者是为了满足胃口，后者是为了找回童年的乐趣。

童年时期的苦菜与现时的苦菜虽然都还是野生的，其生长环境并无区别，但在每一个60后的眼里，其代表的意义却有区分。前者是饥饿年代的充饥物，后者是温饱时期降低"三高"的药材；前者是一群孩童争抢的"尤物"，后者是成年人视若不见的小草；前者必须要自己亲手去挖，后者可以在蔬菜市场随时买到。

噢！感谢区作协组织的这次采风活动，让我的思绪回到了童年，重温挖苦菜、偷青杏、溜洼（ma）洼（ma）。

2015 年 7 月 8 日　榆林静雅斋

再唱童年的歌谣（下）

——过板桥、推磨、摘酸枣、拉驴

　　子洲文学前辈拓毅老师在朋友圈晒出来一张摄影作品，看着有感觉，便收藏了下来，之后几日，时不时在手机相册里看着那张照片发呆，出神，若有所思。夜间，心烦意乱，情绪极其低落，便把老师的摄影作品附了一句话："心太烦，想回到童年！"也晒在朋友圈。不承想，陆陆续续有人在下面发表评论，其中有个30年不曾见面的同学说了一句"我也想回去"，让我很有感触。随即我回复他"那就结伴回去，回到30年前，黄土高坡的沟沟岔岔里，曲曲弯弯的羊肠小道上"。

——题记

　　记不清了，大概是六七岁的光景吧！妈妈带着我去外婆家。我和妈妈清早出发，妈妈会在肩膀上挂一个她亲手缝制的由很多块碎花布拼接起来的包包，里面装了什么，我早就不记得了。不过我可以肯定，绝对不是我现在出门要带的化妆品，我猜想，顶多是妈妈给外婆缝制的一件褂子或者布衫，或许那包包里什么都不装，或许只装了两个黑面饼，给我路上补给。

　　我和妈妈从家里的院坡上下来，要走长长的一段柏油路，那距离，我前几年开始跑步才准确地知道是3公里，而后我们进了沟里，大概又要走1公里的路，之后便开始爬山，一座很高而且很陡的山。记得很清楚，那山的路是一直盘旋到山顶的，而那盘旋的路似乎是人工凿出来的，走在凿出来的盘旋路上，你不用担心会掉下去，因为路两边是直立的崖。打个比方吧！如果把那座山比作菠萝，那路就像从菠萝底部任意处开一个口，然后一直旋到顶部一样。

爬那座山，要很长一段时间，中途要停下来歇息好多次。

那座山究竟有多高，我现在说不出来，那是 40 年前的事情了。40 年前的印象当然是高耸入云了。

爬上那座山之后，我们还要走很长很长的土路，一直是沿着山顶走的。记忆中，冬天，在山顶上可以看到远处沟底绿汪汪的水，妈妈说那是坝，还可以看到远处有白白的小点在移动，妈妈说那是羊群，还可以看到很高很高的悬崖，过悬崖的时候，妈妈会紧紧拉住我的手。夏天，沿途的路上，偶尔会看到几棵挂满绿色杏子的杏树，我想吃，就去摘，妈妈也不阻拦我，有时还会帮我摘上一把，催促我赶快赶路。我们要在山顶上绕着曲曲弯弯的山路走很长很长的时间，然后才能隐隐约约看到很远处的村庄，那便是外婆家了。

从看见村庄开始，我们开始下山，一直下山，漫漫长坡，下到山底，便是一条宽宽的河了。如果在夏天，妈妈会带着我，一直走到有洗衣服婆姨的地方，挽起裤腿，蹚水过河。如果是在冬天，我会挣脱妈妈的手，跑上冰面，连滚带爬，欢跑在前面。如果是在春秋两季，妈妈便拉着我的手小心翼翼地从窄窄的木板桥上走过。

有的人晕血，我是晕桥。童年的我是最怕过桥的。走在那摇摇晃晃的桥上，看见那桥下面的水翻江倒海，咆哮连天，不闭眼睛害怕，闭上眼睛更害怕。每次过河，我总是紧紧抓住妈妈的手，战战兢兢，一步三移，要好长时间才能从桥上移过去，而过去后，手心流汗，头发根冒汗，浑身潮湿。

到了外婆家，一般情况下，已经过了吃饭的时间。这时外婆会踮起"三寸金莲"的小脚，赶紧从外面抱回来一捆柴火，把他们早上吃剩的饭在灶火上热热，然后让我和妈妈吃。有时外婆家会没有剩饭，这种情况下外婆会给我和妈妈开点儿小灶，做一碗荷包蛋拌疙瘩。那荷包蛋拌疙瘩的香啊！我现在用任何词都无法形容了。

外婆家是典型的庄户人家，鸡、羊、驴、猪、狗、猫这些动物家里是应有尽有。外婆家人口也多，外婆、外公、舅舅、四个表哥、一个表姐，八口之家的一日两餐的饭都要外婆做，而且还有那些牲口的温饱也离不开外婆，这真是难为外婆了。基于这些原因，妈妈去了外婆家，便要一头扎进忙碌的生活里。我那时虽然还小，但也不是吃闲饭的，跟在外婆后面，寻长递短也不得闲。

外婆家院子里有一个小石磨，外婆时常会踮着"三寸金莲"在磨道里转过来、转过去，转过来、转过去。那时，外婆家每日早晨的玉米馍馍是从那石磨上磨下来之后，才做好上锅蒸的。我到外婆家后，看着外婆推磨，觉得好玩，便吵着要自己推磨。外婆见我要主动推磨，便十分欢喜地让我推。可是我个子小，那磨居然不听我使唤，尽管我用力推，但磨扇却纹丝不动。后来外婆便给我换上一根长长的磨棍，让我绕着大大的圈推磨，这下好了，那磨扇在我的推动下旋转起来了。

外婆看见我一个人也能推动磨了，便夸我能干。我听了外婆的夸奖，更是高兴，居然也不觉得累，一早上一直在磨道里转。

那是我第一次推磨，也是最记忆犹新的一次。那天上午，吃着由我自己磨出来的玉米面蒸熟的玉米馍，感觉那是格外香！

舅舅中午回来吃饭时，说他们收秋的山地畔上有很多"牛眼睛"酸枣。我听了便开始流口水。舅舅看出我的馋样，便决定带我上山去摘酸枣。

到了山上，还看不清酸枣的样子，就已经闻到酸枣扑鼻的香味了，等看见那鲜红的酸枣后，我再也按捺不住，央求舅舅帮我摘。

舅舅干脆用镰刀从酸枣树上给我割下来一些酸枣枝，让我蹲在地上慢慢摘，他则继续忙农活去了。

童年时候的我，由于缺少营养，身子极其单薄，尽管难免上山下洼，但摘酸枣这种高难度的作业我是不曾完成过的。我看着那红红圆圆的酸枣就挂在我眼前的酸枣枝上，可那酸枣枝上却挂着比酸枣更多的刺，我刚刚伸手去摘，那刺就扎了我的手，结果我没有吃到酸枣手指已经鲜血淋漓，疼痛难忍了。被刺扎痛的我大声哭喊起来，舅舅便跑了过来，用他粗大的手灵活巧妙地给我把那些酸枣一颗颗摘下来，装进我的衣兜。

傍晚，我们要回家了，我和舅舅都是收获累累，满载而归。

临出发前，舅舅要给驴身上驮上去两袋东西，便要我站在驴的前面拉住驴的缰绳，挡住不要让它走。我哪里敢啊！我是非常怕驴的，外婆家的那些家畜里，我最怕的就是驴了。在我眼里，驴丑陋无比，浑身黝黑，高大威猛，着实让人害怕。可舅舅说，驴虽然庞然大物，但并不可怕，可我依然怕，不敢近前。舅舅便要我闭着眼睛别动，然后他把驴的缰绳塞进我的手里，要我握紧，不要松开。等舅舅让我睁开眼睛时，我分明看见驴就站在我的旁边，而它的大眼睛全是和善的眼神，并没有要攻击我的半点儿举动。在舅舅的鼓励下，我试探着用手摸摸它黑黝黝的身体，也并没有见它要攻击我，而是眨巴着大大的眼睛看着我。

一幅摄影作品引出了我的这些记忆。过板桥、推磨、摘酸枣、拉驴，这些生活的片段其实早已远离了我的生活，尘封进我的记忆。我之所以把这些抖搂出来，是想让我的孩子辈能在多年之后，了解了我们的过去后，和他们的过去做个比较。

2016 年夏　家乡双庙湾

故里六题

一、村　口

很久没去村口溜达了，因为手头有很多文案要做，我不喜欢写那些偏离文学的文字，枯燥无味不说，还劳神费心。但是不写不行，这不，写的头晕目眩，那就去村口溜达一圈吧！

时值傍晚，村口一片寂静，有微风吹拂柳梢的声响，青蛙缓缓歌唱。高速公路上一辆辆汽车疾驰而过，铁路上的火车发出哐当哐当的声响。村口看不见任何人，大概都回家看电视了，这个时间正是央视播放电视剧的时候。

村里现在看不到年轻人了。

我在这寂静的村口独自漫步，让眼睛彻底放松，让大脑彻底清静。

噢！有两只小狗卿卿我我地向我跑来。这是一个让我眼睛为之一亮的场景，在这静谧的村口，一对谈情说爱的小狗，的确给这落寞的村庄增添了不少情趣，也让我紧绷的神经马上松弛下来。

两只小狗的温情时光把我带进三十年前的记忆。

三十年前，我刚初中毕业，妙龄少女，花一样的年纪。那年就在这村口，我与邻居家的男孩女孩追逐嬉戏，互相取乐，开玩笑戏谑。

那时，我们遥想未来，畅谈理想，指点江山，拥抱日月。

那时，村口非常热闹，每到傍晚，会有很多老人、孩子在村口拉话。村口就是议事场所，是信息交流的平台，是了解村内外大事的唯一渠道。村口的老槐树上挂着一口铁钟，村民议事开会就在这铁钟下面集合。

是啊！乡村，山村，农村。但凡带上"村"字，人们马上就会联想到一个词——"闭塞"。农村，意味着闭塞，交通不发达，精神娱乐贫乏。

三十年眨眼而过，如今的村庄一片淡然。就像我八十岁的母亲，不愿过城里喧嚣的日子，不愿住城里高高的楼房，不愿走城里的水泥大理石路面，不愿听我们因为小小的事情而无休止的争吵，她已看淡繁华，只想安静度日。

看着两只恩恩爱爱的小狗，双双仰卧在绿色的浅草里，看天空那一弯斜月。我想此时，它们应该是天下最幸福的。

我不想离开，因为它们的恩爱给我营造了温馨，酝酿出一篇叫《村口》的短文。

2016 年 7 月 29 日　家乡双庙湾

二、村　溪

几日赶稿，懒散了腿脚，我得趁这清晨的凉爽活动活动筋骨，和我另外一个"情人"厮混一番了！

开跑吧！踏着薄薄的雾，拥着满满的激情，向外婆家村溪前进。晨风拂过，丝丝凉意从领口进入前胸，快意掠过心坎。

是要去外婆家的村溪重温旧梦吗？那里曾是我孩提时的乐园。

我出生在一个年龄断层的分水岭，村里的姐妹们不是比我大三岁就是小两岁，所以孩提时的我没有同龄的玩伴，这大概是造成我性格孤僻的原因吧。

　　每到夏天，我就跟着妈妈去外婆家，妈妈要帮外婆拆洗那些从秋到夏都不曾洗过的被子、褥子、棉衣、棉裤。那时我年龄小，每每去了，总是跟在妈妈的屁股后面到外婆家门前的村溪里玩水。

　　印象中的那条村溪水蛮大的，水面能漫过我的小腿，我就坐在妈妈的身边，伸出粉嫩的小手帮她揉搓那些汗臭味浓重的衣服。

　　村溪的上游有一低洼处，低洼处有一汪清澈见底能照见我眉毛的水，水里经常有六七个光屁股男孩戏玩。他们一个中午都在水里泡着，打闹着，欢笑着。

　　男女有别，我不能进入他们的阵营，我趁妈妈不注意偷窥那些戏水的男孩子。他们时而鲤鱼打挺，时而蜻蜓点水，全然不管不远处我这个秀气的女孩。他们一直在水里忘乎所以，直到有村妇扯起漫长的声调传入我的耳朵"狗——蛋——回——来——吃——饭——"，他们这才拍拍屁股，搂着衣服，一溜烟疯癫跑走。

　　外婆家距离我们家有十三公里的路程，这是我今天跑步测量出来的精准距离。十三公里的距离对于我来说不算什么，我是一路慢跑，只用了一个半小时的时间。

　　伏天清晨的那一丝凉爽，在我跑到目的地的时候，早已荡然无存，就在我放慢速度，穿过一片玉米地的时候，感觉自己就像跳进一个大火坑，浑身被一种无法遏制的热气包裹着。穿过玉米地，外婆家颓败破旧的窑洞便袒露在我的眼前。

　　这是一个已经没落的村庄，村庄里的断壁残垣与夏天的绿色显得格格不入。我的外婆与外爷早已作古，他们的魂灵此时大概就在我的头顶盘旋，用慈祥的眼神看着我，为我祈福！

　　就在我浑身湿透，气喘吁吁的时候，我终于又看到那条村溪了。

那是一幅怎样的画面啊！刻骨铭心。

一头黄牛，四膝跪地，引颈舔吸没入高大翠草里的那一汪溪水，专注而深情！

顿时，我热血沸腾，心跳加速，幸福感倍增。噢！这里已经成了那头黄牛的乐园！

2016 年 7 月 30 日　家乡双庙湾

三、村　井

我的个头之所以没有长高，妈妈说因为我担水太早，让扁担压住了长个儿的骨头。居住在黄土高坡的人都有过这经历，我当然避免不了。

在我的身高还没有长到水桶与扁担加起来高的时候，我就接过了姐姐肩上的扁担，开始了我的担水生涯。姐姐是要帮家里干比担水更艰巨的活计的。

每天下午放学回到家，我撂下书包，挑起水桶去担水。我家有一口黑瓷青龙大水缸，装满那一缸水，需要满满的四担（八桶）水。那年月，帮家里干力所能及的事情是理所当然的，没有谁家的孩子因为干了这些活计反而挨父母的打，我也如此。

我把水桶挂在扁担钩子上，然后把扁担钩子勾在扁担上，这样水桶才能被我低低的个头悬挂在地面上空。

村井距离家五百米。

村井是经常要升级的，就像现在的手机，随着社会的进步，也不断更新。

在我的记忆中，家乡最初的村井只是一个用五块薄石板砌成的水槽，底部的石板正中有个小孔，孔里往外冒泉水。井很小，担水的人必须要自带马勺，然后蹲下来，一马勺一马勺往出舀水。那时，我每次担水只能担两桶半桶水，多了，担不动。而就那两桶半桶水，路上还要歇两站。因此，我一直担水到月亮挂在树梢，那大水缸才可以装满。

就在我能担起两满桶水的时候，村井有了第一次升级。升级后的村井无须下蹲用马勺舀水，而是用扁担钩子勾住水桶，两只手把扁担一扬，水就装满水桶了，然后弯腰一提，一桶水就出了井。第一次升级后的村井，比原来的容量大了，而且水流量也高，既省时又省力。

村井第二次升级，不是在原井的基础上升级，因为那井在一次大洪水后，连底掀掉了。村民另择一风水宝地，然后深挖几米，用砖块从井底开始一直垒上来，上面架了辘轳。和电视剧《辘轳、女人、井》里面的那口井如出一辙。第二次升级后的井，样式新颖，坚固耐用，容量更大，流量更快，省时省力自不必说。那时的我已经出落成大姑娘了，装着一副冷冰冰的模样，心里却有盆炭火燃烧，偷听到摇辘轳的成年男女互相打情骂俏的声音，脸就开始发烧。

村井第三次升级就是潜水泵广泛推广的时候。那时，家家户户都打井，把潜水泵往水里一放，然后家里闸刀开关一拉，水就抽上来了。这样的弊端是村里的人们少了交流，少了在辘轳井上担水才能发生的那些情趣。就在那时，我出嫁了，离开了家乡。

后来，家乡的村井又进行了一次升级。这第四次的升级，把村民的生活推上了真正的现代化，达到了小康生活水平，村民开始享福了！

村民在位于居住位置高的坝地修了一个大大的蓄水塔，把原坝里的水经过处理转换后用管道输送到每家每户，这便是家乡人现在吃的自来水。然而自打吃上这自来水，村里的年轻人就不在村里住了，他们去了县城，省城，京城，有的还漂洋过海去了更远的地方！

如今的我又回村里，妈妈种了一院子的蔬菜，就用那自来水浇灌，扁担不见了踪影。不过我还时时想起小时候担水的情形，那可是一幅非常壮观的图画啊！

夕阳下，一行肩挑扁担的少男少女，从松软的黄土地里走来，那神情、那姿态，醉人！

2016 年 7 月 31 日　家乡双庙湾

四、村　校

有村校的地方就有村庄，村校是村庄进步的标志，一个村庄的经济发达与否，要看村校的规模大小，校内的学生多少。

我没有在家乡的村校上过学，因为小时候居住的地方是两村交界处，距离邻村的学校比较近，所以父亲就主张我就近上学。

学校毕业后，待业在家的我，听从父亲安排，去村校教学，一教就是十年，所以村校对于我来说，感情不亚于我上小学的邻村学校。

村校是新中国成立初期创建，是拆除一座庙宇后修建起来的，规模较大，有一排二十孔窑洞和两排十间平房，还有大大的校园和一个足有五百平方米的操场。环境较好，院内紧靠学校围墙有一圈高耸入云的钻天杨，乒乓案、篮球架一直就有。学生较多，二十世纪九十年代前，两千人的村庄，所有本村的学生都会在这里上小学，峰值期学生多达六百人。

二十世纪八十年代之前，村校那时设置有学前班一年制、小学五年制、初中二年制，总共八个年级，十几个班。进入二十世纪八十年代后，九年义务教育开始实行，因此把九年义务教育放在小学与初中两个阶段完成。小学六年制，初中三年制。初中毕业后，可以升"小中专"，"小中专"毕业后就可以参加工作。村校的初中班就在那个时候全部并入镇中学，此后村校就定位为小学。

我是二十世纪八十年代后期开始在村校教学，当时，由于学校的教师编制紧缺，开学后，校务处给教师分班，按三个组分，分别是低年级组（一年级至三年级），高年级组（四五年级），毕业班组（六年级）。我刚进入学校时，给我分的班是低年级组，新学生、新老师。我从一年级开始带班，一个班的所有课程都由我一人带。当时，别说学生了，就教师也必须要"德智体"全面发展。教师要把这班学生带到三年级期满，待学生升四年级后，校务处会根据资格与能力决定教师是否继续带四年级或再带一个一年级的新班。

我是一个做事特认真的人，骨子里有一股不服输的精神，所以说在那段教学时光里，我是比学生更勤奋，更努力学习的。那时教师必须不断进步，才可以从一年级一直带到五年级。

那样的分班模式我没有研究是否存在弊端，也没有站在学生的角度去想，他们是否真的会喜欢同一个老师一种风格的教学方式。但是，站在我的角度去评论这件事，总感觉这是对我的极大鞭策与鼓励以及厚爱。

我所教的那些学生中，后来绝大部分都学有所成，各自都走向了不同的工作岗位，虽说这不是我一个人的功劳，但我每每听到关于他们的好消息，就会由衷地高兴！当然也有一部分学生因为各种情况，依然坚守在家乡，但他们都是遵纪守法的好公民，是家乡优质土豆、粉条的传承人，是甘愿守着家乡绵绵黄土的本分人，是家乡悠悠岁月、风云转变的见证人。他们在家乡遇到我，还能亲切地喊我一声"老师"。那可是一种无上的光荣和无法言表的喜悦啊！

噢！我还真感谢那段教学时光，在那十年的教学期间，我还真学到不少。无论知识、经历都是一笔宝贵的财富。

如今，村校却处于一种落寞与无人问津的境地！我就站在那紧闭的村校大门前，有万千感慨却不知如何表达，突然间想到前几日写了一组乡愁的诗，其中一首《讲台》正好能印证我此刻的心情，就贴到这里做个结尾吧！

灯光，哪儿去了/蛛网里回荡着旧书声/还有院子里的那口古钟/老槐树上独自呻吟/墙角的青藤已经干枯/黑板报年岁大了/鬓霜斑白/操场上，荒草疯长/锈迹斑斑的铁大门在风中颤抖/孩子们哪里去了/清脆的笑声在耳边回响/教室里空空的/有昔日的身影晃动/我好想站上去/追回那已失的旧时光。

2016 年 8 月 12 日　家乡双庙湾

五、村　庙

家乡有隔河（大理河）相望的两座庙，得村名双庙湾。

新中国成立初期，位处寺沟沟口较大的一座庙改建为村里的学校后，村里就只剩河对岸庙沟沟口的一座小庙了。

庙太小，又不在村中心，所以每年除了在戏台上唱一场戏外，庙就处于一种香火冷落，甚至无人问津的尴尬之境。

那破旧又不起眼的小庙时至今日，虽说谈不上没落，但绝对不会引人注目，年久日深，更加褪色。却因它是村里人的精神寄托，也有虔诚人偶尔维护，故时至今日，依然留存，保存为村里唯一年长的古建筑。

后来，村里一老农耕地时口渴了，饮山泉水时意外在岩石缝里发现了腾龙图。村里人仿佛被神龙点化一般，又建了一座新庙，名曰——神龙庙。

新庙建成后，乡村有一新一旧两座村庙，又与村名吻合。

山不在高，有仙则名。水不在深，有龙则灵。

新村庙位于一座小山顶，山下没有深水，却因岩石缝里的腾龙图，村庙便格外有名气、有灵气。四邻八乡的人拖儿带女，扶老携幼来庙里抽签问卦，讨个吉利。

新村庙也不大，一个正殿，两个偏殿，与正殿遥遥相望的是一座戏台，戏台旁是一排六间平房，为戏班唱戏的时候，戏曲演员住宿与做饭而用。

新村庙环境优雅，四周松柏林立，绿柳成荫，背靠万亩良田，面向连绵群山。

新村庙建成距今不到十年时间，是几位事业有成，走出家乡的本村人捐资而建，图的是事业做大，顺风顺水，继续永泽乡里。

在这个农村文化缺失的年代，村庙成了本村老人的情感寄托，成了本村游子回馈乡亲聊表心意的地方，成了达官显贵展示公德的窗口，成了乡村少数少文化之流消磨时间的所在。

我从小不喜欢热闹，不喜欢看戏，不喜欢在人群集中的公共场所招摇过市，所以对于村庙的全部情感仅限于我八十岁的母亲爱看戏。

然而，村庙不是天天唱戏，每年也就是一两次而已。所以，每每回到家乡，遇到唱戏，我会用汽车拉着母亲，把她安妥在戏场后，我穿过偏殿，进入正殿，怀着一种五味杂陈的心情，装出一副虔诚的样子，焚香点纸，作揖跪拜，默默许愿，然后掏出一张百元大钞，摆出阔绰的姿态，大方而不失斯文地把钱投进功德箱，而后用眼睛的余光瞄一眼村庙出纳是否把款项与名字记录在账本上。

我是无神论者，但在家乡的村庙里，我会尽量让母亲满意，尽量让村里人喜欢，尽量让我的心灵超脱。

出了正殿，我会朝村庙的市场方向走。

这时，进入我眼帘的是各种买卖食品与小玩具的小商小贩，还有那些不为看戏，专门为来戏场找个熟脸，混个热闹，买碗凉面吃的假戏迷。这时，我会转身再绕回戏台，再看戏台下那寥寥无几的看戏老人。他们大都风烛残年，年老色衰，弯腰驼背，皱纹密布，头摇手抖，但他们依然会目光悠然地看着台上戏曲演员的一招一式，一颦一笑。他们依然会神态淡然地随着那抑扬顿挫的唱腔频频点头，面露微笑，欢欣愉悦。我也会坐在有微风吹拂，有晚霞欣赏，有戏文可听的浓荫下看山、看川、看人头攒动。我眉毛紧锁，目光邈远，思绪泛滥，凝神思考：这村庙究竟是为谁而修？庙的意义又何在？

2016 年 8 月 13 日　家乡双庙湾

六、村　貌

黄土与窑洞是陕北村貌的基本特征。

陕北的所有村庄都是根植于黄土地上的一处重要风景，窑洞是最明显、最突出、最有特色的。是中国陕北黄土高原上特有的汉族民居形式，具有十分浓郁的汉民族风情和乡土气息。在这些窑洞里发生了一代又一代人的爱情故事，上演过一代又一代人的悲欢离合，汇聚出一代又一代人的酸甜苦辣，演绎着一代又一代人的悲喜交集，盛开着一代又一代人的铿锵玫瑰。

从我记事起，家乡村庄里的窑洞最先是土窑洞，后来随着社会的进步，窑洞也不断更新，就有了现在的石窑洞和砖窑洞。我八十岁的母亲住过石窑洞和砖窑洞两种风格的窑洞，但是现今装修后的窑洞，陌生人从外观上是分辨不出哪孔是石窑洞，哪孔是砖窑洞的。如何分辨？这是一个秘密，暂不透露，想要了解，去看我曾经写的散文《窑洞》。

透过村貌看社会的发展，这应该是最容易看出一个村庄是发达或落后了。而一个村庄的变化与否，最直观、最明显进入我们眼帘的便是路了，有老话讲"要致富，先修路"说的便是这个道理了。

我有幸成为二十世纪二十年代的新生儿，家乡的村貌变化像电影一样深深烙印在我的脑海里，现在我便把它从二十世纪七十年代中期开始播放一遍。

家乡门前曾经是一条石子路，那时我只有四五岁的光景。记忆中，有一天，那条路上倒下许多小青石块，一堆一堆地在那条路上排列开来。于是，妈妈带着我去路上捣石子，是用家里捣炭的手锤子把那些小石块捣成碎石子。当然，所有村人都参与了，每家一堆，大人、娃娃都出动，一天捣不完，两天捣，妈妈说捣石子是挣工分的。也不知我是否真的捣碎了石子，现在不记得了，但那震撼的场面，我是千真万确经历了的。之后，那条路就成了柏油公路，号称307国道，现在的307国道是从原来的基础上加宽了的。

除了那条路，还有一条大理河是从家乡门前的川道里流过的。那条河留下过我的许多足迹，是我成长的乐园，我对那条河的所有情感都融入之前写的一篇散文《记忆中的大理河》里了，那是一条养育我成长的母亲河，绝对比黄河在我心里占据的分量重。

还有一个再也还原不了的记忆是村里曾经有过大片的盐地。那片盐地在早些年可算是村人的衣食父母。记得那片盐地里有水桶一样粗的一根铁管子，管子里日夜不停往出冒一种用舌头舔上去会很咸很咸的白花花的水，我们管它叫盐水（食用盐）。还记得那盐水被一些村人用水桶担在自己的盐地里，一马勺一马勺地舀起来然后扬洒在用耙子挠酥松的土地上（这叫"种盐"）。然后等太阳把盐水洒湿的土地晒干，再用耙子挠酥松，再洒盐水，再晒（这叫"养盐"）。一天，两天，很多天，一直等那些盐土养熟透了，然后攒成堆，一锅一锅往出淋（这叫"淋盐"）。最后把淋出来的纯度高的盐水倒入大铁锅加炭火熬（这叫"熬盐"）。往往是一锅水最后熬成少半锅的时候，便会看到锅里出现很多很多的白色小颗粒，这就是所谓的"食盐"，这时停火，把锅里的盐水与盐粒全部舀进大红条筛里控，等筛里变成一颗一颗晶莹透亮、颗粒互不粘连的盐粒时，盐就可以收起上交政府了。

　　盐历来不允许个人经营，个人经营属于走私。村里的盐也是如此，那时村里的种盐人是挣工分的，相当于现在的工资，而种盐也不是谁想种就可以种的，也是有编制的，如同现在的编制工人一样。我父亲因为是教师，所以不可以享受种盐的编制，但孩提时期的我可以每天提着筐去盐锅窑挖炉灰、捡兰炭，这可以为我家节省出一笔不少的开支。最让我开心的是，我可以借着捡兰炭的机会把家里的洋芋、红薯偷出去，放在熬盐锅里煮熟吃，那可是现在再也吃不到的美味啊！最让我痛惜的是这片神奇的盐地后来被一排排平房代替。

　　家乡是粉条之村，这是最让我引以为荣的，而且是独有的村貌特征。政策实行包产到户后，是村里人开始从事的副业，属加工业。二十世纪八十年代初粉条加工在村里最为兴盛，那时家家户户都有作坊，销量更是可观，那时村里单单以销售粉条为主业的贸易货栈就有好几家，而一年四季来村里拉粉条的大货车是不间断的，据不完全统计，全国各地都有。那时，每到冬天，放眼村里整个川道里，一定会是白格生生的粉条挂满川。我之前还在一篇散文里这样描写道："那白格生生的粉条，就像洁白的哈达从天而降，一帘一帘在我眼前蔓延开来，一望无际，美不胜收！"

后来，西部开发之风吹入村里，给村人引进了更为便捷的生财之道——土炼油。

土炼油进入村里后，村里从事粉条加工业者几乎有三分之二转为土炼油。一夜之间，村里的地面上冒出了数不清的土炼油炉。紧接着，歌舞厅、饭馆、按摩院在村里如雨后春笋般相继冒出。这时，小小村庄每天大车、小车，商人、官员络绎不绝。从此，大理河水被污染，村里的生态被严重破坏，三分之一的粉条加工业被迫叫停。再后来，又一股新风吹来，土炼油退出村里，村里人这才又重拾粉条加工业，不过从事粉条加工业者大大减少，因为一部分人的理想插上翅膀，已经飞出村，飞向更远了。

现在纵观家乡村貌是：三路一河绕川过，砖窑石窑满山卧；整齐平房沿低走，光纤电缆空中梭。（三路：307 国道，高速公路，铁路）

2016 年 8 月 6 日　家乡双庙湾

忆年味

　　腊月二十，我用钥匙打开母亲的家门，见母亲正跟好友打麻将，便问母亲："快过年了，要不要我准备点啥？"母亲头也不抬，边玩麻将边说："现在不同以往了，不推不碾、不淘不泡、不蒸不煮、不杀不刮、不扫不洗，还早呢！啥也不必准备。"

　　我与母亲是对门邻居，当时买房，弟弟让我买母亲的对门，说母亲逐渐老了，好照应。

　　弟弟说的在理，母亲已年迈，过了大年，已八十二岁，到了不必操心琐碎，让儿女伺候着享福的年龄了。

　　母亲生了五个娃，我排行老四，弟弟老五，我上头有大哥、大姐、二姐。大哥养男养女，家孙外孙，如今帮小儿子照看娃娃，娃娃刚满周岁。大姐也有了孙女，她本人却忙着事业，一天神龙见首不见尾。二姐也有了孙子，孙子还不到两岁，媳妇却又怀孕，儿子、媳妇都上班，她一天带着孙子，还做着一家五口人的饭，忙得天天团团转。弟弟最小，却不在国内，远水解不了近渴。我呢？儿大未婚不必我操心，丈夫在乡下扶贫不必我费心，名副其实的家庭主妇，却也闲不住，拾掇了个爱好，一有时间，不是捧着小说看，就钻进电脑里写文章，跟天南海北的文友，赛跑一样晒文章，即便睡在床上，也不忘夜读晨诵，兴致上来，全忘记隔壁还住着母亲。因此，家庭会议决定，雇用保姆照顾母亲。

　　保姆负责母亲的饮食起居与日常卫生。平日里，我与母亲各有各的兴趣爱好，各玩各的，互不干扰，但我间或会在饭前来母亲屋里坐坐，陪母亲说说话，间或给母亲洗洗澡。

　　腊月十五开始，保姆开始给母亲家里搞卫生，我却按兵不动，仍在电脑上敲打文字，仿佛我住着旅店，卫生不需要我亲自动手。其实不然，让我坦然的是，年前搬来西安，住进高层电梯楼房，有密封好的玻璃窗户，不必遭逢黄尘袭击，新买了全自动洗衣机，床单、被罩、窗帘、沙发套、衣服等等，再也无须动手洗，分类塞进洗衣机，按钮一按，省事极了。自动吸尘器，按钮一按，得心应手，无须人操半点儿心，却能把人到不了、挪不动的家具角落，犄角旮旯儿，全都打扫干净。

　　在如此情况下，我便在写字困乏之时，借着舒展筋骨，就可以把家里卫生做完了。

　　当然，母亲家里也是一应现代化设备，只因保姆要回自家过年，所以才赶着干活。

　　看着母亲如此坦然，如此悠闲自在，我却不由得回想起小时候过年的情形来——

　　腊月忙，忙腊月，进了腊月就是年。

　　一入腊月，年的序幕就拉开了，院子里的碾磨见天不停。张家一天，李家一天，我家总要等到过了腊月十五才有时间排上。糕面、黄馍馍面、油馍馍面、白面，这些全要提前准备好。

　　有说"忙不过月尽，闲不过初一"，也有说"忙不过腊月，闲不过正月"，意思都一样，腊月里要把正月的吃食全准备好，而正月则消消闲闲走亲戚拜丈人，只管吃喝玩乐。当然，这话是针对大人而言，至于黄毛丫头和光脑小子，最大的好处是，走哪儿都能吃好的。

　　吃好的，是我们这代人孩提时盼过年最简单、最直接、最鲜明的理由。

　　大清早，母亲派我到前庄借来二叔家的毛驴，爹把毛驴拴在碾磨上，母亲系着围裙，跟上毛驴在碾道、磨道不停地转，一转就是一整天。

　　次日一早，天还不明，母亲就叫醒我，打发我跟爹到后庄大婶家的水磨上磨黑豆。父女俩轮流着磨完黑豆，就到后半晌了。我赶紧回家提桶，担水。做豆腐费水，担水是孩子们的工作。睡一觉醒来，眼一睁，看见父亲母亲都不在，就知道去邻居家做豆腐去了。用手搓搓惺忪的眼睛，急忙穿衣蹬鞋。一出门，便闻见满院都是浓浓的豆腐香味，忙不迭跑到豆腐窑里。豆腐窑热气笼罩，摸不着东西，辨不清方向。我站在门口，稍稍歇息，眼睛一适应，就看见直径一米的大铁锅里漂着一层白花花的豆腐脑。

　　馋死了，我的口水都流出来了。看着母亲，我嗅嗅鼻子，皱皱眉。母亲手里正拿着一根二尺长的高粱秸秆，朝门外指一下，开始给我布置任务。

　　我拿桶过来担豆浆水，趁热把三块门帘洗了。

　　豆浆水洗门帘可好啦！但凡农村人都知道。

　　洗门帘前，母亲赏我半碗豆腐脑吃，简直香死个人。

　　腊月二十三这天，雷打不动地蒸黄馍馍、打扫窑、糊窗子。全家老小齐上手，又是一整天。晚饭却没有黄馍馍吃，母亲早把黄馍馍藏在凉窑的黄瓷大瓮里，留着正月吃。晚饭只吃稀汤和（huò）酸菜。我看一眼盆里的洋芋、豆腐、黑面条、酸菜叶，仿佛看见我的外婆踮着一双"三寸金莲"，款款向我们走来。

　　到了腊月二十四，周家硷遇集，爹和母亲一起到集市上置办年货，两串鞭炮、几张年画、几张红纸、一斤白糖、一斤烧酒、二斤煤油。

煤油留着除夕、正月初六、正月十五、正月二十三点长明灯和灯笼备用，烧酒、白糖留着做米酒用，鞭炮留着除夕、正月初六、正月十五放，年画贴在窑掌（窑洞多为靠山修建。窑掌位于窑洞的最里端，也就是靠山的那端，与窑洞的窗户正对面）和炕围子上方，红纸裁成对联。我负责磨墨，爹负责写字。大大小小、长长短短，需要写许多副对联，什么出门见喜、青龙大吉、白虎大吉、米面满仓、风调雨顺、春色满园、招财进宝，这些横竖的四字帖每年必须写。我给爹写对联打完下手，接着配合母亲做米酒。白糖和烧酒是做米酒必不可少的。具体怎么做？放多少？我不感兴趣。母亲要什么，我就递什么。

印象中，烧火的后炕，过了腊月二十，仿佛天天围裹着一个坐月子的婆姨，蒙头盖面，被子不曾离过炕头。渐渐长大，我才清楚，发黄馍馍面、生豆芽、发米酒、发油馍馍面都需要热炕头。

到了腊月二十七，爹到前庄请来会杀羊的叔伯二哥，母亲烧好一大锅开水，爹又到羊窝里牵出那只母亲喂了一整年的山羊，弟弟却在羊窝外扯开嗓子杀猪般地号哭。弟弟抱住爹的腿，撕打着爹，不让爹牵羊。弟弟眼泪汪汪，哭声震天，哭得母亲心软。母亲养了一整年的羊，不舍得杀，情有可原。弟弟抽哪门子风？那年，弟弟还小，只有七八岁的光景，见不得杀生。弟弟没命般地号哭了一整天，不吃一口饭，晚上入睡还委屈地哭。

此后，母亲不让在家里杀生。母亲把养大养肥的猪羊卖掉，腊月二十四到周家碰街上割上二斤猪肉、二斤羊肉，留着做年夜饭。

除夕当天，尤为喜庆，我家的收音机里一整天都播放着好听的歌曲。

除夕那天，早上吃炸油糕，中午吃酸汤杂面，晚上吃手动八碗。孩子们特能吃，炸糕能吃到嘴角流油，酸汤杂面能吃出优美的音乐，八碗更是吃得满面红光。

母亲当天大清早就起来了，站在锅台前擀杂面，在大锅里和（huò）酸菜。爹在灶火上炸油糕和油馍馍。我和弟弟睡在被窝里，炸油糕的香味进了鼻孔，赶紧从被窝里爬起来，顾不上洗脸、梳头，就开始吃。

软溜溜、香喷喷的油糕，一年才能吃上一次呀！

除夕上午的和（huò）酸菜与往日的大不相同，酸菜和洋芋只是辅料，主料是豆腐、羊血和杂面叶，酸菜是用羊油炒的，加了辣椒面，出锅前，再浇一大勺子羊腥汤，吃起来简直就是"香烂人脑子"了。

"香烂人脑子"是家乡流传已久的一个笑话，是编排半憨不精的女婿和不会过日子的丈母娘的段子。

相传，临近年关，一个半憨憨女婿给丈母娘家里送炭，看见丈母娘家里炼好几个羊油碗托放在凉窑里，就想拿一个回去，让婆姨炒酸菜用。赶巧，丈母娘留女婿吃羊肉饸饹。女婿浑身上下却没个兜兜，无奈之下，就把羊油碗托藏在头上戴着的烂棉帽子里。结果，三碗羊肉饸饹下肚，头上棉帽子里的羊油碗托受热融化，条条油迹顺着头皮，沿着帽檐流了下来。丈母娘见状，要女婿快把油迹抹下，女婿不敢抹，丈母娘也不避嫌，抹一把女婿头上的油道道，恨声说："憨球样，不热，这是什么？"女婿赶紧用手压住帽子，回说："羊肉饸饹真好吃，香烂人脑子。"

后来，家乡人就用"香烂人脑子"来形容饭香的程度，一种无与伦比地香。

早饭吃毕，爹和母亲开始做酥鸡、丸子、烧肉、炖肉。这个时候，过年最为浓郁的味道在前后窑里弥漫开来，简直醉晕人。孩子们不能醉，早饭吃毕，任务全来了，上坟，扫院，贴对联，挂灯笼。这些活计无须大人亲自动手，言传身教，孩子们早看会了。做好这些，母亲就喊我们进窑里吃中午的酸汤杂面了。酸汤杂面不顶饱，过一会儿，尿两泡尿，就消化了。孩子们还要负责在当院里垒火塔塔。火塔塔垒好，孩子们就开始盼望黑夜来临，恨不能天明晃晃就把火塔塔点燃，全因只有火塔塔点燃，才意味着除夕夜来临，意味着年夜饭——手动八碗可以吃了。

手动八碗，才真正叫"香烂人脑子"。

手动八碗，是穷苦人家过年才能吃上的美味，简称"手碗"，是陕北席饭八碗的简吃。

据母亲说，二十世纪六七十年代，家乡的八碗，除了手动八碗，还有硬、软之分。硬八碗是炖肉、烧肉、酥鸡、丸子、清蒸羊肉、香酥全鸡、红烧全肘、猪肉钻鸡。而软八碗却是炖肉、烧肉、酥鸡、丸子、清蒸羊肉，再加三样荤素不等的食物，具体加什么，跟随时令，跟随村俗，因情而定，并没有中规中矩的菜谱。家乡的软八碗少不了洋芋粉条和炸豆腐。八碗上齐后，必须跟一道素杂烩菜，不限量，管饱吃。

灵感出窍，我想出一个绝美的菜名——清嘴菜，或者亲嘴菜，意即清洗留在嘴里的油腻。现在想来，用蔬菜把吃过八碗留在嘴里的油腻清洗进肚子里，做到不浪费一点儿油水，确实符合当时的生活状况。

最不济的家庭，哪怕一年节衣缩食，在除夕夜也会吃上一顿手动八碗。

记忆里，母亲给我们每人一个粗瓷大海碗，每个碗里放上两颗丸子、两块酥鸡、两片烧肉，或许是两片清蒸羊肉，再加一些洋芋粉条、炸豆腐，浇上一大勺子带有羊腥味的酸汤，撒点儿葱花，美其名曰"手动八碗"。而遇上年景不好，也许只有酥鸡和丸子，并没有烧肉之类的。

母亲说我家过年从来不做炖肉，而烧肉和清蒸羊肉也看年景而定了，全因酥鸡和丸子里可以掺假，而炖肉、烧肉和清蒸羊肉却必须真材实料，还要上油锅煎炸，清油也要浪费掉一些。

母亲常说"嘴无贵贱，吃倒州县"。

在勒紧裤带过日子的年月里，以假乱真是巧媳妇所为，是能赢得婆婆喜欢、乡邻夸奖的。

做酥鸡，鸡蛋多打几个，面就可以多加一些，做出来的酥鸡个头大，耐吃；做丸子，把洋芋沫沫加许多进去，丸子可以多做一些。

年夜饭——手动八碗。无论母亲怎么做，怎么私自减料，我吃起来却总感觉香美无比。

除夕夜点着长明灯，院子里燃着火塔塔，孩子们可以玩通宵，可以彻夜不睡。

四个年龄相仿的孩子们凑成一组打扑克，不耍钱，气氛相当好，仿佛千军万马对阵，喊声阵阵，又宛如家家户户办着喜事，异常热闹。

弟弟早跟着一些光脑小子，张家院子里玩一阵，李家院子里玩一阵，跳火塔塔、藏猫猫，嗨天吼地，伴随着阵阵鞭炮，直到黎明时分才滚着一身炮皮子回家睡觉。

大姐、二姐嫌我年龄小，不带我玩，我也不喜欢跟她们玩。邻居的女孩们，我却嫌她们比我年龄小，懒得找她们玩。我打小怕炮仗，又喜欢安静，担心那些光脑小子会恶作剧，更担心脚后跟会撞上点燃的炮仗。我通常在除夕夜吃饱喝好之后，就守在父亲母亲身边，盘腿坐在热炕头，听爹给我讲一阵古今，讲一阵小人书，陪母亲耍一阵纸牌，耍一阵扑克。瞌睡了，我就钻进温热的被窝，闻着醉人的年味进入甜甜的梦乡。

现在是网络信息化时代，足不出户，也可以看全国各地有关年味的视频与精美文字。

在我看来，现在的年味，仿佛成了有脚、有腿、有翅膀，超音速、超时速的"活物"，在网络世界里，以无比迅猛的速度在翻飞、在蹦跳。然而，我却总觉得其味寡淡，少了某种味道，不比孩提时的年味香甜浓郁了，但沉下心来细想，又觉得不是。

时代进步了，生活提高了，好的东西吃多了，嗅觉与味蕾麻痹了，年味自然就寡淡了。视觉前卫了，欣赏能力提高了，认知多元化了，娱乐多样了，精神生活丰富了，单纯说过年也就无趣了。如此浓郁的年味还觉其寡淡，全因我们这一代人已步入中年，开始怀旧了。

2018 年 2 月 10 日　西安和基居

吃八碗

二十世纪六七十年代出生的人，说起年味，最津津乐道的，莫过于童年时期的吃八碗了。

家乡在陕北子洲双庙湾。双庙湾人把八碗分为软八碗、硬八碗和手动八碗三种。

软八碗是普通人家过红白事情和过年享用的吃食，有炖肉、烧肉、酥鸡、丸子、清蒸羊肉，外加三样荤素搭配的肉菜，跟随时令、跟随村俗、跟随家境，因情而定，并没有中规中矩的菜谱。

硬八碗只有盈实富户人家才会吃，有炖肉、烧肉、酥鸡、丸子、清蒸羊肉、香酥全鸡、红烧全肘和猪肉钻鸡八种纯肉吃食。

手动八碗是穷苦人家过红白事情和过年才能吃上的美味，简称"手碗"，也是双庙湾八碗最简单的一种吃法。通常每人一个粗瓷大海碗，盛着一碗酸辣粉汤，泡着两块炖肉，两片烧肉，两块酥鸡，两颗丸子，抑或还会有炸豆腐、黄花、海带之类的。

不管软八碗、硬八碗，还是手动八碗，临了都会跟一道素菜，通常是大白菜、炸豆腐和绿豆芽三种为主料，配上一些时蔬小菜，一锅清炒出来，味道极其清淡，名曰"杂烩菜"。

在画饼充饥的年月里，只有杂烩菜可以不限量地管饱吃，婆姨们尤为喜欢。

我曾给杂烩菜想出一个绝美的菜名——清嘴菜，意即清洗留在嘴里的油腻。现在想来，那个时候的人简直节约，用蔬菜把吃过八碗留在嘴里的油全清洗进肚子里，做到不浪费一点儿油水，也确实符合当时的生活状况。

我上小学三年级时，语文老师周世久时常写豆腐块的文字见于报纸，他把乡间新貌编成快板，"六一"儿童节让有口才的学生上台表演。我曾在《我的小学语文老师》一文里用了他写的几首快板，其中一首名叫《喜餐》，便是写年夜饭吃八碗的情形了——

方桌桌，瓷盘盘，全家团坐吃八碗；酒盅盅，肉碟碟，张张笑脸似花瓣。

羊肉丸子油蛋蛋，酥鸡烧肉香又烂；猪脑宽粉调辣蒜，炖肉块块格闪闪。

娃娃吃得心喜欢，大人笑语把党赞；党的政策实在好，咱们吃了定心丸。

我娘说，最不济的家庭，哪怕一年节衣缩食，除夕夜也要吃手动八碗。

我家的手动八碗，由娘亲手制作。除夕夜，娘给我们每人一个粗瓷大海碗，碗里放两颗丸子、两块酥鸡、两片烧肉，或许是两片清蒸羊肉，再加一些洋芋粉条、炸豆腐，浇上一大勺子带有羊腥味的酸汤，撒点儿葱花，美其名曰"手动八碗"。而遇上年景不好，也许只有酥鸡和丸子，并没有烧肉或清蒸羊肉之类的。

我家过年从来不做炖肉，而烧肉和清蒸羊肉也看年景而定了，只有酥鸡和丸子才年年做，全因酥鸡和丸子可以掺假，而炖肉、烧肉和清蒸羊肉却必须真材实料，还要上清油锅子煎炸，费料又费时。

我娘做酥鸡，鸡蛋多打几个，面多加一些，做出来的酥鸡个头大，面多，肉少，耐吃；做丸子，把洋芋沫沫加进去许多，干面粉也相对应多加一些进去，经过娘这么一捯饬，就可以多做出许多丸子来，孩子们就可以多吃一段日子。

现在想来，我娘可谓做假高手。我想，在光景惨淡的年月里，能把年味做得既装门面，又能满足家里人的胃口，也只有智慧的巧媳妇才能做到了。

吃八碗感觉最香的，要数在自己家里吃了，因为妈妈做的最有味，又不能放开肚皮吃，总觉得吃不够，吃了还想吃，却只能吃半饱。吃八碗感觉最爽的，要数在有钱人家赶亲事了，可以放开肚皮管饱吃，甚至吃一餐顶两餐。

当时村民时常处于饥饿状态，每逢有人家办事请客，已经吃饱了，再吃一碗炖肉或两碗炖肉的人也大有人在。记忆里，谁家若是办红白事摆八碗，八碗的香味绝对能飘到十里外。

有人说，如今的年味与童年时期的年味相比，总觉得寡淡了些，少了某种味道。让我说，并不是现在的年味不香，是我们这代人已步入中年，开始怀旧了。

2019 年 1 月 28 日　西安和基居

闹元宵

正月十五，回子洲开会，乘坐西安至子洲的火车。火车抵达子洲站已是下午四点四十分，打车赶到银海酒店，正好赶上吃晚饭。饭毕，时间便到晚上七点十五分。一个人仰躺在房间软床上，天马行空地乱想，突然想到县城人应该正在闹元宵。出酒店步行一公里，听到锣鼓喧天，声振屋瓦。拐进巷子，便见一广场里红男绿女正扭着秧歌。秧歌队统一服装，有指挥，有"伞头"，看起来挺正规，声势浩荡，但与印象中的双庙湾秧歌比起来，显然少了些力道，少了陕北人的霸气、威风、热烈、强劲。

双庙湾隶属子洲县周家硷镇，位于大理河北岸，距离周家硷只有三公里路，距离子洲县城二十七公里，门前有公路、铁路、高速路，三条主要干道，川宽，视野开阔，谈不到山大沟深，却因民俗文化的缘故，双庙湾人从来不说闹元宵，习惯上只说"闹十五"。

因我的家乡在双庙湾，所以双庙湾"闹十五"的情形，我至今依然记忆犹新。

记忆里，在二十世纪七八十年代，双庙湾人为了把正月十五闹红火，得准备好长一段时间，需要准备好多节目，如扭秧歌、舞狮子、搬水船、骑毛驴、唱道情、转九曲连环灯，这些节目一个也不会落下。用现在的行话说，"闹十五"就是排练一台隆重而又盛大的元宵晚会了。当然得有总导演、总指挥。一般会在腊月，学生放了寒假就开始排练。

排练离不开乐器。双庙湾人有乐器队，经年累月当作一种谋生的手段。

锣、四人打的大鼓、一人打的中鼓、脆而响的小鼓、镲、唢呐，这些乐器难不住双庙湾人，要几组也不在话下，乐器伴奏每个节目都离不开。

秧歌队成员在整个村子里挑选，女成员清一色为未结婚女子，必须身材苗条，模样俊俏。男成员则要身材魁梧，弹跳力好，形象标致的活泼男子，但不限已婚。从中挑出形象最好，气质出众的一男一女两人做带头的"镰刀""斧头"。秧歌队人数除了乐器队、唱秧歌的"伞头""镰刀""斧头"之外，必须是八的倍数，通常由四十八个人组成，全因双庙湾秧歌的特色是踢场子，二人场子、四人场子、八人场子。

踢场子，男女动作均有区分。女子有拜新人、打灯扇、扑浪花等舞蹈技巧性极强的动作，看起来婀娜多姿、柔美飘逸、优柔婉转、动感自如、眉目传神、娇媚可爱。男子有踢飞脚、放大叉、三脚不落地等武术表演性极强的动作，看起来潇洒自如、粗犷奔放、敏捷明快、阳刚昂扬、勇敢强健、气势恢宏、大气磅礴。

踢场子，女子双扇子扇起来，旋、绕、抖、颤、扬、甩、飘等动作飘逸秀美；身体动起来，转、跳、闪、抱、扑、拜、请、邀、送、推等动作，轻盈灵巧，运动自如。男子手里的红绸火弹舞起来，简直炫、酷、帅、美，手里的扇子扇起来强劲、霸气、拉风，下肢动作威风、有力、果断，无论扭、摇、摆、踢、腾、扫、跪、跳、飞等动作皆流畅动感。男女动作均跟随鼓点，结合自身的气、意、神、韵，用传神的表情，把内心的那种只可意会，不可言传的情感，惟妙惟肖地呈现在广大观众面前，让观众无不赏心悦目。

双庙湾秧歌，闹到极致之境，闹者能产生一种酣畅淋漓的快感，看者能产生一种如沐春风的舒爽。无论闹者和看者，哪怕心有多大的纠结，多深的愁肠，也会得以释放，得以舒展，哪怕再怎么孤冷的心灵，也能得以愉悦，得以舒畅。

舞狮子需要两个男子配合起来舞，狮子头是一个人，狮子尾是一个人，狮子头需要身手敏捷、瘦小灵巧的男子扮演，狮子尾需要身强力壮、身材魁梧的男子扮演，全因演狮子头的人双脚需要站在演狮子尾的男子双肩上，所以一个必须身轻灵巧，另一个则要力大灵活。

搬水船需要五个人配合，四个艄公，一个坐水船女子。演艄公的男子要能丢下丑、会逗笑、举手投足要有戏。坐水船女子是没生娃娃的婆姨，形象要有闭月羞花之貌，走路要有弱柳扶风之态，顾盼要有满目生辉之气。

骑毛驴是一男一女两人配合，依然是女子骑驴，男子赶驴，但女子需要婆姨扮，男子必须未婚后生演。骑驴的讲究妖，赶驴的需要酸。骑驴赶驴必须配合默契，还能惹人发笑。

唱道情是已婚男人的专利，与东北二人转有点儿相似，不同的是女人也由男人扮演；有的曲目却只有男角唱，并没有女角出现，叫独角戏。

九曲连环灯简称转灯，是秧歌队带着全村人转，从进门转到出门。转灯有两个讲究，一说为了转运，说人的运气越转越好；二说已婚的女子偷了灯，会生男娃，是迷信的说法，全因那时的灯是纸灯，洋芋做的灯芯，容易偷，但偷灯不算偷。婆婆公公以及所有的长辈都鼓励新婚的媳妇偷灯。能偷来灯是好兆头，预示着会生男娃。转灯是"闹十五"的最后一个节目，转完灯几乎到了后半夜。第二天会发现几乎所有的灯芯都被人偷走了。

正月十五那天，双庙湾全村人吃过午饭，围在大队部公路的川地里"闹十五"。表演者穿着表演服中间演，观看者穿着新衣服围成圈看。没有现今的警察维持秩序，个个自觉，不胡闹，不乱叫，一个节目看完，再看下一个节目，等节目全部演完，看完，各自回家，再看各自的衣服和脸，宛如个个都成了"出土文物"，活像刚从黄土地里刨出来的"洋芋疙瘩"，但人人欢欣愉悦，无论表演者、观看者。

我属于双庙湾人中的另类，据不完全统计，和我同龄的男孩女孩，唯有我一人没有亲自参与过闹元宵表演。十六岁那年，叔伯二哥是闹元宵总导演，他物色扭秧歌女演员，看准了我，连请三回，全被我拒绝，原因是我不爱热闹，喜静厌动，我骨子里爱干净、怕灰尘。

那时扭秧歌，全都在黄土地里，难免灰尘乱飞。打从我上小学开始，有了自己的主见，我就没有近距离地正儿八经地看过一回秧歌。但这不等于我不喜欢秧歌，不等于我不懂得欣赏秧歌。我会远远地眺望，静静地聆听。我以为，热闹需要亲自参与，感悟只需静心体会。

双庙湾"闹十五"的艺术形式表现中，喜庆是主题，秧歌是灵魂，鼓声代表力量，唢呐传达情感。

广场里看不见灯谜。印象中的县城里人们闹元宵少不了猜灯谜。

我与丈夫是1992年正月十一结的婚，随婆婆公公一起在子洲县城居住，婚后几天，正逢正月十五，即元宵节。大清早开始，县城街上就有扭秧歌的路过，多得数不过来，似乎全县每个镇、村、单位都有秧歌队，都扭大场子，都耍灶火，名目繁多，据说元宵秧歌队要在街上表演到上灯后。除此之外，还有灯展、灯谜。影剧院门前窄窄小小的一片空间，稀稀拉拉吊着几行纸做的灯笼，每个灯笼下粘着一张红纸，红纸上写着黑毛笔字。方方正正的字，一目了然的笔画，极其简单的谜语，年轻人却几乎彻夜不睡，围在灯谜下尽兴。

　　我结婚那一年，县城里闹元宵多了一个名目，叫吃汤圆。插段题外话——新媳妇要帮婆婆做饭，不能太不着调，元宵节看秧歌不能太晚回家。我和丈夫看了一阵，到了做晚饭的时间，便匆匆跑回家，见下班的公公买回来一袋汤圆。公公下班路上看见很多人围着买，知道是大城市人过元宵才吃的特别食物后，也买了一袋回来。公公交代婆婆立即煮食，否则就像冰棍一样很容易化开，化开就糟蹋了，也吃不成了。汤圆，在那个年月，可真是一种新鲜食物，我们全家人之前不曾听过、见过、吃过。婆婆自是不知道怎么煮，我更不知道。那时又没有网络可查，不知道就是不知道。结果，婆婆煮出来的汤圆，令她极为沮丧，汤圆全部煮烂了，煮成一锅糊汤，连一颗囫囵的都没有。婆婆是讲究人，看见一锅糊汤，便没有了胃口，并且开始长吁短叹。公公是连拌汤也不吃一口的人，他买汤圆原本也是优待刚过门的新媳妇我了，他自然也不会吃一口。公公看着一锅糊汤，脸色当即难看。丈夫出来打圆场，舀起一碗，喝了一口，咂巴着嘴，连连说香。我学着丈夫的样子，也给自己舀一碗，吃一口，觉得煮糊了的汤圆，味道也极其鲜美，极其香甜，就放开肚皮吃了个饱，吃了个心里甜蜜蜜。吃了汤圆，丈夫带我去影剧院门前看灯展、猜灯谜。他问我汤圆好吃吗？我笑答好吃。说实话，真的好吃。我喜欢甜食，喜欢汤圆那种团团圆圆，甜蜜蜜的意蕴。

我心里正疑惑，一个看秧歌的婆姨跟我搭讪。交流几句后，才知道此广场非彼广场。此广场为小广场，猜灯谜在大广场。于是继续前往大广场。

元宵夜的子洲依然寒冷，夜风一吹，寒意袭来，情不自禁便缩着肩膀，双臂抱在胸前走，走不到一公里，便到了体育场，即所谓的大广场。

首先映入眼帘的是悬挂在高空整齐划一的灯谜，清一色的灯杆上端安装着清一色的红色灯笼，清一色的红色灯笼下面垂挂着清一色的白布黑框谜帘，清一色的白布黑框谜帘上写着清一色的印刷体文字，清一色的印刷体文字写出一条条不同的谜语，每条谜语下又站着不同年龄、不同姿态的猜谜人，或仰头瞅着，或低头沉思，或用手机拍谜语，或傻傻呆呆地瞎看，或一目十谜地扫一眼。

我的视力不行，谜语上的字看不清楚，模糊一片，只能走马观花，一扫而过。

说真心话，我不是来猜灯谜的，我是来感受新时代新子洲新县城的节日气氛的。

洪灾过后，子洲县城经过一年半的修缮处理，再加上新建设的楼房街道，看上去绝对焕然一新。用"人山人海、欣欣向荣、热闹非凡、欢欣愉悦"这些词来形容元宵夜子洲广场的景象简直恰当不过了。

接下来便是耳朵的享受，陕北说书曲调明快、唱词昂扬。或喜庆悦耳，或激烈紧张。一阵俏说风云，一阵笑评诸侯。

　　我正听得入耳，一股股香味却不失时机地扑鼻而来，是汤圆的味道、棉花糖的味道。

　　好多人，挨挨挤挤，坐着吃汤圆。好多小孩，一手举棉花糖挥舞着，一手牵着妈妈的手，蹦跳着、欢叫着，宛如儿时在电影里看到的场景。真好！心底里禁不住感慨。

　　一个人徜徉在元宵节的夜色里，内心里升腾起来的感觉绝对是新鲜的、美好的、幸福的、温暖的。能让思绪飞上天空，灵感插上翅膀，宛如高尔基笔下的海燕，在大海上任意翱翔。能让岁月倒回三十年，年龄回到十八岁。血液一如高山上流下的瀑布，激情而昂扬。想象一如黄河波涛，恣意咆哮。

　　返回的路上居然又遇到秧歌队，峨岽峪村秧歌队正在闹元宵。

　　秧歌队里有一组骑毛驴杂耍。骑毛驴的婆姨，脸若桃红，笑若菊花，发髻后绾，鬓角插红色凤尾装饰，身穿大红袄。赶毛驴的后生，头裹白羊肚手巾，足蹬黑色皮靴，白色长裤，白色对襟中式布扣衫，红色坎肩，两前襟绣着金色凤凰，腰束红色镶金边宽腰带，手举红色绒丝线短鞭。毛驴是个假货，黝黑的脑袋，镶着金色勒脑，项上系着黄色项圈，脖颈下垂挂着红球，金丝边儿围腰，红色长裙。

　　假毛驴在俏婆姨胯下宛如真毛驴，被手举短鞭的后生赶着，一会儿大步惊奔，一会儿碎步慢走，一会儿两后蹄直立。赶毛驴的后生，表演绝对一流，仿佛一头小驴条子，满场子狂奔，又宛如孙猴子转世，毛手毛脚，直把骑毛驴婆姨逗得一会儿左边跑，一会儿右边闪，一会儿又被后生搂住说情话，对着天空望月亮。

　　喜庆的表演，彻底吸引住我，我竟然忘记冷，举起手机，连拍了好几组视频。

我全想不到，现如今的子洲人闹元宵，气氛比以往浓郁了许多。

快到酒店，远远看见酒店门前黑炭垒成的硕大的一个火塔塔。快走几步，却见一男一女烤着火，说着话，男的搂着女的，煞是亲密。我不敢靠近，怕打扰了他们说情话，远远望着，静静等着，等一对情人进了酒店，我才走近火塔塔，近距离感受元宵夜的温暖。

家乡的元宵夜的确温暖。

温暖，是 2019 年元宵节的关键词。

　　　　　　　　　　2019 年 2 月 19 日　子洲银海酒店

老刘家粉条

"一带一路连天下，老刘家粉条香万家！"——这是陕北著名诗人"天马行空"对老刘家粉条的赞誉，也是陕北文化人对老刘家粉条公认的评价。那么老刘家粉条又是怎么由来的呢？

老刘家粉条，原产地是陕西省子洲县双庙湾村，位于大理河北岸，历史上此地曾是大斌镇。北魏神龟元年，即518年在此设大斌县，历时四百余年。西魏时期，大斌县归安政郡管辖，郡所驻地就设在大斌镇。

双庙湾曾经山清水秀、农牧发达、街市繁华、庙宇辉煌，是方圆百里的物资交易中心，是陕北久负盛名的历史名村。

双庙湾村的老刘家粉条历史悠久。坊间传说，清朝末期慈禧太后钦点双庙湾粉条为皇室厨房御用食材，为朝廷贡品，每年必须敬贡两次。

双庙湾老刘家粉条，以优质马铃薯为原料，最初以纯手工艺制作，发明人是已故老粉匠刘怀珍，是在他母亲启发下借鉴比他年长14岁的李宏恩做粉的基础上改进而来的。

李宏恩做粉条不是用马铃薯为原料的，最早的原料是用绿豆，其口感柔滑、细腻、筋道。绿豆制作粉条成本极高，后来为了降低成本，又用高粱和绿豆各半或高粱多半绿豆少半，再后来又用纯高粱制作，这样的成本相比之前更低一些，但粉条的色泽欠佳。后来，既为了降低成本，又为了改善色泽，又试用豌豆、玉米作为原料，但制作出来的粉条条杆不理想，看着不美观。

据说，在光绪年间，李宏恩为了给自己研制出来的粉条打开销路，曾托人把绿豆、高粱粉条进贡朝廷。后来，慈禧太后就传下来一道圣旨。大意是双庙湾粉条被定为御用食材，每年必须进贡朝廷两次，但有特别要求，质量要达到色泽白、韧度强、条杆匀、味道好。

李宏恩接到圣旨，喜忧参半。喜的是，他的粉条有了出头之日；忧的是，他研制的粉条达不到色泽白，以至于一段时期，寝食难安。后来还是他的邻居——刘怀珍的母亲，一个天资聪颖的妇女给他提醒，让他试验用绿豆与马铃薯合制粉条。经过多次试制，果然成功了。

李宏恩知恩图报，他把这功劳的一半给了刘姓，这就有了双庙湾老刘家粉条曾经是清朝末期皇室御用食材这个传说。刘怀珍后来是在李宏恩做粉条的基础上，又经过多次试制，最终才研制出来纯马铃薯制作粉条的一套新技术。

双庙湾老刘家纯马铃薯粉条的推广是在民国初期，当时是水磨推粉，依然是纯手工艺，专业技术掌握在本村少数刘姓人手里。当时双庙湾刘姓人家家户户都在推粉，每天早上鸡叫就起床，赶天明就要在水磨上推完一袋（约 50 公斤）马铃薯。然后赶在早饭前要把水淀粉全部分离在一个黑青龙大瓷缸里。待早饭后，开始用清水漂洗缸里沉淀下来的水淀粉数次，一直要看到水淀粉洁白透亮不含一丝杂质为止，然后取出纯白水淀粉，用白帆布袋包好悬挂在大瓷缸上空，等里面的水分全部过滤尽，这时天就黑了，晚饭后，收起大块状的水淀粉放置在一盘火炕上，到此，加工粉条的第一道工序就算结束。就这样日复一日，等积攒下很多（约 400 公斤）淀粉块的时候，就能漏一次粉条了，漏粉的时候需要请专业粉匠做技术指导和掌瓢。

双庙湾老刘家粉条加工为成品，其工序相当复杂，要经过磨碎、分离、漂洗、过滤、碾压、搅拌、揣揉、漏、引、提、出、冻、洗、晒、包，十五道工序。这属于群体作业，所需人力比较多，家庭作坊，单单漏粉这天，以每天 800 斤淀粉计算，最少需要 6 个人。

双庙湾老刘家粉条，其色泽洁白光亮、条杆粗细均匀、口感滑润筋道，具有耐煮沸、耐浸泡等特点。可以单品制成美食，直接烩、炒、拌、涮，也可以与蔬菜、肉类配做各种美味佳肴。其产品种类有：扁粉、宽粉、二条粉、细粉。

20 世纪 80 年代开始，双庙湾老刘家粉条在制作技术上有了第一次更新，即实现了半手工半机械化制作，但这时仅仅是磨碎这一工序实现了机械化，其余的流程还是手工艺完成。到了 21 世纪，其制作技术有了第二次更新，即搅拌这一环节又实现了机械化。后来，自来水的介入，制冷机的介入，换气扇的介入，让双庙湾老刘家粉条在制作流程上更省时、省力，也让家庭作坊的粉条产量大大提高。现在以 6 个人为一班计算，日出粉量可达 1250 公斤。

有人说，金杯银杯也不如人们的口碑，这话的确真理。双庙湾老刘家粉条在社会上享有良好的口碑，有证如下——

子洲县作家协会拓毅主席题词：老刘家粉条，众口可调！

子洲县人民政府法制办吴良荣主任题词：老刘家粉条，老家的味道，绿色无添加！

子洲县新华书店张云山经理题词：老刘家粉条，柔滑味爽，健康你我！

原子洲县政协、现诗词学会、陕北文化研究会王生才主席题词：粉条香天下，最数老刘家！

陕北青年作家李杰题词：百年老字号，粉条老刘家！

子州青年作家贺庆勇题词：老刘家粉条，百年劲道，吃了就知道！

陕北青年女作家刘小玲题词：老刘家粉条，初恋的味道！

子洲县人民政府政务大厅闫小东主任题词：老刘家粉条香，送亲赠友情意长！

子洲县退休老校长，现西安某杂志主编乔述祖先生知道老刘家粉条要在新疆办加工厂后，千里飞书致贺，并题词：秦源牌粉条香，老刘家情意长！

一带一路连天下，老刘家粉条香万家！现在，双庙湾老刘家粉条横跨数省，走进新疆办起了加工厂——秦源粉条加工厂，那一挂挂洁白的粉条，在闻名的库鲁斯台大草原迎风飘扬，已经成为一道独特而靓丽的风景。

2016 年 9 月 25 日　家乡双庙湾